U0679600

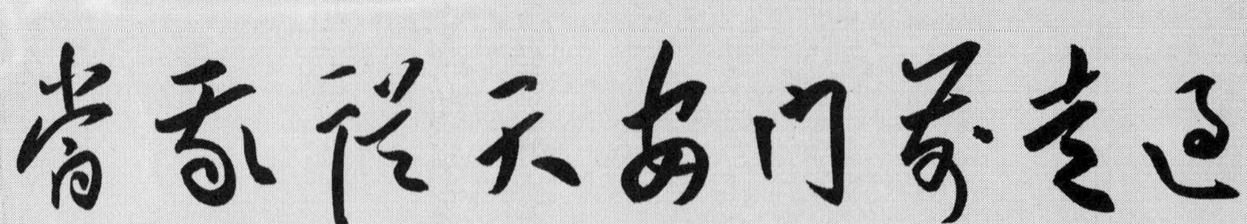

青春从天安门前走过

徐庆群◇著

中国人民大学出版社
·北京·

图书在版编目（CIP）数据

当我从天安门前走过/徐庆群著．—北京：中国人民大学出版社，2012.6
ISBN 978-7-300-15709-2

Ⅰ．①当…　Ⅱ．①徐…　Ⅲ．①纪实文学-中国-当代　Ⅳ．①I25

中国版本图书馆 CIP 数据核字（2012）第 104950 号

当我从天安门前走过
徐庆群　著
Dang Wo cong Tian'anmen qian Zouguo

出版发行	中国人民大学出版社		
社　　址	北京中关村大街 31 号	**邮政编码**	100080
电　　话	010－62511242（总编室）		010－62511398（质管部）
	010－82501766（邮购部）		010－62514148（门市部）
	010－62515195（发行公司）		010－62515275（盗版举报）
网　　址	http://www.crup.com.cn		
	http://www.ttrnet.com(人大教研网)		
经　　销	新华书店		
印　　刷	北京东君印刷有限公司		
规　　格	165 mm×230 mm　16 开本	**版　　次**	2012 年 6 月第 1 版
印　　张	20.25 插页 3	**印　　次**	2013 年 1 月第 2 次印刷
字　　数	265 000	**定　　价**	38.00 元

当我从天安门前走过

1=F 4/4

作词：徐庆群
作曲：陈膺 苑飞雪
编配：苑飞雪
演唱：黄钊 刘娜

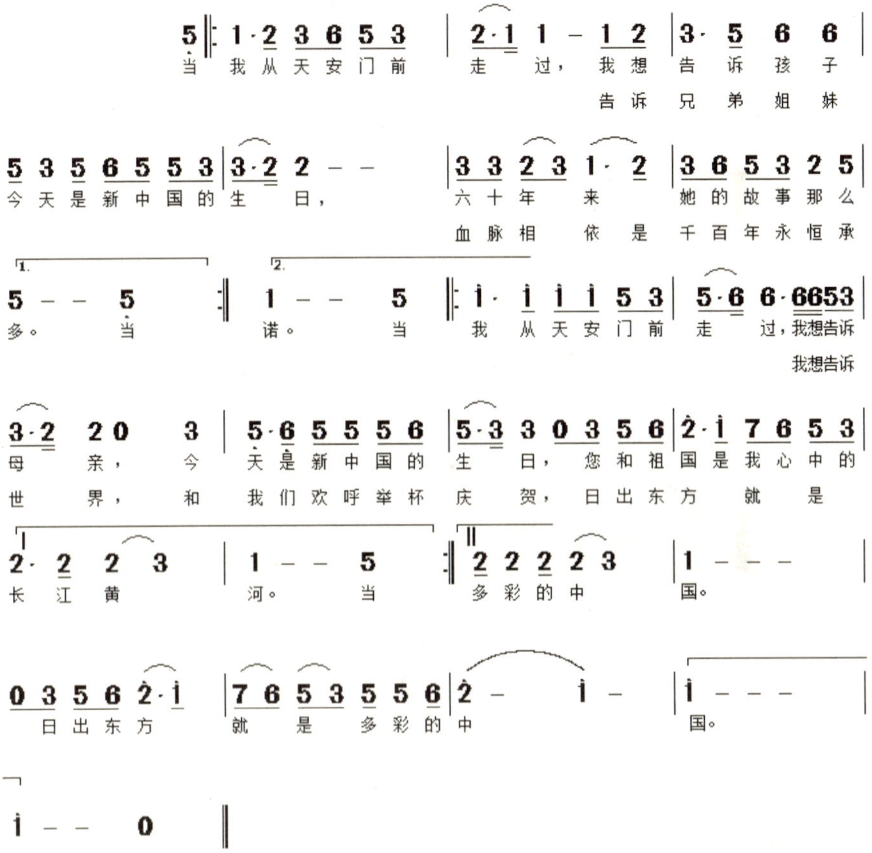

5 |: 1·2 3 6 5 3 | 2·1 1 – 1 2 | 3· 5 6 6 |
当 我从天安门前 走 过，我想 告诉孩子
告诉兄弟姐妹

5 3 5 6 5 5 3 | 3·2 2 – – | 3 3 2 3 1· 2 | 3 6 5 3 2 5 |
今天是新中国的生 日， 六十年来 她的故事那么
血脉相依是 千百年永恒承

[1.] 5 – – 5 :|| [2.] 1 – – 5 ||: 1· 1 1 1 5 3 | 5·6 6·6653 |
多。当 诺。当 我从天安门前 走 过，我想告诉
我想告诉

3·2 2 0 3 | 5·6 5 5 5 6 | 5·3 3 0 3 5 6 | 2·1 7 6 5 3 |
母 亲，今 天是新中国的 生 日，您和祖 国是我心中的
世 界，和 我们欢呼举杯 庆 贺，日出东方 就 是

2· 2 2 3 | 1 – – 5 :|| 2 2 2 2 3 | 1 – – – |
长江黄 河。当 多彩的中 国。

0 3 5 6 2·1 | 7 6 5 3 5 5 6 | 2 – 1 – | 1 – – – |
日出东方 就 是 多彩的中 国。

1 – – 0 ||

《当我从天安门前走过》是中央国家机关团工委在首都国庆60周年群众游行期间创作的歌曲，在群众游行队伍中特别是参加群众游行的中央国家机关青年干部中广为传唱。

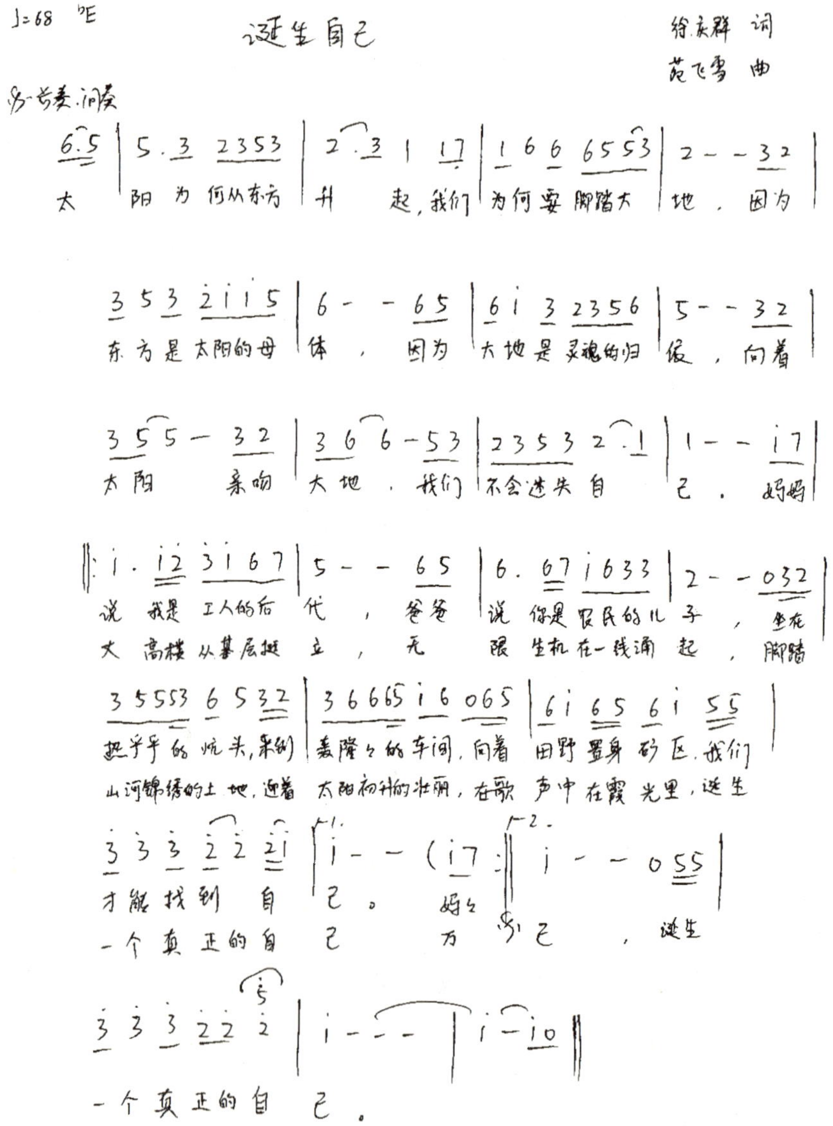

♩=68

诞生自己

徐庆群 词

苑飞雪 曲

太阳为何从东方升起，我们为何要脚踏大地，因为东方是太阳的母体，因为大地是灵魂的归依，向着太阳亲吻大地，我们不会迷失自己。

妈妈说我是工人的后代，爸爸说你是农民的儿子，坐在热乎乎的炕头，来到轰隆隆的车间，向着田野置身矿区，我们才能找到自己。

大高楼从基层挺立，无限生机在一线涌起，脚踏山河锦绣的土地，迎着太阳初升的壮丽，在歌声中在霞光里，诞生一个真正的自己，诞生一个真正的自己。

《诞生自己》是中央国家机关团工委为“根在基层　走进一线”调研实践活动创作的主题歌，由实践团员、人民出版社团委书记、青年作家徐庆群作词，国家一级青年作曲家苑飞雪作曲，中央国家机关青联常委、著名青年歌唱家刘媛媛演唱。

图为《诞生自己》初稿手稿。

读书吧，读书吧！

——此序言送给乡村父母与少年

（序一）

王宏甲

一

徐庆群有六姐妹，都出生在黑龙江省齐齐哈尔市碾子山区一个叫九里的山村。一个晚秋就被皑皑白雪覆盖的小山村，父母生了一群丫头，她们日后的命运会如何？今天，这六姐妹，有五个硕士一个博士。她们和她们的父母跋涉了一条怎样的路？她们有什么特别的天赋，或者有什么优越条件吗？她们走过的路是别人难以企及的吗？

这条路，似乎应追溯到她们的爷爷奶奶走过的路。山东省东平县有个叫一亩坟的小村，那是爷爷出生的地方。爷爷叫徐传德，奶奶叫张进英。他们生了一男一女两个孩子，女孩饿死了，爷爷奶奶带着男孩讨饭到黑龙江。尽管生活非常贫困，爷爷都坚持一定要让儿子去读书。

“读书吧，读书吧！”爷爷奶奶看着孩子在风雪中去上学了，眼里绽出泪花，据说那就是幸福。如果说庆群六姐妹的家庭有什么优势的话，爷爷奶奶即使穷到讨饭的地步，也一定要让孩子去读书——这大约就是个传家宝。何以是宝？这里分明凝聚着人穷志不穷的精神，凝聚着通过求学求知来改变命运的精神。

“我的外公是个叱咤风云的人物。”庆群说她外公是山东省梁山县人，1959年领着几万山东移民到小兴安岭开发北大荒。外公的名字也很响亮，叫张山峰。外婆有个很美丽的名字，叫周油花，是油菜开花的时候出生的。听着这名字，我们几乎能看见故乡的田野了。外公那时是干部，家庭条件比徐家好，外公却看上了徐家孩子是个读到了师范学校的文化人，便要把女儿张和平嫁给徐家的儿子徐家伟。你瞧，张山峰的意识中也饱满着对文化的崇敬和热爱。

徐家伟与张和平，就是六姐妹的父母。徐家伟在黑龙江省泰来师范学校毕业后到九里村当小学教师，张和平嫁给徐家伟就在九里村落户，成为九里村农民。

庆群生于1976年，这时已开始推行计划生育，讲“最好一个，最多两个”。村里打出的计划生育标语有一条是：“打倒老三!”徐庆群就是老三。在她前面已有两个姐姐。庆群说，也许她在襁褓中就知道，她来到这个世上谁都不欢迎，她就生病了，病得连哭声都没有了。奶奶慌忙去求神，向神许诺：“我们不嫌弃丫头了，就算有一群丫头我们也不会嫌弃。”庆群的病好了，奶奶为了表达虔诚，给老三取的名就叫“群”。所以“庆群”这名在六姐妹中是个有代表性的名字。“庆”则是按族谱的“庆”字辈取的，表明长辈都把女孩当男孩看待。

“为什么生六个?”期望生个男孩，这几乎是所有农家共同的愿望。爸爸是独苗，生个男孩传宗接代更是责无旁贷。老四出生了，还是丫头。怎么办?接着怀孕。这一回生出双胞胎，两个都是丫头。

生下六个女儿，在贫穷的山村，可怎么养?六个女儿都是九里村一队的农业户人口。父亲调到离家较远的一个中学去教书了。母亲像男人一样在田里犁地、播种、锄草、收割、打场。庆群回忆说，母亲讲，她和我爸一定要供我们六个上学，我们能上到哪儿他们就一定供到哪儿，再苦再累也要供。

1988年，当了20多年乡村教师的爸爸调到伊春市五营林业局机关工作。五营是个县城。他们随父亲举家搬迁到五营县城。这时爷爷已去世。进城后一家九口挤在30多平方米的草房里，泥墙斑驳，门窗残破。草房是租来的，既然是租，为什么不租个大一点、好一点的呢？因为六个孩子的学费、九口人吃饭，父亲的工资每月只有二三百元，母亲要操持九口人的家务，要照顾多病的奶奶，还背着冰棒箱走街串巷去卖冰棒。生活窘迫如此，实在只租得起这样的草房。

但是，读书、读书，再穷也一定要让每个女儿读书！

爸爸总说：我们遇到的困难，都是前进中的困难。

妈妈总说：慢慢会好起来的。

每天早晨，爸爸和六姐妹从破旧的草房里走出来，踏着朝阳去上班、去上学。这就是六姐妹永远的阳光记忆。应该有一幅油画来展现这草屋门前的阳光美景。

未必是六姐妹有特别的天赋，而是她们天赋的求知权利得到了父母的悉心呵护。只要做到这样，怎能没有光明的前途！

看看这六姐妹，分别学了六个专业。老大庆红，教育学硕士。老二庆勇，生态学硕士。老三庆群，法学硕士。老四庆杰，医学硕士。五妹六妹分别叫庆颖和庆超。这对双胞胎，小学同桌，初中同桌，一起考上同一所高中，同宿舍，还是上下铺，后来又考上同一所大学，接着又一起考上了研究生，考到了北京。她们一路走来，全家人最担心的是"生怕两个有一个落下"。结果，老五读到北京某外国语学院硕士，老六获硕士学位后再考博士，目前是博士研究生在读。

我不惜篇幅写下这些，并不只是为了要给她们喝彩。我想，一个山村人家生了六个女儿，生活穷困如斯而能如此，对我国很多农家及其孩子应该是有点激励意义的。

读书，百年前在我国就有了新的含义。农业时代，一个农家孩子没有读书，凭体力与勤劳是可以获得生活的。工业时代出现，情况就不同了。英、法、美等国均在这个时期实行了义务教育。就是立法要求公民必须履行把子女送进学校去读书的义务。为什么？工业时代，如果孩子不普遍读书，则不仅个人将难以在社会上生存，而且该国将无力抵抗外强入侵。信息时代到来，发达国家又相继把义务教育变成免费教育或福利教育，这是由于越来越认识到，倾力保障成长中的孩子接受到更多的教育，对于一个国家的富强，没有比这更重要的事了。

有无数的例子可以证明，无论一个国家还是一个人，教育都会确切地改变其命运。譬如千年前西欧识字者仅占总人口的1%，三百年后，佛罗伦萨识字读文者约达40%，这是欧洲基础教育的最高水平，佛罗伦萨成为欧洲文艺复兴的发祥地。基础教育的发展催生了欧洲的大学教育，欧洲最早的博洛尼亚大学出现在意大利，同时有阿尔卑斯山以北的巴黎大学，它们均在12世纪由教会学校发展而来。到13世纪，牛津、剑桥、那不勒斯等著名的教学机构均发展为大学。德意志在14世纪建起了海得堡大学。没有中世纪欧洲教育的发展，是不可能产生莎士比亚、哥白尼、牛顿、歌德、爱因斯坦的，也不可能有欧洲近代的崛起。

事实上，一个国家或一个家庭，倾力保障成长中的孩子接受到应该得到的教育，这在全部投资中是成本最低而获益最大的。更重要的是，这是着重于人的建设，是关系一个孩子一生命运的最重大的事。

我走过不少农村，也曾多次重返我插队的村庄，看到农村在信息时代遇到的挑战更为严峻。不少“剩余劳力”在家乡无业可就而外出打工，以至村里多是留守儿童与老人。我国实行的是九年制义务教育，很多只读完初中的男女青年外出谋生仍非常艰难。我没有能力帮助他们，便想若有很多人像庆群祖辈父辈那样，不论多么艰难都尽一切力量让孩子多读书，这对家庭和孩子是有切实的远大意义的，对整个社会文化素质的提升也意义巨大。

二

写此序，我还想过以《阅读庆群》为题。因为感到：这是一个生在农村的女孩一直在寻找自己的故事。所谓寻找自己，就是在成长的过程中，一直在找寻自己的立足之地，找寻自己的价值、自己的能力，有时甚至会触及“活还是不活，怎么活”这样的问题，这就会追问到生命的意义。这不是轻松的问题。

在这本书里，她写到的一只脚和一只手给我留下非常深的印象。先说那只脚。几年前她告诉我，她上小学四年级时到城里参加数学竞赛，这期间上厕所碰到两个城里的女生，她们问她：“喂，你是哪个学校的？”她回答说：“四小的。”她听说过城里有个“四小”。不料对方说：“我也是四小的，怎么没见过你。”另一女生问：“你是城里的还是农村的？”庆群小声回答：“城里的。”对方马上说：“撒谎！你是农村的，一看就是个土包子。”等庆群站起来，其中一个突然在她屁股上踢了一脚！然后边骂“土包子”边跑了。庆群站那里半晌没动。

她说，“20 多年了，我一直忘不了被踢的那一脚，即使我考上大学了，想到那一脚就感到屈辱。”我说，“其实，你的屈辱并不来自于那一脚，而是来自于你自己内心的自卑。”庆群一震，然后告诉我，她忽然感觉“那只脚终于放下来了”。

我再次看到，“农村人”与“城里人”的差别在她心中留下多么沉重的影响。她说，对农村孩子来说，这种屈辱和自卑是与生俱来的。“从第一次双脚踏上泥土地，它便随着年龄的长大而长大”。她说，她们从小就目睹了父母为一垄玉米、一畦韭菜，被烈日晒得黝黑粗糙的肌肤；目睹了身穿雪白衬衣、烫着卷发的城里人，用柔软的手对农民栽种的果实挑肥拣瘦……她还告诉我，母亲不止生她们六姐妹。母亲生的第一个是男孩，出生后不到 7 天就因病夭折。第二个怀孕 7 个月后在劳动中流产了。第三个也是男孩，出生后也因病夭折。第四个活下来的才是她大姐。她说现在看来，那两个哥哥的病，要是在城里，治好是没问题的。可是在那乡下，没医生，来不及救治就夭折了。这一串往事她是上中学后才听说的，仍然令她灵魂震颤。

她说她生长在农村，14岁随父母到城镇，长时间生活在城里的那个孩子踢她一脚的屈辱里。23岁闯北京，属“北漂一族”，多年浸泡在“暂住证”的尴尬中……我问怎么叫“尴尬”？她说警察突然就进门，要看你的暂住证。她说，甩掉“外地人”的尴尬，她用了近10年；忘掉“农转非”，她用了近20年；而走出那一脚的屈辱，她用了近30年。

我听后，沉默了。再后，我说，你让我感到了，你曾经感到的屈辱远不只是你个人的事情。一个半世纪前，中国被西方工业的炮火打进血泊，农业社会与工业社会的巨大差别就呈现了。20世纪早期诸多知识分子对本民族文化进行反省和批判，特别是在西方进化论影响下，视古老的为落后的，乃至猛烈地刨挖“民族劣根”。至今说到近代史，仍言必称“屈辱”。屈辱是有的，但屈辱并不来自坚船利炮的轰击，犹如徐庆群的屈辱并不来自被踢的那一脚。要建立起真正的自信和自强，仍然需要找回我们民族优秀的东西，特别需要在勤奋学习的基础上善于继承与创新，才会有我们清醒的文化自觉和自信。

我与庆群探讨，我说你感到的“那一脚的屈辱”，是一种被踢的感觉，这是个颇有象征意味的感觉。你把“那一脚的屈辱”终于放下来了，还因为你终于走出了农村。迄今生活在九里村的孩子仍然会重复你曾经的辛酸体验，会在人生很多场合体验被“踢”的感觉。

我对庆群说，你真实地写出的城乡差别并非特意刻画，却不止入木三分，而是穿透乡村粗糙的肌肤，渗透到人的灵魂了。缩小乃至弥合这种差别，在我国迄今还很艰巨。如果做个简略回顾，在世界上，大机器工业出现，农民如何生存，农村向何处去，就是各国的巨大问题。今天的发达国家都曾经是农业国。以美国为例，我曾描述19世纪中叶的美国西部还是荒凉的农业区，1865 年南北战争结束后，西部农业机械的应用，加工业的发展，铁路的延伸都使荒凉的西部产生出许多城镇。无数的移民涌向西部，无数的青年男女从农场奔向城市。在这个时期的开端，美国只有六分之一人口居住在城市，30 年后有三分之一的美国人成了城市居民。1900 年美国工农业总产值跃居世界第一位。简言之，发达国家城市化的进程，都伴随着农民转化身份，并伴随着城市化进程中人口文化素质的提升，导致现代社会诞生。

我国在改革开放的 30 多年间，农村涌现两亿多离土离乡的农民工，为城市建设作出了巨大贡献。他们其实是中国向城镇化、现代化转移进程中的主力。他们的生活待遇、劳动技能和文化素质，以及子女受教育程度的提高，对中国强盛具有极其重大的意义。但他们大都没有实现身份的转化。大量农民进城打工，也使许多村庄成了“空壳村”。城市确实漂亮了，空前地发展了。他们贫穷的乡村靠谁来建设？城乡差距更大了，特别是那些穷乡僻壤，那里的人们的生活，心灵需要的尊严，都沉默在荒凉中。所有这些，庆群心中是有的。这大约就是她几年前鼓起勇气去采写志愿者的原因——她对那些深入到穷乡僻壤去援建农村的志愿者，心中有至高的崇敬。她曾说：“别人说我是志愿者宣传家，我这辈子就这么做。”初听，我一愣，再想，这大约就是“当仁不让”吧。

再说，要真正把“那只脚”放下来，也需要找回乡村生活中那些曾经深深地感动过自己、深情地哺育过自己的世代相传的东西。这些东西就在爷爷奶奶、爸爸妈妈身上，也是与生俱来的。坚定地深情地找回来，才会有自己真正的自信和自豪。

“写到爸爸妈妈，我的笔要跪着行走。”现在，庆群写这本书就是在如此寻找。她写到的妈妈的手，是我永远难忘的。母亲生养了六个女儿，家里还总养着猪和一群鸡鸭鹅，就总要在月子里干活，要洗冷水，因此落下了手麻的毛病。多少年来，女儿常在半夜里被炕沿上发出的沉闷声响惊醒，那是妈妈的手麻得睡不着，就用手敲打炕沿以缓解疼痛。多年后，庆群姐妹都到北京工作或读书了。爸妈也来到北京，妹妹带爸妈去天安门、故宫游玩，妈妈看见易拉罐、矿泉水瓶就捡回来拿去卖。妹妹把这些告诉庆群时哭了。“我们的日子比以前好多了，妈妈为啥还这样?”庆群结婚了，利用婚假带爸妈去杭州游玩。一天坐在西湖边，旁边有两人喝了红茶把空瓶子扔在地上就走了。这时，妈妈伸手就要捡那两个瓶子，庆群和妹妹同时瞪向妈妈，大叫了一声：“妈!”

妈妈那只伸向瓶子的手，突然像触电一样缩了回来。女儿继续责备妈妈：“这是干吗呀? 一个瓶子值多少钱?”妈妈没有说话，只用可怜的眼神瞟了一眼女儿，看向别处。

“可是，妈妈那只被我们吓到的手却永远定格在我心里。”庆群写道，那只手，抱我们，扶我们学走路，擦屎擦尿，缝缝补补，做饭干农活……我们伤害了这只手，更伤害了妈妈的心。妈妈错了吗? 就算她捡瓶子不是为了环保只是为了赚几分钱，她有错吗? 我们凭什么、有什么资格去批评和制止妈妈呢?“那被我们训斥后可怜的不安的眼神，戳穿了我骨髓里仍存的虚伪!”

我读着这些，心中是有震撼的。要建立真正的自信，并不容易。即使来到了京城，即使读成了硕士，仍然多么容易在现代城市中迷失。我是谁，我是我吗? 这就是我想要的生活吗? 我在阅读着凝望着六姐妹从黑龙江那个九里村走出来的脚印时，心中却会掠过包法利夫人、苔丝、茶花女、玛丝洛娃的命运。她们都曾经是农村姑娘，今日我国有不少农村姑娘进城后也在不同程度地体验着她们的命运。有时我的心中有一种莫名的悲伤，我不清楚我此种莫名的悲伤有没有意义。但我肯定庆群这部作品有意义。要建立真正的自信与欣慰，需要一次次地找回对劳动对俭朴深深的尊敬，需要一次次地剔除自己灵魂深处的虚伪。什么时候才算够呢? 也许没有一个够的时候，当着这样去认识去体验去做的时候，就是最好的。如果我们这样去做，人生仍在成长，永远会成长。即使生命结束，仍然会成长。

三

徐庆群把这本书定名为《当我从天安门前走过》，源于她 2009 年参加国庆 60 周年群众游行时写的一支歌就叫《当我从天安门前走过》。她说天安门是童年的歌谣、儿时的梦想，1999 年初她来到北京，十年后她与中央国家机关等单位的 2 300 名青年走在一个方阵，齐步走过天安门前，“那时我满含热泪”。一个人能有机会如此检阅自己心中深切的情感，是幸福的。

最后我想说，我并不只是因为庆群姐妹把书读到了“五硕一博”而为之喝彩。六姐妹把书读到了这儿，只是为自己的人生建立了一个新的起点，能用所学去做点什么，则是对她们新的挑战。

2012 年 5 月 1 日于北京

王宏甲，国家一级作家，获国务院特殊津贴，入选全国宣传文化系统“四个一批”人才。著有《无极之路》、《智慧风暴》、《新教育风暴》、《让自己诞生》等。曾获中国图书奖、五个一工程奖、鲁迅文学奖等多项国家级大奖。2008 年出席在韩国首尔举行的首届韩日中文学论坛，参加“东亚文明与文化共同体”讨论，所做演讲题目是《我的中华文明观》。2009 年出席在法国巴黎举行的首届中法文学论坛，所做演讲题目是《世界需要良知——兼论文学的社会作用》。

活出女人的精彩

（序二）

张胜友

人世间，但凡女人有各种各样的活法，活出精彩却殊属不易。

女人的成功充满了不确定性。我们知道有许多农村女童上不起学、读不起书，早早就遭遇了命运的不公。现在女童失学问题依然十分严重。女童失学原因多多，比如：家境贫寒；重男轻女的陈旧观念；国家教育投资捉襟见肘，尤其在经济欠发达地区教育援助往往流于空谈；九年义务教育未能充分得到农村家长和女学生自身的认知；受社会风气影响产生新的读书无用论；等等。其中任何一个原因，都可能影响乃至断送一个女童的未来。

《当我从天安门前走过》一书，则向我们讲述了中国东北一户普通农家六个女孩儿靠读书改变命运的传奇故事……这不能不令读者为之动容。

显然，这是一个普通得不能再普通的农家了，男主人是乡村教师，女主人是家庭妇女。1973年至1982年，他们一共生养了六个女孩儿，这六个女孩儿不仅读完小学、中学，考上大学，还都考上了国家统招的研究生，现在五个是硕士，一个在读博士，五个是中共党员。

徐庆群是徐家的三女儿，一位崭露头角的青年作家。她用平实的心态、温软的文字，以个人的生命感悟为主线，记述她每一步成长的阵痛和喜悦，记述她与姐妹们在贫困中读书奋进的坚毅和顽强，记述她们的父母在艰难困苦中的伟大和无私。娓娓道来，不觉让人潸然泪下。不仅因为感动，更因为感奋——为一群女孩儿和她们的母亲——“民族和民族的较量，往往是母亲和母亲的较量。”“国民的命运，与其说是操在掌权者手里，倒不如说是握在母亲的手里。”此说并非虚妄呵！

母亲是孩子的第一位老师，也是孩子最亲密的老师，母亲将深深烙印在孩子未来的一生中，而孩子的未来又直接影响着整个民族的未来，所以说母亲决定一个民族。《当我从天安门前走过》一书对母亲的描摹是浓墨重彩的，让我们看到一位平凡的母亲却活出了女人的精彩：省吃俭用、勤俭持家、走街串巷卖冰棍、含辛茹苦哺育女儿们成人成才、18 年如一日照顾生病的婆婆、像男人一样扛起家庭的重担……这些中华传统文化的美德在母亲身上熠熠生辉，而这些对于今天的我们来说是多么的弥足珍贵啊。爱母亲，就是爱中华传统文化，就是爱民族，爱国家。更可贵的是，这部书不是晒贫穷和辛酸，不是炫成功和自满，而是把从贫穷里开出的那朵绚丽的花，呈现在我们面前。

贫穷不是没有意义，看我们如何赋予。读书不是没有用处，看我们能否坚守。推荐大家用心读一读《当我从天安门前走过》，为自己、为孩子、为国家、为民族，找回属于我们中华民族传统文化中的精神和价值。

是为序。

壬辰夏日·北京

张胜友，全国政协委员、获国务院特殊津贴，历任中国作家协会党组成员、书记处书记，中国作家协会主席团委员，中国期刊协会副会长、中国报告文学学会副会长。出版《破冰之路》等报告文学集 6 部，撰写《历史的抉择》等电影、电视政论片 35 部，曾获全国优秀报告文学奖、徐迟报告文学奖等 20 多项国家大奖。

我们是天上飘下来的雪花
（自序）

2004年。春天。北京大学。

杏花，含羞地笑着，一蓬一蓬的、一簇一簇的，热热闹闹。

逸夫一楼，一小会议室，一个女生，正在接受研究生入学考试英语科目的复试。

How many people in your family?（你们家有几口人?）考官问。

Eight.（八口）女生回答。

Eight，really?（八口，是真的吗?）考官反问。

Yes.（是的）女生自豪地肯定。

这一天，这个女生被她的姐姐们打扮得很漂亮：淡淡的粉底，浅浅的唇彩，飘逸的长发，亲戚送的一直舍不得穿的红黑相间的毛衣，姐姐们一致评价：这打扮咋看咋像北大助教。

这个女生是我的六妹。

许多人听说我们家有六姐妹、八口人时，都会像北大的那位老师一样，惊讶。

六个姐妹，性格迥异，个性鲜明。按顺序来说吧。

大姐是妈妈生的第四个孩子。爷爷奶奶把她当小公主一样宠爱。雨天，她要站在外面吃饭，爷爷就依着她，淋着小雨，端着饭碗，看着不听话的孙女，却也眉眼里笑。大姐嘴馋、淘气，经常偷吃园子里没有红透的西红柿，没有成熟的青青的沙果。姐妹六人中，唯她挨过妈妈打。大姐成家后，像变了一个人似的，对家里格外的照应，隔三差五地回家里做家务，对爸爸妈妈也更加的孝顺。这就是女儿，嫁了人会更疼妈的。大姐被我们赞誉为家中的“保尔”，她几乎靠自学完成了大专、本科，后考取北京某大学教育学硕士研究生，现在北京一所小学当老师。

二姐在姐妹六人中最听话、最俭朴、最刻苦。小时候在地里干活，她晕倒在地里；初中毕业后考中专，听妈妈的话，学农业；在中专时住校，她批发馒头吃。刚来北京时，她报了个电脑培训班，去得最早，走得最晚，周末也不休息。在对电脑一点不通的情况下，两个月的课她用半个月就学完了。二姐中专毕业后，念本科，考取了北京某大学生态学硕士研究生，现在北京一家设计研究院当工程师。

四妹性格温和、听话、刻苦、独立。考大学时，听妈妈的话，报考了医学专业。大学本科毕业后，她来到北京，复习考研究生，住在我的宿舍。有一次我去宿舍找她，不见。隔壁的女孩儿告诉我，可能在后院看书呢。我推开厚厚的斑驳的大红门，见四妹捧着书正蹲在枯草中。她像一枚倔强的叶子，孤零却夺目。那个情景我永远忘不了。那年她没有考上北医的研究生，便向西部调剂。新疆医科大学给她发来复试通知，她一个人坐火车刚赶到乌鲁木齐，又得到了甘肃某大学的复试通知，考虑再三，她从乌鲁木齐坐火车赶往兰州。四妹硕士研究生毕业后，现在北京一家医院当医生。

五妹、六妹是双胞胎，80后。先说她们的共同点，都十分好学，十分懂事。和他们同一时代的孩子大都是独生子女，物质条件比较优越，但她们从不和家庭好的同学攀比，中学时期一年四季穿的是校服。她们小学同桌，初中时又同在老家的重点中学，而后又一起考上省重点高中，不同班，同宿舍，还是上下铺；后来又考上了同一所大学，又一起考上研究生，考到了北京。她们十分要好，六妹称五妹不是五姐，而是姐姐。

分开来说呢，五妹温柔、细腻；六妹幽默、活泼。如果我把委屈告诉她们，五妹会靠在我的肩上，拉着我的手，抽泣着说：“三姐，你太不容易了，我支持你。”六妹往往先不作声，再默默地说：“三姐，你有什么事情就对我俩说，你要坚强。”

六妹的一位同学开她的玩笑：“你的头真大。”

“那和我的身子相比呢?”

“那就不大了。”同学认真地回答。

“那不就得了，头和身子成比例，就不叫大。”

多可爱的妹妹啊!

五妹痴迷英语，勤学苦练，把黄豆粒放在舌头下练习发音。后来，聪明的她把小块冰糖放在舌头底下，边吃边练。这个主意好!

那次我从草原回来，她问我怎么样? 我说，草原太宽广了。她说：“哦，那是个练习英语的好地方!”

六妹喜欢外交。本科快毕业时，学校保送她到上海某大学读研。她征求我的意见，我说考试风险大，况且是跨专业，去上海读书也不错。于是她决定到上海面试。

临行前，她哭了一场，她说此时想唱一首歌《我和我追逐的梦》：我和我追逐的梦擦肩而过，永远也不能重逢……

面试虽然通过了，却因为一点曲折，她不得不继续复习考研，时间很短，又跨专业，但最终她如愿以偿，考上了北京某大学外交学硕士研究生。

当拿到录取通知书的时候，她又哭了，她说，此时她想唱《今天》：等了好久，终于等到今天，盼了好久，终于把梦实现……

五妹从北京某大学商务英语硕士研究生毕业后，现在北京一所高校任教。六妹正在攻读博士学位。

我呢，被妹妹称为家中的“焦裕禄”。

1973年到1982年，我们姐妹六人相继出生在东北一个偏远的农村。

爸爸是乡村教师，妈妈是家庭主妇，爷爷是农民，奶奶长年生病卧床。医药费和我们姐妹六人的学杂费是家里最重要的一项支出。特别是在农村时，爸爸每个月只有几十元的工资和每年卖粮食、蔬菜的微薄收入要维持一个十口之家所有的开销，其艰难可想而知。家人省吃俭用，亲戚朋友帮忙，社会各界援助，国家助学贷款帮扶……这些使我们姐妹六人读完小学、中学、大学、研究生。如今六个姐妹五个硕士、一个博士（全部是国家统招），这不能不说是一个奇迹，一个中国底层家庭成长的奇迹。

在我们姐妹六人十几年的求学经历中，多次因为交不起学费而面临辍学的危险：爸爸妈妈东凑西借，或者请求民政局开具“贫困学生学费减免证明”，才一次次脱“险”；我们那脆弱而高贵的心灵面临过无数次尊严的挑战：因为妈妈沿街卖冰棍而在同学面前抬不起头来，因为春夏秋冬只穿一套校服、吃最便宜的饭菜而觉得没有面子；我们也曾因为中考、高考、考研的不尽人意而流下过倔强的眼泪……

但是，因为没有生男孩儿而在农村人面前抬不起头来的妈妈说，“砸锅卖铁我也要供你们姐妹读书，让你们有出息，别拖累国家”；当了20年乡村教师的爸爸坚信，“我们现在面临的困难都是前进中的困难，日子会好起来的”。爸爸妈妈的坚持和乐观，是我们姐妹六人前进的动力。

多年来想写一些东西，感谢父母、感恩社会、温暖他人。

从农村到城镇，从城镇到北京，从小学中学大学到研究生毕业，爸爸妈妈付出的艰辛可以想见，更与很多亲戚、朋友、老师的帮助与支持分不开。

我将要讲述的故事：

关于成长——我和我的姐妹们，通过求学、就业，在农村、城市，于家庭、社会之中的经历，浩荡地展示了一个中国底层家庭的成长史。

关于奇迹——我的爸爸妈妈是中国最平凡的父母，他们牵着我们姐妹六个的小手，执著地、昂扬地走出农村、走出贫穷，走出来一片朗朗天空。

关于励志——贫穷不是没有意义，看我们如何赋予？读书不是没有用处，看我们能否坚持。我们姐妹六人正是用知识改变了命运。

关于感恩——一口饭、一件衣、一元钱，身边的、政府的和天南海北的帮助，让我们获得搏击命运的动力。这句“谢谢”想大声地说出来。

我们相互支撑，相互鼓励，相互促进。用生命影响生命，用生命温暖生命。

我希望，接下来的文字可以温暖和影响那些因为贫困可能消息、因为富有可能骄纵的兄弟姐妹们。

我们是天上飘下来的雪花，本互不相识，等落到地面，就结成冰，化成水，融为一体，永不分离！

目录

|壹|

那个叫九里的地方

故乡总在夜晚，钻进我的梦乡。

她是我们村妇女主任。

她在我们村里是个名人，走路像阵风，说话像打机关枪，高高的包牙上经常会堆满白白的唾液。她经常到我们家和奶奶唠嗑，唠唠李家、拉拉张家。

一天，她又来了，逗只有四五岁的六妹："你的小脸咋那么黑呢？"

农村孩子从小就在泥堆里长大，一泡尿和点泥就能盖一座城堡，挖个坑种粒种子就会长成一片田野。

六妹淘气，和小伙伴们整天在泥里摸爬滚打，连眼睫毛都灰突突的，活脱脱一个泥娃娃。

六妹听这么说她，小泥脸上的一对大眼睛像小灯笼扑闪扑闪的，不紧不慢地说："那你的牙咋那么大呢？"

家里人笑了。妇女主任的脸腾地一下红了。

六妹吱溜跑到屋外，在水盆里扑腾了两下，跑进屋，不依不饶地说："你看我的脸不黑了吧？"

她把嘴巴闭得死死的，似乎要挤出全部的唾液，把嘴挤得干干的，也没挤出一句话来。

坐在炕上的奶奶颠起屁股，一把抄起笤帚疙瘩照着六妹的屁股就是一下。笤帚疙瘩还没碰着屁股，六妹却小嘴一撇，抹起了小花脸。

全家人又笑了。

故乡的歌是一支清远的笛，总在有月亮的晚上响起。

——席慕容

我的故乡，叫九里，在齐齐哈尔市碾子山区。

虽然离开她已经20多年了，但是多年来魂牵梦萦的是故乡。

房后呼啦啦的白杨树，房旁鹅鸭嬉戏的小水泡，妇女主任，小学同学……这些黑白照片因为定格下贫瘠土地上的火热生活，而永远闪耀在记忆里。这就是故乡，天天想离开，离开了以后，想回也回不去的地方。

2011年夏天，我接到一个电话，是我的小学同学于继方打来的。这个名字，猛一听，有些想不起来。毕竟20多年我们没有联系过了。他在北京，姐姐的女儿生病了，病得很重，希望我帮他呼吁一下媒体，帮帮这个孩子。我赶到医院，见到了他，还有他的外甥女等家人。我拍了照片，发在微博上，同时发给《华龄周刊》的总编辑刘红尘，很多网友特别是中国国际救援队微博帮助转发。后来，他们回到家乡继续治疗，并且病情慢慢在好转。

我没有想到，我和我的同学，我和我的故乡是通过这种方式重新联系在一起。

于继方就是妇女主任的儿子。

我给妈妈打电话，妈妈说：在农村的时候，三婶子（就是妇女主任）帮过咱家。你能帮就帮帮他们。

我想就算为了妈妈这句话，我更应该尽点心意。

1

“咋又是个丫头”

鸡早就打过鸣了，东方已经微微放亮。

女人要起得早，给全家人做早饭，煮一锅玉米面粥，切一个大咸菜疙瘩，热一锅玉米饼子。吃过早饭，人们就扛着锄头去生产队干活了。

妈妈今天不能去干活了，从昨天晚上肚子就开始时不时地疼痛，凌晨疼痛次数开始频繁。快生了，奶奶叫爸爸请来村卫生所的徐大夫。

妈妈一阵撕心裂肺的痛苦过去，一个浑身带血的小生命来到人间，却是静悄悄的。

“又是个臭丫头！”徐大夫喘了口气，狠狠地扔出这句话。

虽然这丫头是迎着晨曦而来，可是不受待见。

妈妈听到这句话，眼泪流出来了，一直饱满的情绪就像生完孩子后的肚皮一样，一下子坍塌了。

“不是说好，是小子（男孩儿）的吗?”妈妈大哭，这痛比宫缩时的痛还要强大。

那时候没有产检，刚怀上和生的时候才会去找乡村的大夫。盼孙子心切，奶奶会经常让徐大夫给把把脉，看看，是男是女?

按脉搏看，脉强而且快；摸摸肚子，胎儿头大。“徐老太太，这回好了，你该高兴了，这回准是小子！”

说好是小子的，咋整的，又变成丫头了？妈妈和奶奶就像被瓢泼的冷水从头浇到脚，心都凉透了。

我不会哭，也没有人搭理。

脐带绕颈。丫头也是条命啊，也得救啊。

徐大夫抄起剪刀，一剪子下去，脐带断了。接着抓起我的双腿，倒着，朝着屁股啪啪几下，小屁股上立即隆起几道山岭。

我还是没哭，待在一旁的两个姐姐，一个三岁，一个两岁的倒哭起来了，“别打我妹妹!”她们知道，妈妈又给她们生了个妹妹。

“还怪心疼你妹妹的。”徐大夫朝我屁股又狠狠地打了两下。

“哇”的一声，我活了。

徐大夫麻利地抹抹额头上淌下的汗珠，嘟囔着：“唉，真是不争气。老太太够命苦的，咋又是个丫头!”

不知她在说妈妈不争气，还是说我不争气。

也许从那时起，妈妈和我都下定决心，要争气。

太阳跳出来了，院子里也热闹起来了，小鸡们咯咯地叫，小鹅小鸭呱呱地乱跑，抢夺地上的粮食；小狗扭着脸追自己的尾巴，汪汪叫，惹来猪圈里的两头肥猪咕咕地打招呼。

我家的院子不大，房前是一片菜地，茄子、豆角欢快地长着个，房后是一片白杨树，几十棵小树沙沙地说着悄悄话。

阳光懒懒的，淡淡的，给已经下地干活的人们带来一天中最清爽的气息。

2

“打倒老三”

我出生的地方叫九里大队，后来改叫树林村。

为啥叫九里呢?

大概因为村子离县城有九里地。

九里有十几队，我家就住在九里一队。九里一队有几十户人家。

20 世纪 80 年代前，九里大队还没有实行家庭联产承包责任制，农民在生产队里一起劳动，挣工分，年终时生产队按工分给各家各户分粮食。

整个九里只有一个供销社，到供销社买东西要凭票，粮票、油票、布票、肉票。供销社里的粮食、食品供应是限量的。

听妈妈说，有一年有一天有一个人到供销社抢购白糖。因为人多，这个人就到门外找了个砖头垫在脚底下，伸长了脖子往里三层外三层的人群里看。结果前后的人一挤一推，这个人被挤倒，摔死了。

这个故事给我的印象很深，因为要买一袋白糖就没了命。可见，物质的匮乏、生活的艰难会使生命更脆弱，缺乏弹性和张力。

标语从来都是在广大农村宣传计划生育政策的一种最常见的方法。那年有一个标语赫然醒目：“打倒老三!”

我就是老三。

所以，生产队不给我上户口，分粮食。

奶奶还经常一个人跑到生产队的打粮场偷偷抹泪，埋怨老天为啥这么对她？为啥就不给她个孙子呢？

襁褓中的我，也许已经知道家里人不欢迎我，没过几天，我就生病了。

奶奶的善良在村里是出了名的，家里就剩下一口干粮也要打发讨饭的；谁家有矛盾了，奶奶就去帮人家调解。

我一生病，奶奶慌了，赶紧求神保佑。

神告诉她：“你们都嫌她是丫头，那就降灾给她，把她收回去。”这下，奶奶吓坏了，她心眼好，哪舍得让我生病呢，奶奶就对神说：“我们不嫌弃丫头了，就算有一群丫头我们也不会嫌弃的。”

所以，奶奶给我起名，叫群。

没想到情急之下，奶奶对神的保证真成了现实。在我身后，妈妈又生了三个丫头，四妹、五妹和六妹。

3

被窝里吃肉

八月的农村，农活较多。干的活多，挣的工分多，分的粮食就多。

妈妈孝敬公婆，相夫教女，特别是因为自己没有生个小子，很内疚，我出生七天后她就下地干活了。

东北四季分明，夏天的最高气温也就是 20 来度，非常舒适。

可是冬天比较冷，最冷的时候在春节前后，气温在零下 20 多度，滴水成冰。

我家的院子里有一口压水的井。冬天的时候，井身、井把都披着一层薄薄的霜，要压水，必须先把开水倒进井里，才能把水引上来，叫引水。

大一点儿的小孩儿经常哄骗小一点儿的小孩儿，要他们用舌头去舔水井铁把上的霜，说那感觉就像吃冰棍儿一样爽。

冰棍儿，当时只有五分钱一根，也是吃不到的。为了尝尝诱人的冰棍儿的味道，我也去舔过。结果还没舔着，嘴唇就被井把粘住了，嘴一动，扯下一块皮来，流了血也不敢告诉大人。

压水井的时候一定得戴手套，千万不能湿着手去碰浑身是霜的井把，否则手就会像嘴那样被粘住了。

农村的厕所都在外面，土墙围起来的，没有顶。但是小孩子走到哪儿就在哪儿方便。冬天，院子土墙根底下一个个小湖泊，就是小孩子们留下的一小泡一小泡的尿。当然，有的也是晚上醉酒之后的大人留下的。

东北的冬天长，忙完农活的人们，就三三两两聚在一起，吃喝打牌；会过日子的人家就养几头猪，过年时杀掉，吃杀猪菜。俗称“猫冬”。

一家杀猪，全村分享。

一口大锅支在院子中间，里面扔进大块大块的猪肉、猪排，一盆盆酸菜，一把把粉条。咕嘟、咕嘟，一年的疲累、新年的憧憬全都烩在里面了。这是我童年里最沸腾的记忆。

妈妈勤劳，也养了几头猪。一来过年时改善下伙食，二来也是一项收入。

过年时我家也杀猪，但是不会请太多人，除了招待帮忙的亲戚外，妈妈总是留下一部分肉卖钱。“我要攒钱供你们上学”，这是妈妈经常挂在嘴边的话。

最难忘的是晚上。傍晚客人都走了，妈妈又开始炖肉，炖白天她悄悄留下来的好肉。

农村的夜晚来得很早，没有电视，不会打牌，疯了一天的我们吃过晚饭，爬上热炕倒头就睡。

夜越来越深了，估计没有人来串门了，锅里的肉也煮得开花了，妈妈就会盛出一大盆。然后她走到炕边，轻轻地拍拍我们：“醒醒，吃肉了，吃肉了。”

我们就会一骨碌坐起来，披着棉被，端起妈妈递过来的碗，大快朵颐。

奶奶这时候颇有微词：“你这个人就是太小抠，有好肉不舍得给别人吃。”

妈妈不以为然：“俺的孩子们都是长身体的时候，平时只喝苞米面粥，吃苞米面干粮，一年就这么一回，得好好补补。将来她们都得好好读书，没有好身体怎么行?”

吃肉吃腻了，就蘸点醋和酱油。妈妈在一旁看着我们吃，眼角那细细的皱纹里都荡漾着笑。

东北只种一季粮食，春种，夏锄，秋收，冬打场。杀猪的时候往往在春节前，也正是农闲的时候。这时候，全家的生活才能得到唯一一次改善。就是杀头猪，也够我们孩子们盼一年的。

我们的肚子里塞了满满的肉以后，妈妈不让我们睡觉，担心我们吃顶了，以后就不会再吃肉了。可是我们抹抹满嘴的油，更加犯困，虽然在炕上蹦两下，还是不知不觉就睡了。

现在我不大爱吃肉，一定和小时候晚上“偷”着吃肉有关。

然而，我现在想起这件小事就会感念妈妈，在我们成长的每个细节里——衣食住行、读书上学——都有她悉心的倾注和执著的坚守。

4

“土地就是亲娘”

转眼到了20世纪80年代初，家庭联产承包责任制的春风吹遍了大江南北。

这股春风唤醒了沉睡的土地，催生了千千万万渴望温饱的人们对生活的新希望。

一个初春的清晨，喜鹊早早停在房前的晾衣竿上叽叽喳喳地叫，大队的广播也起得早，“生产队分田了”像一声清脆的春雷把村庄唤醒。

“终于有自己的土地了”，“得好好种，多打粮食”，“看看都种点啥”，地还没分到手，人们已经盘算上了。

很少下地的奶奶踱着小脚下地了。

20世纪50年代末一路从山东讨饭到东北的爷爷奶奶，在秦皇岛、哈尔滨、齐齐哈尔、碾子山，一路都有留在城里当工人的机会，但是他们还是奔着土地来了，来到农村。

“土地就是亲娘，有它就有饭吃”，拥有自己的一亩三分地，是爷爷奶奶半辈子的梦想。在山东农村时，爷爷奶奶没有土地，爷爷给地主家种地，奶奶给地主家当下人。赶上灾荒后，没有吃的了，爷爷用扁担挑着爸爸到处讨饭，姑姑就是在灾荒年饿死的。有的人家不给，还放出狗咬人。奶奶经常撩起裤管让我们看她腿上依稀可见的伤痕。所以爷爷奶奶一心想着扑到土地上。

分田了，可以想种啥就种啥，想咋种就咋种了。

我拽着奶奶那蓝色的大襟袄，蹦蹦跳跳，歪歪扭扭，像只小蝴蝶，在田野里飞来飞去。

大队长拿着尺子，以石头为标志，一块石头落下，一块地就定了身份。

奶奶努着劲伸展着她的小脚，像要冲破那长长的厚厚的裹脚布，丈量着生产队分给我们家的土地，那摇摆的身体像风中的稻穗一样快活。

春天是播种的季节，播下种子就播下希望，在 1982 年初春的那个明朗的上午，奶奶生平第一次得到了土地，从下人变成了主人，这是奶奶生命中最辉煌的一次变革。这对所有中国农民、中国人来说都是一次划时代的历史巨变！

奶奶蹲下来，掬一把泥土放在鼻子前闻闻，仿佛要闻出谷甜稻香。爸爸和妈妈在一旁盘算着，这几垄种高粱，这几垄种谷子，这几垄种黄豆。他们的心里早就长出了一片片稻花麦浪，闪烁着灿烂的光芒。

晚饭时，爷爷乐得呷了几盅酒。

土地是农民的饭碗，也是城里人的饭碗。有了自己的土地，日子便好过一些了。你若勤劳能干，田里的庄稼就长得好，粮食就打得多，除了上交公社，自家还有余粮；你喜欢种什么就种什么，想吃什么就种什么，自由得多。粮食可以卖钱，可以换油、换菜。

那时候豆腐不用钱买，用黄豆换。村里有一家做豆腐的，姓杨，杨每天都推着车子卖豆腐。一两黄豆，一块豆腐。冬天的时候，没有青菜，能吃块豆腐就是很高兴的事儿了。

“豆腐了，豆腐了”，一听见吆喝，我就迫不及待地端着一小盒黄豆去换豆腐。这就是物物交换，很省事。做豆腐的收了黄豆，除去做豆腐的，余下的就可以卖钱了。当时用黄豆不仅能换豆腐，还能换豆饼，豆饼一般给牲口吃。但是实在没有菜的时候，妈妈也给我们炒着吃。豆饼和冻白菜炒在一起，放些辣椒，香。

5

我是谁？

了解了中国农村，就了解了现实中国。

了解了中国农民，就了解了底层中国。

我曾是农民的女儿，我曾是个农民。

因为只在农村度过了童年，所以对农民艰辛的理解，对我来说还只停留在种地上。

因为种地对我们家来说非常难，所以，种地的记忆对我来说是辛酸和痛苦的。

种地需要劳动力，特别是男性的壮劳力，但是我家可以说几乎没有壮劳力。

爸爸中师毕业后先在村里当小学老师，后到乡里一所中学当校长。爸爸以校为家，家里的事他很少帮得上。

爷爷在村大队打更同时打理村大队的日常事务，看电话、做饭等。特别是乡里或区里来了干部，爷爷就要给他们做饭。

奶奶身体不好，常年用药，做不了家务，更不能种地，还需要妈妈的照顾。

妈妈承担了所有的家务，照顾奶奶、孩子，做饭、缝衣，喂家禽，等等。

这样算来，家里没有一个完全意义上的劳动力。

那时候种地全部用牲畜。农村家养的牲畜主要是牛和马。养牛马要喂养、要放牧，女性很难承担。农村的男孩儿十来岁就下地干活了，放牛、放马，赶马车、牛车，犁地。可是女孩儿不行。我一看见牲畜，就跑得远远的。

种地要翻地，播种，锄地，收割。水稻插秧、拔草，背着喷雾气喷洒农药；还要割地，用马车、牛车拉庄稼，庄稼拉到家还要打场。以谷子为例，把谷子运到家后，要把谷穗摔到石磨上，把谷粒摔出来，再用机器给谷粒去皮，才成为小米。在农村生长的干过农活的人都知道在机械化没有走进农村的时候，农民是相当辛苦的。

夏天，天刚放亮，人们就早早起来到地里干活。晚上干活干到看不见哪是苗哪是草才回家，挨蚊子咬是家常便饭。到卖菜的时候，要早早起来，到地里摘菜，洗干净，驮到城里，在菜市场占个好位置，菜才能卖个好价钱。

家里没有壮劳力，农活又繁重，所以种地对我家来说很艰难。

当时农村大多搭伙种地，两家在一起播种、一起收割，互相帮助。我们家和爸爸的舅舅家搭伙种地，其实是舅爷家帮助我们。舅爷家有几个小叔，都比我们大不了几岁，但是已经能够赶着牛车跑了。这时，奶奶就说，还是小子好啊，干活不发愁。

后来，我也理解了中国人重男轻女、农村人要男孩子的原因。中国是农业社会，在广大农村，男人才算是劳动力，就算女人再能干也抵不上半个男人。因此，在生产力水平还很低下的农村，增加劳动力仍然是提高生产力的一条重要途径。

许多年以来，特别是在农村的时候，爸爸和妈妈一直为生了六个女孩子而担惊受怕。在农村，没有男孩子就被称为“绝户”，这在农村是最难听的骂人话。没有男孩子就没有人去放牛、放马，赶牛车、赶马车，犁地，所以就无法养牲畜，而牲畜是种地的工具，没有这些工具就没有办法种地，不能种地怎么吃饭呢？这是让爸爸妈妈最头疼的事。还好，在舅爷家的帮助下，我们家才勉强维持。

搭伙种地只在比较繁重的农活上，比如收割的时候。春种和夏锄还是主要靠自己家人。妈妈除了照顾爷爷奶奶和我们之外，还要做大量的农活。记事起，我就跟着妈妈在旱地里锄草、在水田里拔草。

锄草的季节在夏季，早上要早早起床，天气比较凉快，中午热的时候回家做饭、吃饭，休息一下，下午又下地了，一直干到太阳落山。回到家再做饭、吃饭，睡觉时已经很晚了。

日复一日，年复一年。

早起，晚睡，烈日酷暑，蚊虫叮咬。

一望无际的田野，因为汗水的浇灌而更加生机勃勃。

一次，二姐因为又累又热，晕倒在谷子地里。妈妈在地头呼喊，沿着地一垄一垄地找，才在谷浪里找到二姐。

妈妈像男人一样，卷起高高的裤管在水田里拔草、洒药。

几次在水田里不小心被田鼠咬到脚，我吓得大哭。

我们家只能在舅爷家收割完以后才收割。东北的夏天秋天很短，冷的快，如果不抓紧一场霜下来作物就全部毁在地里了。

一年深秋，天快冷了，我们家才收割，爸爸妈妈很着急，所以从清早四五点钟到晚上九十点钟都在抢收。那时我也就十来岁，也拿起镰刀，割玉米、谷子、水稻。手起了血泡，胳膊、腿被刮伤，没有哭。然后我们都坐在载满农作物的牛车上回家。从田地到家比较远，牛车又慢，有一天到家时已经晚上十点多了，没有吃晚饭，还要卸车，就是把农作物卸到自家的院子里。

那天爸爸发脾气了，这是我童年记忆里爸爸唯一一次发脾气。平时那么一个为人师表、在困难面前从不低头的爸爸，发火了。他边卸车，边骂："农民干的这是什么活，这哪是人干的活?"

吃皇粮、拥有城镇户口、一向温文尔雅的爸爸，终于向沉重的生活发出了怒吼，这个怒吼非同小可，震惊了我。

爸爸的愤怒就像一个小铁锤敲开了我本来还懵懂的意识，我是谁？

从记事起就一直有一个问题困扰着我：我是谁？我来自哪里？

向自己的身份挑战，成为我后来的人生目标。

后来发现，不需要挑战身份，而需要赢得尊严。

6

从 1 数到 98

我的小学五年半是在农村上的，半年是在城里上的。

上小学之前我没有上过幼儿园。

我的女儿在一岁九个月上的幼儿园，哭了半年多才不哭了，但是每天晚上睡觉前仍然嘟囔着：不愿意上幼儿园。这个时候，我就跟她说："宝贝，妈妈小时候在农村长大，家里穷，没有上过幼儿园。你多幸福啊，上幼儿园多好啊。"我这么一说，她还听得进去，时常让我讲"妈妈小时候可苦的故事了"。

但是我心里清楚，一代人有一代人的生活方式和生活代价。这都是没有办法选择的。从 7 岁到 29 岁，我陆陆续续地接受着学校教育，整整 23 年，晨读、晚自习，一点点地透支着自己的身体。可是我的女儿从一岁多就要早早地从热乎乎的被窝里爬起来，去幼儿园。幼儿园、小学、中学、大学、研究生，幼年、童年、少年、青年统统交给了学校教育。这是一件多么沉重的事情啊。从这一点来说，农村的孩子比城市里的孩子要幸福得多。

我每每会因为女儿的童年里没有乡村而黯然神伤。

每周末幼儿园都会把教材发给家长，让家长带着孩子复习功课、做作业，多数是儿歌、手工。一次我发现女儿已经认识长方形、正方形、圆形了。还有一次出门，她说："今天没有风。"我说："你怎么知道啊？"她说：

“因为树叶没有跳舞啊。”

还有很多很多的发现让我惊叹、惊喜!

这些发现让我觉得多年来心中的那点自豪更加有意义。那是入学前的一次测试，一位姓张的漂亮女老师考我，考试题目是数数，让我从1背到100。因为爸爸是教师，在家里他经常教我们数数，所以数数对我来说是小菜一碟。可是考试那天，也许太紧张，数到98的时候，就卡壳了。张老师就鼓励我，可我怎么也想不起来。但这对当时的农村孩子来说，已经很不错了，所以被录取了。

时代不一样了，现在的孩子不可能像我小的时候上了小学以后才认识长方形、才会想象、才会比喻。面对各种各样的兴趣班、补习班，我不知道我能保持多少清醒和理智？原则就是她只要喜欢就做，不喜欢绝对不勉强她。培养一个孩子良好的生活习惯、健康的人格比多认识多少字、数多少数更重要。我虽然给不了她广阔、斑斓的田野和明净、自由的乡村，但会努力给她一份她所喜欢的自由和快乐。

女儿四岁多了，当了妈妈以后觉得，妈妈可不是容易当的。当妈妈要懂好多，要懂基本的医学知识、要当心理专家、要会烧几样好菜、要会讲好多故事、要学会开车、要有自己的事业，等等。否则你就跟不上孩子的脚步。于是，我买了各种图书，了解小孩的常见病，学习故事，学习识谱，等等。

龙应台关于“父母有效期”的理论颇引人深思。她说，孩子在小的时候，父母对他们是万能的，是完全可以依靠的。这是父母对孩子教育的黄金时期。等孩子一到了青少年时期，父母的“有效期限”就快到了……

父母从来不是天生的，父母要不断学习，和孩子一起成长，在教育的黄金时期帮孩子做好面对未来的准备。

女儿现在在学钢琴，为了尽职尽责地陪她练琴，我不得不也跟着学习。说到钢琴，记得小学校里有一架老式的脚踏琴，好像只有张老师会弹。她是音乐老师，高中毕业没有考上大学（在农村叫“高考漏子”），就回到农村当民办老师了。她丈夫是军人，听说婆婆家有钱，我也看过她的丈夫骑着摩托车来学校接她。我们都好奇地跑过去看，羡慕得不得了，在当时农村有摩托车的人家是不多的。那时我似乎明白，只有漂亮的女人、有文化的女人，像张老师这样的女人才会拥有幸福的生活。

我上学了。妈妈说，上学才能有出息，才能离开农村不用种地。她老说：“你爸爸要是不上学，能吃公粮吗？能当老师吗？你爷爷奶奶没有文化，但是就是供你爸爸上学。你爸爸要不是有文化，我也不会嫁给他啊。”

说这话的时候，妈妈很认真。妈妈年轻的时候，很漂亮，是城里人，在当时家境也好。之所以能看上跟着爷爷奶奶从山东讨饭来的爸爸，又下嫁到农村，这跟爸爸读过书有很重要的关系。总之，我觉得上学是天经地义的，至于上到什么程度也不知道。

我是背着妈妈做的带飞边的花书包，像小燕子一样飞到学校的。

入学那年，我七岁，只会从 1 数到 98，却是童年里最骄傲的事。

7

梦想哪怕挂在墙上

在农村读小学时，课比较多，有数学、语文、劳动、音乐、美术、思想品德等。除了数学、语文成绩不错以外，我的美术课也不错，每次美术作业的分数都很高。

于是我就喜欢上画画了，为了显示自己的这个“特长”，我经常照着杯子等物品画。某日，爸爸给我拿回来一本人体素描，让我照着画。

对于一个生长在偏远农村的孩子来说，梦想总是挂在墙上的，即便是这样，这也是最重要的启蒙。

梦想是需要启蒙的，除了一望无际的平原，广袤无垠的田野，我不知道这个世界还有什么。每次画完一幅画，我便得意地把这作品粘在墙上，房子，矮。光线，弱。我托着腮看着笑。简简单单的线条，却是一个农村孩子对全部世界的临摹。

2005 年夏天去宁夏西海固采访志愿者，我在黄土高原一间破旧的窑洞里，看见墙上挂着一幅世界地图。这幅地图就像这片贫瘠土地上的一洼清泉，就像盛开在母亲干裂的唇上的一颗露珠，我被震撼了。住在这间窑洞的孩子是一名高二学生，他告诉我，每天做完功课，他就会望着地图，开始行走，到世界各地“旅游”。

梦想可以让人插上翅膀，哪怕是挂在墙上的。

家里孩子多，生活困难，但是妈妈从来都不让我们穿脏衣服、破衣服。她用她那颗爱美的心为我们编织出美丽的衣裳，也编织出我们对生活的希望。

家里所有人的衣服都靠妈妈的一双手。她永远让我们穿得干干净净、漂漂亮亮的。她心灵手巧，每次做衣服前，都会先画个样子，做一些小设计，加个小飞边啊，绣个小花啊。每次穿上妈妈设计的手缝的衣服，我们都特别高兴，一点也不觉得丢面子。妈妈的这种用心，更传递着一种乐观积极的生活态度，这就像艰难日子里的灯塔一样啊。

爱美之心人人有之。爱美的关键在于去创造美。因为喜欢画画，所以我会像妈妈一样画一些自己喜欢的衣服样式、书包样式，让妈妈去做。后来，十来岁的时候，我干脆学会了使用缝纫机。当时缝纫机可是家庭的几大件之一，一是贵二是不容易买到。爸爸看妈妈手缝衣服太辛苦了，就狠心买了一台。

慢慢地，一颗小种子在我的心里扎根了，就是长大了做一名服装设计师。现在想想，在 20 世纪 80 年代的东北，一个农村女孩的理想是当服装设计师，尽管是多么奢侈，但是多么耀眼啊!

因为喜欢，我就在一段时间里很认真地学起了画画，是自学，照着实物画。画得像就行了。一段时间后，妈妈说这样会耽误学习的，美术是副科，考学也不考它，别学了。于是我就不学了，现在想想，如果当时也上个什么美术班，说不定现在也成画家或服装设计师了呢。

我的小学很轻松，没有什么作业负担，每天写完作业，寒暑假做两本练习册就行了。什么美术、音乐特长班全都没有，也许正因为这样，我对学习没有厌倦过。相比现在的孩子来说，我的童年因为少了负担压力而多了轻松愉快。

一个孩子的童年，不应当填充过多的东西，就像一个孩子很小的时候不能给他吃得太多。胃肠一旦吃坏，会影响一辈子的胃口和健康。

那天女儿幼儿园发的《起跑线上》这本书里有一个问题需要家长填写，问题是：你是否会强迫孩子把东西吃完？如果他已经不想吃了。我的回答是：以前会，现在不会了，已经纠正了这种不科学的方法。女儿很小的时候，有时会因为她一顿饭吃得少而着急得不得了，就端着碗追着喂，往往把女儿喂吐了，才罢休。这一次呕吐以后，要调理几天她的饮食才会正常。

我希望女儿的童年是一种本然的自然的状态，不要人为地过多地填充东西，别让她“倒了胃口”，影响一生的健康。

有时候梦想哪怕只能挂在墙上，也往往可以开启我们人生的第一束曙光。

8

有感情地朗读课文

多年来，多次在梦里回到故乡，梦见家门口那条静静流淌的小河，后院几十棵呼啦啦的挺拔的杨树；梦见背着花书包一起上学的小伙伴；梦见一排十几间红砖平房和四周壮丽的白杨——那是我的小学，最初叫九里小学，后来改称树林小学。

小学里有一群年轻人，他们出身农村，是“高考漏子”（落榜生），所以回村当了民办老师。他们年轻有思想，在我们眼里，他们就像早晨庄稼上的露珠，晶莹、清新、朝气。树林小学是村里唯一的一所小学，我印象深刻的有三位老师。

一年级的老师姓谭，男老师，帅气而温和。

二年级的老师姓徐，也是男老师，严厉而认真，就是爱拖堂，不过因为他讲课很精彩，所以也不讨厌他拖堂。

一个有趣的现象：有时候别的班级下课了，我们还在上课；或者我们班上课，别的班上体育课，就会有一小堆学生趴在门边听老师讲课，我们管这种行为叫“趴门”。

一个个脏兮兮的小脸从门缝里挤进来，有的朝座位上找自己的朋友，比比划划地叫着一起出去玩；有的直盯着讲课的老师，完全像被磁铁吸住一样；还有的学生爬上窗台，紧紧贴着玻璃的小脸生生被挤成照片。这时候有的学生就坐不住了，心都飞出去了。

但是徐老师的课，敢“趴门”的学生不多。有一次，徐老师正在口若悬河地讲课，几个调皮的小男生笑嘻嘻地“趴门”。他目不斜视，一个小粉笔头“嗖”地就飞过去了。“嘣”地一声，打中了一个。这群小男生尴尬地哄笑着跑开了。教室里哄堂大笑。所以我们都很喜欢他，喜欢他，酷！

三年级以后的班主任姓陈，陈老师是爸爸的学生，给我们当老师那年他也就二十岁出头，也是“高考漏子”。那个年代，也没有大专、大中专、成人、自考等说法，考不上大学就没有别的出路了。他家里挺困难的，不能继续上学，只能回村当民办老师。

陈老师很帅，眉毛像毛笔刷子，眼睛像小船，头发黑得像顶着黑毡帽，经常穿着黄色中山装。每当梦里回到故乡，就会遥遥地想起陈老师。

多年来，我也向家乡人打听他。他是一位优秀的老师，现在一定转正了，说不定已经当校长了，或者进城教书了，或者从小学转到中学了。我在心里做过各种猜想。

有一天，我意外地接到了他的电话。

他在北京，在一家物流公司打工。

他在电话里说，在我女儿满月的时候来家里看我，还说他是下午一点多上班，凌晨才下班，上午要休息，只能请假来。

听到这个消息，我突然高兴不起来了，不知道老师为什么会这样。那么一位优秀的人民教师怎么也进城打工了，而且做了一份与他的理想毫不相干的工作？

在我女儿两个多月的时候，一天，他突然打来电话说下午到我家来。

两个多小时后，我在公交车站接到了我的老师。

他的变化倒不大，只是胖了一些。他说他已经认不出我了。

是啊，毕竟我们已经 18 年没有见面了。1989 年小学六年级上到一半我们全家就搬走了，后来一直没有见过。

原来，他已经离开教师岗位多年了。从他的言谈中，我听出了沧桑与无奈，他一遍遍地说，他就是不明白为什么那年民办老师转公办时全校唯独没有他。然后，他只能回家种地，种了两年地，不甘心就到县城找零活干，又过了两年，通过朋友介绍来到北京打工，这活又干了两年了。他说，现在挺好的，就是还是想不通为什么学校唯独不让他转正。

后来我听说，因为陈老师耿直，得罪了校领导……我真为他惋惜，为他叫屈。因为他真的是一位好老师。

用一句话可以概括他的好：他是一位可以让学生诞生梦想的老师。

唯此，我觉得已经足够。

我们是他教的第一届学生。那时，他年轻，对教学、教育充满热情，充满梦想。他把学生的作文（其中就有我的）向省外的杂志投稿，他让我在小学六年级就入了团，他带我们参加各种类型的知识竞赛。这对农村学生来说，就像插上了一双双隐形的翅膀。

让我终身难忘和受益的是，他总是要求我们有感情地朗读课文。我是个乖学生，在他的指导下，我的朗诵水平比较好，逢公开课他总是叫我朗读课文。

记得我被老师叫起来，双手捧着书，带着神圣的感情朗读起来。教室里一片寂静，所有的目光都聚焦在书本上，所有的耳朵都聆听着一个声音：那抑扬顿挫的语调如叮咚的泉水撞击着我们的心扉。这就是语言的魅力，这就是声音的魅力，这就是朗诵的魅力，这就是艺术的魅力！

在一个孩子还小的时候，就给他的血液里植入一种艺术，会滋养他一生。

因为这方面素质的培养，后来到了中学、大学及工作岗位上，我在朗诵、演讲方面一直很突出，凡是学校、单位有比赛、有演出我一定参加，而且多次拿奖。通过参加比赛，我变得勇敢、积极、乐观、开朗。还记得上大学时在一次演讲比赛上，我朗诵歌颂焦裕禄同志的诗歌，台下的师生被感动了，我赢得了掌声，更赢得了强大。

现在女儿学习钢琴，最初的认识还是功利的：要具备一个特长，甚至要成为一个钢琴家。后来在与女儿一同识谱、一同练习的过程中，我体会到，让女儿学琴，不是拥有钢琴特长而是拥有一个别样的世界。这个世界会使她的人生充满快乐、美妙和幸福，就够了。

美国前国务卿赖斯从小就是一个琴童，从政后，钢琴仍然是她人生中一个最好的伴侣。她用诗一样的语言描述弹钢琴的感受：如果你要努力弹奏出勃拉姆斯的味道，就不那么轻松。但它可以转移人的思绪。演奏时，脑子里只有勃拉姆斯或肖斯塔科维奇。这时，我能够最大限度地忘记自己，我珍惜这种时光。

因为拿过很多这方面的奖，所以，我对老师的教育和培养一直念念不忘。如今，18年后重逢，我讲到这个事情时，他说，他很热爱教育，喜欢孩子，他虽然没有考上大学但是可以当老师也很高兴，他本想把一辈子都献给教育事业……他经常翻阅教育方面的书籍，一次看见书上说，有感情地朗读课文可以锻炼孩子的想象能力。

我恍然大悟。回味每一次朗诵和演讲时，哪一次不是自己先进入情景中、被感动，然后再带着听众走进情景中的！我对我怀中只有两个多月的女儿说，将来妈妈一定也教你有感情地朗读课文。老师笑了。

有感情地朗读课文，带着感情去朗读美文，眼睛、嘴巴、手、耳朵还有心一起都用上，你真的就走进了文章所描绘的那个世界里，那些美妙的文字从你的嘴巴里流淌出来的时候，一个活生生的世界不仅在你的内心，还在你的周围搭建起来，别人就会感受着你的感受，感动着你的感动。这就是“有感情”的魅力！

其实，凡事带着感情去做就会做好。一位朋友菜烧得很好，问他秘诀，他说，他是带着感情做的。可能是调侃的话，可我听着有道理。

那么，对于生活呢，我想也应该有感情地去生活。带着感情、投入地去生活，一定会活得缤纷靓丽、有滋有味。

9

小路迎着晨曦

每个人的生命中都有一次或若干次转折。

1989 年我们全家从农村搬到城镇，除了爸爸，全家人的户口全部“农转非”，这是我们全家一次重大转折。

这次重大转折，越是后来越发现它的意义。

当时从农村搬到城镇只有一个理由，就是：上学。

在农村，女孩儿上学太难了。

农村历来重男轻女，确有其现实原因。

在农村，男孩子可以撑门面，家里有男孩子就不受欺负，不被别人小瞧；男孩子是劳动力，十来岁的男孩子就可以下地干活了，放牛、放马、放羊，赶牛车、马车，喂牲畜，犁地，逢年过节杀猪宰羊的活儿也由男孩子承包了；男孩子是家里的安全门，出门起早贪晚都不用担心。现实证明，在农村男孩子就是比女孩子强。

在农村，女孩子上学更不容易。

村子里唯一的一所小学离家有四五里地，我们走路上下学，走一趟要 40 多分钟。

也有同学骑自行车，但我和姐姐们当然没有自行车骑。家里唯一一辆自行车，是爸爸每天上下班的交通工具。因为好奇，我在 8 岁那年学会了骑自行车，当然只是在爸爸下班后，我和姐姐轮着过过车瘾。

最初，爸爸在村小学当老师，等我上小学的时候爸爸已经转到在钱沟的乡中心学校当校长了。所以，我和大姐、二姐，还有同学一起搭伴上学。

我走路慢，迟到了就站在班级门口哭，老师让我进去，我还不好意思。

一次迟到了，我不好意思敲门，就低着头站在教室门外。心想，身为班级干部还迟到，真是没脸见人，想找个地缝钻进去。班主任老师看见了，就叫我进来，我觉得更加丢人，不敢看老师一眼，就嘤嘤地哭了起来。

我不仅学习好还是班干部，所以班主任陈老师对我很好，要换成其他的学生，肯定会被罚站的。越是这样，我越是觉得不好意思。陈老师心平气和地走到我的面前说："快进来吧，不能耽误大家上课呀。"我抹着眼泪，蹭到自己的座位。半节课也不敢抬头，露出我那哭花了的小脸。

农村的孩子上学真的是太不容易了。2005 年我去贵州、宁夏、四川山区采访的时候，发现那里的孩子上学条件还不如我小的时候。跟着志愿者去家访，要走很远很远的山路。山区里各家各户住得分散，学校又少，十里八村的孩子只能在一个学校里读书，有的孩子要凌晨四五点钟从家里出发。中午赶不回去，没有食堂，有的从家里带点干粮，家里穷的连干粮也没有，就不吃午饭了。可是小孩子正是长身体的时候啊。

几次梦见小时候上学的情景，走啊走啊，突然惊醒还没有走到。缩短那遥远的距离是我儿时的梦想呀。

从家到学校有两条路，一条是大路，一条是小路。大路安全、远，小路偏僻、难走、近。

大路在田野里铺开，宽阔、空旷，马车、牛车、自行车喘着气从身边擦过。凡有野草丛生的空地上必有孤坟，坟头上砖头压着黄纸，风起黄纸沙沙响，耳后冷风骤降，小伙伴们撒腿快跑；坟头及四周也常常开着星星点点的野花，在茂密的杂草中凄凄摇曳。

我的家乡在松嫩平原，风多、风大，每每平地升腾起黑旋风，夹着尘，裹着草或纸，成黑色旋涡，向上狂卷。听人说，遇到黑旋风，就说明有鬼魂在游荡，还有可能被黑旋风卷走，因此要迅速跑开；还要朝黑旋风吐唾沫，否则会有鬼魂附身。多风的季节，遇到黑旋风是常事，我们小伙伴就迅速抱做一团，扑在地上。

路边有一户人家，家里有一个疯女人。披肩的长发永远像刚刚被自己纤细锋利的长指抓挠过一样，三十几岁的年纪头发却是花白的，俊俏偶尔会闪现在她那清瘦的脸颊上，每天上学放学经常见她坐在家门口抽烟、嬉笑、怒骂。人说，她二十几岁的时候，可是个体面的人。

小路本不是路，只是走的人多了，便成了路。小路主要是田埂，田埂窄而泥泞，人走在上面一不小心就会滑进水田里；还有纵深的玉米地和高粱地，像高墙一样森严。所以也不敢轻易走小路。

田野、坟地、黑旋风、疯女人，为了上学，我一定要面对这些。多年过去，这些景象还时不时会闯进我的梦里，惊出一身汗。

一个人的童年就像一个孩子的母乳一样重要啊。

因为这些，奶奶身体好的时候就到九里一队的路口接我们姐妹回家。每每奶奶都念叨这句老话："你们要是小子就不用我接了。"

冬天时天气太冷，我们不能回家吃午饭，要带饭，还要带柴火。

每个教室里都有一个炉子，学生们轮着值日，值日的同学带着教室的钥匙，要第一个赶到学校生炉子。炉子烧的柴火都是学生们从家里带的。老师除了给学生们布置作业，布置交学杂费外，布置带柴火更是一件特别重要的事情。

冬天下雪的时候，小孩子们穿得像棉花包一样，走起路来都很困难，再抱着一捆柴火就更艰难了，一不小心吱溜一下滑倒了，就滚成了小雪人。但是不带柴火没有办法上课，不生炉子中午就没有办法热饭。

我做过值日，也因为是班干部，经常要早早地来学校，开门，生炉子。那天我要起得很早，抱上一捆柴火，穿着花棉袄，戴着花围巾，背着花书包，在雪地上蹚出一条歪歪扭扭的小路。小路迎着晨曦……

我到了学校，先生炉子，放柴火，划火柴，点着，嘴巴当鼓风机，吹出一口气，吸进一口烟，呛着嗓子也得吹，直到吹出火苗来。青烟袅袅升起来了，校园里热乎了，一个个小孩子背着书包来了。

希望便是这样一点点用一个个孩子们的一份份坚韧垒起来的。

早上从家出门的时候装上一盒热饭，一路走到学校饭已经凉透了。到了教室，把饭盒放在课桌里，一上午就摸着饭盒上课，饭盒是凉的，心却是热的。

上午的最后一节课铃声一响，同学们就疯狂地往炉子那挤，都争着把饭盒放在最下面，这样饭热得快。一个炉子上也就可以同时放四五个饭盒，其他的饭盒就得往上摞，女生抢不过男生，女生的饭盒往往都放在上面。

上小学再怎么艰难，也是在本村；上中学可就困难了，因为本村没有中学。

大姐小学毕业后必须到城里念中学了，家里给她买了辆自行车，又找到一个同村的也在同一个学校上学的男孩子，早晚搭伴走。

在从城里回家的路上要经过一个火葬场。火葬场立着一个高高的黑烟筒，整日冒着滚滚浓烟。每次经过火葬场，我都感到我的头发像被一根根拔起。于是特别担心，将来上中学可怎么办？

在农村把孩子供到小学毕业就不再供了。一是上中学不方便，二是学杂费太高，三是人们都觉得小学毕业认识几个字就可以了。一个村里只有两三个在城里上中学的。所以农村的女孩子要上中学简直是不可能的事。

大姐可以硬撑着上，那接下来我们五个怎么办？个个如此艰难，可能就不会继续了。

人都有梦想，但是实现梦想需要条件。对于一个弱小的生命个体而言，客观条件比主观条件更重要。

因爸爸工作调转，1989 年我们全家迁到城镇，“农转非”，翻开了我们姐妹生命的新篇章。

10

奶奶病了

故乡地处平原，风大风多。

冬天下雪的时候，狂风卷着大雪，把房屋、树木、河流、田野都包裹起来，白茫茫一片。

孩子们喜欢下雪。下了雪，就可以打雪仗、堆雪人了。最好玩的是，挖雪洞陷害别人。在路上，先堆上雪，雪大，不用费力气一会儿就堆了几尺厚，从中间挖个洞，在上面铺上干草，再覆上一层雪。一脚踩上去，只听“嗵”的一声人就掉进洞里了。大人们顶多陷进去双腿，小孩儿可就会被全身覆没了。挖洞的孩子们一看到有人中计了，就像小雪球一样逃走了，乐翻在雪地里。

1979 年的春节刚过，正月初八这一天，四妹像小雪花一样飘落在我们家。她静悄悄的，来得一点也不理直气壮。

又是丫头！这个正月变得异常寒冷。

妈妈直流泪：“不给她奶吃，扔到脚底下去。”

奶奶没哭出来，直接病倒了。

奶奶进城住院了。

产后不到七天的妈妈，拖着虚弱的身子下地干活了。洗衣做饭，照看孩子，喂鸡鸭鹅狗猪，打理家里所有的一切。东北的深冬，冷得刺骨。

什么补品也没有，连一个鸡蛋一瓶水果罐头妈妈都舍不得吃。

妈妈说，年轻，什么也不懂。晚饭后，喂猪，赤手抓起冰冻的白菜就剁；用冰凉的井水淘洗一盆一盆衣服。因为在坐月子期间着了凉，妈妈落下了手腕疼痛的毛病。从我记事起，就总有一种声音会突然在夜深人静的时候响起。那是因为妈妈的手腕又疼了，她疼得睡不着，就用手敲打炕沿缓解疼痛。

东北的火炕，是用砖、水泥搭起来的，通到外屋，和锅台连在一起，做饭烧锅的时候，炕也就热了。有的人家不只一盘炕，不连着锅台的可以单烧，烧火的地方就在屋里。炕沿是用木头做成的。小的时候就发现，富裕家庭的炕沿比较宽，还会刷上蓝色或黄色的油漆；贫穷家庭的炕沿比较窄，能刷上一层无色的油漆就算比较奢侈了。我家的炕沿算是窄的。富裕家庭的炕上一般铺着刷过油漆的胶合板，条件不好的家庭炕上铺的是竹子编的炕席；胶合板容易清洁，编的炕席不易清洁，家里孩子多，照顾不过来，不是这个拉在炕上了就是那个尿在炕上了，妈妈是个爱干净的人，所以铺张了一下，用胶合板做炕席。

我们家有两个睡觉的屋，一个屋借给了本家姐姐一家人，我们一家人住在一个屋，一个屋里两铺炕。我们六个和奶奶睡一个炕。虽然和妈妈睡的炕有点距离，夜里还总是能听到那已经在抑制的手敲打炕沿的声音。

这声音从我记事起到我离开家去求学、工作以前，一直会突然在某个午夜把我惊醒。当、当，一下、一下，妈妈每次落下的手像只小锤一样，一下一下击打在我的心上。妈妈痛在手上，我痛在心里。

奶奶虽然喜欢孙子，但是她从来不嫌弃我们。

我们姐妹六个都是在奶奶的裤兜子里长大的。奶奶的裤子腰围宽大，可以装个小孩，夏天单穿，冬天里面套个棉裤都可以，腰围一缅，系上一根布条，省钱省事。我们生下来，奶奶的裤子就是我们的摇篮，我们便在里面尿在里面，她走到哪把我们拖到哪。我那瘦小的奶奶一定像个肥美的幸福的大袋鼠。那里紧贴着奶奶的肚皮，紧贴着奶奶的温度，紧贴着奶奶的心，温暖，安全。

奶奶已经去世多年了，对奶奶的思念与奶奶的温暖一样，永恒。如果奶奶现在还活着该有多好，不过才 90 岁。

奶奶个子不高，很瘦，驼背，面目清秀，皮肤白，眼睛大，从我记事起就记得她肚子也大，那是因为有病。奶奶有一副菩萨心肠，这在村里是闻名的。谁家两口子闹意见了，儿子不孝顺老人了，她准去调解；谁家里丢了东西，她准帮着找；谁家里有活儿只要她能干得了的，肯定会伸一把手。奶奶没有上过一天学，不识字，只会写自己的名字，却会算数、打算盘。家里经营小卖店的时候，她卖货，眼珠一转，账算得又准又快。奶奶热情，通情达理，家里来客人了，不管是左邻右舍、亲戚朋友，还是爸爸的同事，她都与人家有说不完的话。奶奶能言善辩，却老实得不会与人吵架、交恶，这导致她得了一生都没有治好的病。

1974 年的春夏之交，漫山遍野的小草肆意着绿，野花骄纵着艳，杨柳舒展着纤细的腰肢，秧苗伸出小脑袋四处张望。

在这样孕育希望的季节，也孕育着生命。妈妈又怀孕了。

“没准是个小子”，希望总会让人的心里绿油油的。

我家菜园里的菜苗露出了尖尖角。自家的和邻家的小鸡们纷纷来尝鲜。

奶奶看见了，当然不能让它们摧残这些小生命，于是轰它们散去。可是，小鸡轰走了还来，来了只得再轰走。

一次奶奶在轰鸡的时候，被邻居家的女人看见了。她瞪着眼，叉着腰，朝奶奶破口大骂，骂奶奶打了她家的小鸡。

奶奶跟她好言解释。她不听也不罢休，继续恶骂。妈妈听见了，出来与女人讲道理：“我们轰的小鸡有你家的也有我家的，也没有打它们。我们不能眼看着小鸡吃苗不管。”

女人还是不停嘴。

我们一家在村上是出了名的老实本分，看来她是拣软柿子捏，欺负老实人。奶奶被气得浑身打哆嗦。身怀六甲的妈妈见状，情急便打了那女人。

妈妈后来说，她这半辈子就打过这么一次架，那是为了奶奶，她心疼奶奶呀。

后来，奶奶在气头上吃了一碗面条，气就淤在心里了。以后女人一见到奶奶，不打也不骂，就是唱戏，作出各种动作，恶心奶奶。奶奶就生闷气。后来奶奶就落下了病，胃、腹常痛。慢慢奶奶年纪大了，就疾病缠身了。

一到冬天，奶奶的吃喝拉撒全在炕上了。炕前有痰盂、尿盆。为了方便晚上她吐痰，在炕前的地上撒一些锅灰，她把痰直接吐在灰上。她的哮喘病很厉害，晚上无法正常休息，睡着睡着就咳醒了。

这时候，奶奶便坐起来，披上被，跪在炕上，头顶着炕沿，一会儿咳嗽，一会儿休息。直到深夜，有时到黎明。

在我的记忆深处，有许多生动的关于奶奶的音容笑貌，更有黑夜里奶奶跪在炕上的样子，那俨然已成了一尊塑像，重重地压在我的心上。

以后，由于我们都不争气，一个女孩儿接着一个女孩儿，奶奶伤心又绝望。大概从我开始，每一个丫头出生后没几天，她便会生病住院一次。有几次医院都下过病危通知。

奶奶 1990 年去世，享年 69 岁。

这样一个逃过荒讨过饭，给地主家做过下人的最底层的女人，虽不识书却十分达理。在姑姑被饿死、爷爷酗酒，上顿吃了没有下顿的艰难困苦中，她依然顽强地扶养爸爸，供爸爸读书。这就是中国女性，她们有自己的信仰，自己坚持、坚守的东西，她们是真正的优秀文化的传承者和发扬者。

奶奶在的时候，总是让爸爸给她写书，写她的人生、她的故事。

这便是一个大字不识的最普通的中国妇女的文化意识，文化自觉和文化自信。

妈妈常说，如果家里条件再好些，奶奶一定会多陪我们几年。

如果奶奶看到我们现在幸福的生活，她该多么高兴啊。

我相信，她看到了。

11

“爷爷死了”

爷爷在一家医院去世的时候，奶奶正在另外一家医院住院。

奶奶要出院回家之前，爸爸再三叮嘱我们姐妹几个千万先别告诉奶奶。她大病初愈，经受不了这突然的重大的打击。

那个晚上，我们姐妹几个既害怕又兴奋。害怕的是奶奶回来看不到爷爷，该如何向她解释；兴奋的是，奶奶又一次逃脱死神，终于回家了。

“哞哞哞”，牛车到了，我们跑出去搀奶奶。

那是1987年的正月里，刚过完春节奶奶就生病住院了。后来她说，那天她在炕上晕倒的时候，她觉得自己下了炕，走出家门，走到大街上，家门口有一辆牛车，是来接她的，去哪里，她也不知道。这时候全家人都在哭着叫她，不让她走，最后她舍不得走又回来了。

“奶奶，奶奶，你可回来了，我们都想你了。”边说，我们边哭起来。

“奶奶回来了，还哭啥？别哭了。”奶奶抚摸着我们的头。

我们哭，是因为爷爷不在了。

“哭啥，你奶奶回来了，别哭了。”妈妈在提醒我们。

我们帮奶奶脱外衣、脱鞋，拿毛巾给她擦脸、擦脚。

这时候，五妹不知啥时已经钻到奶奶的怀里，当时她还不到七岁。

奶奶搂着她，她乖乖地搂着奶奶的胳膊。突然，她把天大的秘密说了出来。

“奶奶，爷爷死了。”她神秘地眨着天真的眼睛，悄悄地对着奶奶的耳朵说。声音不大，却像一枚炸弹在屋子里爆炸了，所有的人都惊了。亲戚、邻居，他们都知道在奶奶住院期间，家里到底发生了多么大的事情，他们都想来支持一下。这时大家不知所措。

最不知道该怎么办的是爸爸和妈妈。

“谁家爷爷死了?”奶奶怎么会想到呢?

“咱家爷爷呀。”五妹又重复了一遍。她太小了，她不知道，死，究竟是怎样一回事。

“咋回事，拴成。你达（音，似山东方言，父亲的意思）呢?”奶奶惊恐地叫着爸爸的小名，问爷爷的事。

“娘，俺达，他走了。”爸爸紧紧地攥着奶奶的胳膊，直直地看着奶奶的脸，熬红的双眼里透出绝望和痛苦。

“咋回事? 这老头子，咋说走就走了呢?”两行清泪顺着脸颊坠落。

屋子里一片寂静。大家都试图在打破这种寂静。

“老太太，你病好了就好了。人是到寿了……”

“老头子，也没遭啥罪，也算挺好……”

那年，爷爷 68 岁。

奶奶和爷爷吵吵闹闹了一辈子。

奶奶最烦爷爷喝大酒。

如果家里来人喝酒，奶奶总是劝酒：“酒，还是少喝为好，酒伤身体，喝多了，难受，有时候还误事。俺家拴成，实在人，老是怕哥哥弟弟的没有喝够，劝你们酒。我不让你们多喝，喝好了就行了。你们说是不是啊?”人家不会生气，还觉这老太太会讲话，关心人。

奶奶不希望爸爸多喝酒，跟爷爷能喝酒有关系。

爷爷有点嗜酒。年轻的时候，家里没有钱，他总是要省下些钱买酒喝。

因为喝酒的事，奶奶和爷爷经常吵架，奶奶脾气大，说话不饶人，爷爷性子闷，常爱生闷气，生气了就离家出走。爸爸从小目睹和经历了家庭的不和谐。爷爷和奶奶生气了，爸爸就两边劝，还要不偏不倚，劝了爷爷劝奶奶，直到把他们俩都劝好为止。爸爸经常说，那时候，他就下决心，以后有了家，绝不能吵架，难为孩子。所以，我们都在和睦的家庭中长大。

奶奶住院后，爸爸便到医院护理奶奶。爸爸是独子，没有人能替他。他吃住在医院，几天不回家，晚上就睡在冰冷的长椅上，由此落下的腰病，至今不好。妈妈说，要是有个兄弟姐妹，爸爸也能喘口气呀。

家里剩下妈妈、我们六个还有爷爷。爷爷白天在大队值班，做饭、看电话，晚上打更。不忙的时候，他便回家做农活。那天是正月十三，傍晚，爷爷从大队回到了家。

他一进家门，便幽幽地说："这老太太，这次我看是挺不过来了。"

每一次生病，奶奶都从死亡线上挣扎过来。但是这次病情很严重，爸爸从城里给妈妈捎话，医院要给奶奶做手术。手术风险很大。一是因为她年龄大，二是奶奶身体底子不行，瘦弱。三是手术本身就是有风险的。所以，医院要求家属做好准备。妈妈到村供销社买布，买新棉花，给奶奶准备寿衣。这件事情不能让爷爷知道。但是他似乎已经觉察到什么了，总之那天傍晚回来的时候，闷闷不乐地自己咕哝了那句话。

我们没有劝他。那年大姐14岁，二姐13岁，我11岁。在我们还不知道自己该如何接受这个现实的时候，我们更不知道怎么劝爷爷。他要喝酒。喝酒对于爷爷来说，就像喝水一样正常，没有下酒菜是没有关系的。大姐用平时喝水的小玻璃杯给他倒了半杯酒，他嫌少，但并没有再给他倒。他一边用嘴咂了一口酒，一边又念叨着："这老太太，这次我看是挺不过来了。"

半杯酒还没有喝完，他突然说："我的头有点晕，想躺一会儿。"

"爷爷，你咋了？"大姐便扶爷爷倒在炕上。

爷爷的头刚碰到枕头，就打起了呼噜。

“爷爷咋这么快就睡觉了呢?”我们纳闷。

一会儿，呼噜声越来越大，而且变得异常急促，他像要吐东西，却吐不出来。大姐从外面拿了一个小盆，放在爷爷的嘴边。

“爷爷，你吐啊。爷爷，爷爷。”大姐叫着爷爷。

爷爷仍然发出响亮的含混的不均匀的要呕吐的声音。

我们意识到，情况不好。

我们赶紧从邻居家里叫来正在给奶奶做寿衣的妈妈。

妈妈奔来，见状，大惊。她一边叫着爷爷一边叫我们去舅爷家里叫牛车，送爷爷去县城的医院。

舅爷家的表叔赶着牛车来了，他们把爷爷抬到车上，在黑夜里向县城走去。

妈妈交代表叔把爷爷送到城里另外一家医院，这事不能让爸爸和奶奶知道。妈妈留下来，继续给奶奶做寿衣，因为奶奶第二天就要上手术台了。妈妈和我们都以为爷爷不会有什么事，可能酒劲上了头，到医院看看就好了。

第二天，正月十四的凌晨，城里回来了一位表叔，告诉妈妈，爷爷在凌晨三点多咽气了，医院诊断是：脑出血。

妈妈赶紧停下了手中的活儿，开始给爷爷做寿衣。

那刻，妈妈的泪已经干涸了。我们姐妹几个哭作一团。

爷爷就这样走了，一句话也没有留下。在他晕倒之前，他一定在惦记着奶奶——与他吵吵闹闹、吃糠咽菜了一辈子的老伴儿；他是和他的六个孙女在一起的，是孙女给他倒的最后一杯酒；他没有见到爸爸，他唯一的儿子；他没有见到视他为亲爹的儿媳妇。总之，他一定有很多担心和念想，当血在一刹那冲进他的大脑的时候，一切担心和念想便凝固成永恒。

爷爷 1919 年生于山东，哥仨，他是老大，爱喝酒，话少，但喝酒后话多，爱说车轱辘话。他喜欢给我们讲故事，讲他年轻的时候打日本鬼子，讲他给地主家扛活做工赚钱如何养爸爸。他没有文化，也不会讲大道理，但是他告诉爸爸，要能识文断字，要有本事，所以他和奶奶讨饭也供爸爸读书。

爷爷也喜欢孙子，但是他很宠着我们。一次妈妈下地干活，过了晌午才回来，他就发火了，训斥妈妈不回来给我们做饭。大队里没有来客人的时候，他就回家下地干活，他干活快，麻利。大队办公室离我们家不远，我们就到办公室找他，办公室有部手摇电话机，很新鲜。那时连城里都很少有电话，一般电话都是从乡政府打来的，我们总喜欢拿起话筒"喂，喂，这是树林村啊"。爷爷在旁，脸上缀满了笑。

爷爷的身体好，奶奶总是说，她得先爷爷而去。没有想到的是，爷爷先走了一步。

表叔还捎来话，医院让家属赶紧去，所以妈妈必须抓紧时间做活儿，要给爷爷尽快穿上寿衣。

她们做着做着发现布不够了，还缺一件大褂。可是当时还不到六点钟，村供销社还没有开门，没有地方买布。别人就说算了吧，内衣、外衣、鞋、枕头什么都全了，就不用做大褂了。可是，妈妈不，她跑到供销社，硬"砸"开了门，买了几尺蓝布，做了件大褂。

然后，妈妈就坐着牛车赶到城里的医院。我们姐妹几个看家。

家里的亲戚、朋友、左邻右舍的听说了，都赶过来了。

第三天，爷爷被火化了。

妈妈说我们太小，都是丫头，胆小，再说到城里也不方便，所以爷爷在城里去世时、火化时我们都不在场。

后来，妈妈说，她到了爷爷住的那家医院，医院就要求赶快把爷爷抬到太平间。妈妈一边叫亲戚去另外一家医院通知爸爸，一边给爷爷换衣服。

按照当地风俗，给过世老人擦身体、穿衣服是要亲生儿女来做的。可是爷爷没有女儿，只有爸爸一个儿子，此时还不在身边。这些活儿，妈妈就理所当然地做了。妈妈给爷爷擦脸、梳头、擦干净身体，给他穿上了她们在几个小时里赶做的衣服。衣服都做全了。但是妈妈还是有遗憾："达达走得太突然了，活儿做得粗，针码大，也不板整。"

在护理奶奶的爸爸，听到爷爷去世的消息时，我不敢想象，他是怎样的表情。表叔说："俺哥，差点昏过去，捏着俺的手说'这不可能'，'到底是咋回事'?"

爸爸安排表叔在医院护理奶奶，他便奔到太平间去看已经闭上双眼的爷爷。爷爷整整齐齐、干干净净地躺在那儿。爸爸瘫了……

"达，你咋这么快就走了呢? 达，俺娘还在住院呢。达，你咋能撇下我们就走了呢?"爸爸怎么也没有想到，平时身体健朗的爷爷会在这个时候，他需要人拿主意、需要安慰、需要力量的时候离开他、离开这个家。

一边是奶奶马上上手术台，生死难料；一边是爷爷突然离世。两件事，在同一个时间叠加在一起……

天塌了!

爷爷被火化那天，在爷爷的遗体被推进火化炉前，爸爸流着泪悄悄地离开了。他怎么受得了爷爷被推进熊熊燃烧的大火里，化作灰烬，化成青烟，飞走。

后来我到城里，路经那个火葬场时，看见那高耸的烟囱，我就想爷爷就是从这烟囱里飞走的，飞向了另外一个世界，与天空、白云融为一体。

这个世界在，爷爷的呼吸就在。

12

1988 年的初冬

1987 年的一天，家里来了一个陌生的男孩儿，他是大舅家的表哥。妈妈说表哥要在我们家住一年，到城里上中学。我们姐妹真是兴奋，家里来了个哥哥，又是城里人。奶奶见这么大小子，高兴得合不拢嘴，家里终于有了个男孩儿，虽然只是来串个时间比较长的门。大舅家里条件好，表哥不喜欢学习，于是大舅让他到我们家体验苦日子来了。

大舅送表哥来，是第二次到我家。妈妈嫁来的时候，是大舅送来的，那年大舅才 19 岁。近二十年过去了，人变了，苦日子没变。年轻漂亮的姐姐，已经是六个孩子的妈妈了，侍奉多病的奶奶，操持一大家人的日子，这让大舅很吃惊也很心疼妈妈。大舅在家里行二，很小便与妈妈一起担负起家庭的重担，他们吃过苦，感情也很深。大舅和爸爸妈妈聊了很多。几天后，大舅走了，表哥留下了。

转眼一年过去了，1988 年的一天，大舅来信说，林业局要引进人才，大舅推荐了爸爸。不久，做了二十几年乡村教师的爸爸，在一个月里就办完了所有调动手续。由于我们和妈妈、奶奶都是农村户口，所以要慢慢地办，我们还要先在农村呆一段时间。爸爸先去林业局上班了。

爸爸离开农村的原因，一是农村实在太苦了，他心疼妈妈。二是为了我们姐妹六人能够上中学。

爸爸离开家的时候是初冬，妈妈狠狠心给爸爸买了件只有城里人才能穿得起的呢子大衣。

那天，爸爸帅帅地踏上了火车，去开创他的新前程和全家人的新生活！

冬天在慢慢消融……

贰

我爱小兴安岭

越过苦难，苦难才称得上是财富。

有一种火车叫绿皮火车，20世纪70年代以前出生的人都知道。

叮叮当当，轰轰隆隆，没有空调，见站就停，像一只硕大的蜗牛。空气是污浊的，环境是嘈杂的，人们是灰白的，车速是慵懒的，售货小车是诱惑的：花生、瓜子、啤酒啦，香烟、面包、火腿肠啦……只要一停车，还会蜂拥而来一群端着茶鸡蛋的小商贩们。

记得第一次上火车时，那巨大的火车头喷射出的白雾吓得我双腿发抖。

火车为什么是绿色呢？和邮筒、邮车是一个颜色。是的，它们都是“使者”，把人们和人们的心愿送到他们想去的地方。

1989年五一国际劳动节我们就是坐着绿皮火车到了人生的第二故乡。从九里坐牛车到碾子山区，从碾子山区坐火车到哈尔滨，从哈尔滨再换火车。在绿皮火车上颠簸了两天两夜，我们终于到了伊春市五营林业局。

这是我第二次坐火车。第一次是因为被狗咬伤，爸爸带我坐火车去长春打狂犬疫苗。

伊春市五营林业局地处小兴安岭。

小兴安岭是黑龙江中北部一条长约500公里的山脉，西北接伊勒呼里山，东南到松花江畔，北部以黑龙江中心航线为界，与俄罗斯隔江相望，是中国东北边疆的重要门户。

这条山脉绵延起伏、逶迤千里，茂密的大森林郁郁葱葱、层峦叠翠，是中国主要林区之一，林区面积 1 206 万公顷，其中红松蓄积量占全国红松总蓄积量的一半以上，素有“红松故乡”之美称。

自然之伟力造就了巍巍兴安岭。这里四季分明，冬长夏短，春天雪中花、夏季清凉地、秋日五花山色、隆冬洁白如玉。

美丽的地方开启了我们崭新的人生。

1

爸爸送六个女儿上学

“农转非”，是身份的一场重大革命。

一场革命对一个国家、一个民族来说是破旧立新、翻天覆地，对于一群年幼的孩子们来说同样要经历革命带来的阵痛。

在爸爸来信说一切都办妥了，我们要搬家时，我的心里就闯进了一只小兔子，安不下心来了。

有迎接新生活的激动还有惆怅。城里有高楼大厦和车水马龙，校园有明亮的教室和宽阔的操场，家里有明净的窗户和雪白的馒头……想想这些，怀里的小兔子快活得蹦蹦跳跳。但是城里的新同学会看不起我、歧视我吗？会嘲笑我吗？会斜着眼睛打量我这个没有漂亮衣服的乡下妹吗？……想想这些，心像被小兔子抓挠一般惴惴不安。

因为，对城市我的心曾痉挛过。

那年我上小学四年级，一次到城里参加全区的数学竞赛。妈妈特意给我做了一条绿涤纶裤子。我穿着绿裤子、红上衣高高兴兴地跟着陈老师到城里考试。这是记事以后第一次到城里，紧张得要命。考试结束后我去厕所，在厕所里碰到了两个城里的女生，她们主动和我搭话。

“喂，你是哪个学校的？”城里人真大方，我心里想。

“四小的。”四小是区里的一所小学。我听说过，便蒙着说。

“我也是四小的，怎么没有见到你？你是城里的还是农村的？”她们质疑了。我马上为刚才的撒谎后悔了。

“我是城里的。”我低低地说。谎言只能用谎言掩盖。

“你撒谎，你是农村的，一看就是个土包子。”她们俩你一言我一语地说起来。

等我站起身来，其中一个女孩突然上前朝我的屁股踢了一脚。边骂着“土包子”，边跑了。

我站在那里，半晌没有动。

我没有用哭来祭奠我的屈辱。

多少年过去了，我蓦然发现，那屈辱不是来自那一脚，而是来自我内心的自卑。

对农村孩子来说，这种屈辱和自卑是与生俱来的，从出生后呼吸到的第一口乡间空气，从第一次双脚踏上泥土地，它便随着年龄的长大而长大。这是因为，他们从小就目睹了父辈们因为一垄玉米、一畦韭菜、一架黄瓜被烈日灼伤的肌肤，目睹了身着雪白衫衣、笔挺裤子的城里人用一尘不染的柔软的双手对他们的粮食挑肥拣瘦，目睹了汗水浇灌的饱满的谷粒、青翠欲滴的黄瓜却只换来几颗被攥得湿漉漉的硬币……

他们对世界的认识被不平等的身份首先做了注脚。

“你们城里人是不是看不起我们农村人?”一个长在黄土高原从来没有离开过家乡的女孩儿问到这里支教的来自上海的志愿者。

这个现在也许已经成为新生代农民工的女孩儿，在没有离开家乡半步的时候就有这样的认识，显然来自她在外做农民工的家人或朋友，他们干的活儿最脏最累最危险，挣钱却最难最少最可怜；他们用双手建筑高楼大厦，却没有一扇属于自己的窗户；他们用汗水装扮城市，却没有得到一个温暖的拥抱。每年约有 2.4 亿农民工长年流动，未能及时享受到城市化发展成果，却成为城市排挤对象。然而，没有广大农民的幸福，哪里会有中国人的幸福?

越自卑越自尊。越自尊越自强。越自强越奋起。

要出人头地，证明给别人看。

这就是来自底层、出身农民的人的心路历程，而且这些人大凡会取得不小的成就。但是当成功以后，一定要甩掉这种心理，方能蜕变成一个真正进步的人。

腐败往往来自病态的竞争、虚荣以及扭曲的“证明给人看”的心理，很多走上犯罪道路的贪官或者成功人士，大都是来自底层并拥有辉煌奋斗史的人。

证明给人看，没有错，确实激励了自己很多年。

有一天发现，人活着不是证明给别人，是要证明给自己。

自己真正站起来。自己站起来，自然有人仰头看。

“雨后山中蔓草荣，沿溪漫谷可怜生。寻常岂藉栽培力，自得天机自长成。”一个人只有怀抱依靠自己生命力的信心，就会自得天机，自然得到天地生命的力量，自我站起来。成功，需要这样的勇气。

我不擅长体育，但我在小学的时候偏偏拿过一个全校运动会 800 米长跑第一名。不是因为我有实力，而是因为有勇气和骨气。那年我刚上小学五年级，学校组织运动会，五年级和六年级一组。有一个项目是 800 米长跑，班里没有人报名，我是班长，于是我报了名，没打算拿奖，只是充个数。一次课间，我偶尔听到班主任老师和体育老师的对话。

“我班徐庆群报长跑了，她能行吗?”班主任问。

“她的体育不是很好。我看不行。”体育老师说。

听了以后，我不服气，觉得他们小看人。于是我下决心好好准备。

最终，我得了第一名。

从此，体育弱项的我，开始自信起来。

要走了，离开老师和同学心里满是不舍。陈老师组织大家照合影。同学们送我各种小礼物。我呢，也要送大家礼物呀，再三犹豫，还是张口向妈妈要钱。没想到，妈妈爽快又大方，一下子给了我 10 块钱。妈妈去城里卖菜的时候，特意带着我去城里商店给同学买纪念品。为了纪念姐妹情深，我们十一个女同学临时成立了一个“组合”，叫“东北十一妹”，我是老十。我们约定，十年以后再相见。二十多年过年了，我们也没有见过，也基本没有了联络。但那段纯真的往事是生命长河中最美、最清澈的涟漪。

到了新地方，立即投入学业。

当时，大姐读初三，二姐读初一，她们在一个学校。我读小学六年级，四妹读小学三年级，五妹六妹双胞胎读小学一年级，我们四个在一个学校。

两所学校对门。

第一天上学的时候，爸爸领着我们六个一起去的。他一个一个把我们送到班级，跟每一位班主任老师说几乎是同样的话：“孩子交给您，您费心了。”“孩子小，不懂事，学习可能跟不上，请老师严加管教。”

这件事成了两所学校的一个大新闻，也是小小林业局的一个大新闻。

我不知道当时爸爸是什么心情?

个中滋味只有爸爸最知道，我猜度应是尴尬多一些的。

爸爸爱面子，不愿意求人。为了我们姐妹六个上学他一定说了不少好话，求了不少人。

在农村时，因为大姐到城里上学的事，爸爸求一位乡里的干部帮忙。朴实的爸爸拿出自家还不舍得吃的新摘的蔬菜和新掰的玉米给他，东西收了事没音讯。爸爸又硬着头皮找他，战战兢兢地提出要请他吃一顿饭，这位乡干部没抬眼便冷冷地扔过来一句话：“谁的饭我都吃吗?”这话挑衅了爸爸作为小知识分子的尊严。伤不起！但爸爸的伤总是被他包裹得严严实实。这件事是后来妈妈告诉我们的。“求人办事不容易，你爸你妈没有能力，只有靠你们自己去努力。”妈妈语重心长，字字敲打在我们的心上。

求人办事难。倘若一件事为了自己的话，因为情面不去求人也罢，但是为了儿女，当父母的可以舍掉面子，咽下眼泪，甚至放弃尊严。

尤其当了妈妈以后，我更深地理解了这一点，一天我仔细端详着女儿，一股暖流脉脉地涌上心头："宝宝，你是妈妈的一切。"女儿问："什么是一切?""就是所有。""什么是所有?""就是全部，你是妈妈的全部。"她仰起笑脸："啊？你给我改名叫'全部'了吗?"

是的。孩子是父母的一切、所有和全部，也是这个世界的一切、所有和全部。

2

九口人挤在三十多平方米的草房

爸爸在政府机关上班，每个月工资二三百元。

妈妈没有工作，最可怕的是连地也没有种的了。

在城里生活每分每秒都在花钱。

买米、买面、买菜、租房子。爸爸不当教师了，我们便享受不了教师子女免交学杂费的待遇了；奶奶依然要天天吃药，偶尔还要打针住院。这一切的支出就靠爸爸的工资和妈妈十几年来在农村卖粮、卖菜、开小卖部攒下来的积蓄。

最难的是没有房子住。房子不只是钢筋加水泥，也不只是一个栖身之地，它要把一大家九口人的身心安顿下来。

经亲戚帮助、介绍，我们全家租了一间平房，有三十多平方米，草房，泥墙，风未起雨未下就有倾倒之势。果然，下雨天，外面下大雨，屋里下小雨，每每要在屋里放几只盆接雨水。破旧的门窗伤痕累累，被风打过，雨淋过，小孩子的小刀刻过。三十多平方米的面积分成三间，一进门就是厨房，与农村的布局差不多，锅台、灶坑和一口腌咸菜的大缸；正前方是一小房间，内有一铺大炕，炕离门只能容一个人站立；左手是个大房间，炕更大些，能睡五六个人，地上还摆着一对红色实木箱子，是妈妈结婚时娘家送的唯一的嫁妆，20 年后，它们重返故里。

房东姓林，四十多岁，丧偶，一子与姐姐在一所学校上学。房租一月几十块钱。

从记事起，家里就是瓦房，虽没有奢望到城里后能住上楼房，但根本没有料想住的却是草房，而且是租来的。

生活就是如此现实和残酷。如果不是为了我们姐妹六人上学，奶奶和妈妈怎么舍得扔下土地呢？

阳光最博大、最厚德，它会照耀每一个角落，不管你是贫穷还是富有。

每天早上七点钟，在政府机关上班的爸爸和我们六个姐妹从破旧的草房里走出来，踏着阳光去上班、上学。妈妈在家里照顾奶奶，为我们做午饭，做家务。

冬天，草房在大雪和寒风中颤抖、呜咽；夏天，房间里闷热，没有空调没有风扇，白天苍蝇满屋子飞，晚上蚊子漫天叫。每逢下雪、下雨，院子里泥泞不堪，走起路来拖泥带水，与屋里的土地和了泥，屋里屋外一塌糊涂。姨妈家的独生女儿到我们家从来不喝水不吃饭，一次妈妈递给她一个两合面（玉米面和白面）干粮，她嫌脏不吃，接过去就扔在地上。

妈妈是个爱干净的人，但是屋里屋外的环境，没有办法保证苍蝇不来凑热闹，门口有垃圾堆，厕所近在咫尺，一脚下去，臭气就会扑哧哧冲上来。就像你生活在农村，就是天天洗澡、时时洗手，也不可能鞋上没有泥土，就算擦60倍的防晒霜也要被晒黑。

环境决定生活质量。

表妹的行为像一记耳光，狠狠地抽在我们心上。

但是在那间草房里，我们没有耽误学习，没有放弃信念，妈妈总说“慢慢会好起来的”。

即使受到伤害，仍要去爱；即使经受苦难，仍要昂首。

这便是生活告诉我们的。

3

我是“特困生”

我所在的小学叫五营区一小。一次小考后，我发现自己并不比同学学习基础差，某些方面反而比他们还强。这也许是当年大舅非要送表哥到我们家那里上学的一个原因吧。于是我有了自信心。

五月初入学，七月中旬我就毕业了，以还不错的成绩升到了初中，与大姐和二姐在同一所学校。

在小学的两个多月，我交了一个好朋友。

我比她早一天转过来，她是从林业局农场转来的，小名叫荣子。

我们两家都全是女孩儿，我家六个，她家五个。不同的是我们姐妹全部在上学，她家除她和她三姐，其他姐妹都做生意。

她的爸爸妈妈卖水果蔬菜、卖糖葫芦，大姐开食杂店，二姐学裁剪，四姐学美发。后来荣子初中毕业后，也跟着四姐学美容美发。

她和四姐合开的美容美发店生意很好，后来她们姐妹分开了，一人开一家。日子过得红红火火、有滋有味的。

我们两家都是困难的，但都是勤劳的，对生活都是认真的。

小学时还有一个女孩儿，我们也经常在一起玩。

她人长得白白净净的，就是说话时，一只眼睛总是一眨一眨的。时间久了，我的眼睛也总不由自主地一眨一眨的。一次，班主任老师找到我说，交朋友要有选择的，和什么样的孩子在一起就会变成什么样。

妈妈也总是这么说，总是提醒我要和聪明的、学习好的孩子交朋友。我觉得妈妈和孟母一样，只是搬不起家罢了。

我们常说，一个人交什么样的朋友，直接反映着他的为人。甚至说，一个人交什么样的朋友，就有什么样的人生。

我想是对的。

升到初一后，要发展团员。其实我在农村的小学已经入团了，是全班唯一一个入团的小学生。由于没有拿到团证，组织关系也没有转过来，我就成了初一年级的第一批团员，并被同学选举为班级的团支部书记。

学期末，班主任翟老师给我的评语中有这样一句话：该生有良好的政治素质。这句评语给我印象最深，也让我觉得最特别。

我是班级干部，学习成绩总在前三名。我喜欢朗诵，所以老师要求朗读课文时，我总是把手举得高高的。可是在我认真地有感情地朗读课文时，却发现同学们在偷偷地笑我。

原来是我发音不准确，平舌音读成卷舌，卷舌音读成平舌。如，老师的“师”发成“司”音，吃饭的“吃”发成“呲”音，土豆丝的“丝”发成“湿”音。这可乐坏了同学们。等我发觉后，有一段时间就不敢说话，不敢举手了。后来，自己下定决心学好普通话。

中学六年，最难为情的是学年初交学费的时候，我总是迟交。

学校规定，凡是家庭确有困难的贫困学生，可以到当地教委申请减免学费。爸爸便每学年初到区教委申请开具贫困生减免学费的证明。有时候证明没有及时交上去，当老师在全班同学面前问“还有哪位同学没交学费”的时候，我就低着头，默默地举起了手。

我是“特困生”，我和我的姐妹一直都是“特困生”。

特困生有特困生的“囧”，也有特困生的暖。这“暖”，就是别人的帮助带给我们的力量。

申请减免学费，借钱，申请国家助学贷款。我们姐妹六人十几年的求学路上得到了亲戚、朋友、老师的很多无私帮助，还有来自社会上的爱心。如，五妹和六妹曾接受过黑龙江省一位企业家的帮助。那时她们上初中，这位企业家要资助四个家庭困难又品学兼优的孩子。学校问家长的意见，妈妈听说后首先问有没有什么附带的条件或者义务？没有，妈妈才放心。她说，供我们上学是很难，但是决不接受不是纯粹的帮助。她不能让自己的孩子带着枷锁前行。这不意味着她不让我们感恩。2009 年去四川什邡，我想和几位朋友为灾区的孩子建一个图书室。毕竟工薪阶层，但是妈妈让我坚定了这个决心并付诸行动。天冷时，她总是提醒我，是不是给贵州山区的孩子寄点衣物？

我曾是特困生。现在还有很多农村的孩子同我一样也是“特困生”。

困难并不可怕。

如果把困难当成上天赐予我们的一份礼物，你会迸发出惊人的力量。

困难虽然很坚硬，但它怕坚持、怕信心、怕勇气。

4

我看着他，辍学

那一年流行一首歌，叫《一场游戏一场梦》。

这是我最早听到的流行歌曲。

我不知道什么叫流行歌曲，大概就是满大街都在唱，青年人都在学，哼哼唧唧，闭着眼睛自我陶醉，别人尤其是岁数大一点儿的根本不能理解的那种歌曲吧。

那一年我上初二。

班里有一个男同学，姓孙，天生一副好嗓子。

孙同学在老师的眼里是个差生，不招老师喜欢，上课不注意听讲，不按时完成作业。下课了就爱唱歌，唱得很棒，还会唱《明天你是否依然爱我》，一度我对他的歌声很着迷。

我在老师的眼里是个好学生，上课注意听讲，按时完成作业，还是班级干部。我坐在班级的前排，孙同学坐在班级的最后一排。他年龄稍大，个头高，最主要的是，不爱听讲的、成绩差的学生都坐在后排。

一下课，孙同学的歌声就从身后飘过来，笼罩着我。

孙同学的声音酷似姜育恒，是那种忧伤的、成熟的、沙哑的、淳厚的。我很喜欢姜育恒的歌，当然知道姜育恒是后来的事。

我虽是好学生，并没有看不起他，还有点羡慕和喜欢。

羡慕他的好嗓子，喜欢他的歌声。

不看他，只是坐在座位上，面前摆着书本，做出一副看书的样子，其实，两只耳朵在努力捕捉每一个音符。

后来，有一天，他没有来上课。

第二天，也没有来。

第三天，我问老师，老师说他退学了。

为什么？

他的家长说，上学没有什么用。还不如干点活儿赚钱。

听说，他家挺困难的。

他学习不好，是个差生，不上就不上了吧。没有什么可惜的。

听别的同学这样说时，我很不开心。

因为听不到他的歌了吗？

是。

也不是。

他还小，走入社会，能做什么呢？他没有钱，我们大家可以凑钱帮他啊。我在心里想着，却无法、无力也不可能做什么。

时间慢慢地过去了，他的座位上也坐了别的同学。他是老师同学眼里的“差生”，也许真的没有什么可惜的。可是，他的歌唱得真好。我的心里总是有个“牵挂”。

一次老师布置作文，我就以孙同学为题材写了一篇作文，我问老师，为什么不阻止他退学？为什么我们大家不能一起想办法帮他？

我的作文经常作为老师的范文来讲。

这一次，作文平静地发下来了。

老师在我的作文后面用红笔写了一行字，我一辈子都忘不了。他写道：能给我一个解释的机会吗？

我看了，心想，好吧，看你怎么解释。

十多年过去了，老师没有给我解释。

我还在等待。

我的同学中，坚持到初中毕业的不多，坚持到高中毕业的就更少了。许多同学由于学习成绩不好，加上家庭经济困难，陆陆续续地退学了。我的高中同学中只有两个考上了大专继续学业的。

不是所有的孩子都可以像我和我的姐妹一样幸运。

爸爸妈妈要支持，亲戚朋友要帮助，自己还要争气，还要有比争气更重要的“运气”。这个“运气”就是“时候”、“时机”。

如果，孙同学赶上现在的年代，学习不好，就当歌手啊，只要坚持，也许也会成为“旭日阳刚”，成为“西单女孩”。可是，那时候，改革开放还没到那么远那么深，人们的思想还没那么解放，人们的行动还没那么自由。

一个时代发展进步的重要标志之一，便是它为一个人的成长和发展提供了多少机会和多大空间！一个人在时代的发展进步中，能捕获多少为自己所用的资源，会决定他走多高，行多远！

5 春节的四挂鞭炮

以前
春节是一枚小小的火车票
我在北京
妈妈在五营

后来
春节是一份化不开的乡愁
我在梦口
故乡在梦里头

说到思乡，没有比余光中先生的《乡愁》更浓重、更刻骨的了。于是这里模仿《乡愁》写下了上面的文字。

2004 年爸爸妈妈来到北京，我们全家人团聚了。不用再去和农民工兄弟姐妹们挤春节了，不再去搀和蔚为大观的春运了。

说起春节，眼前就是一群群肩背手提着大包聚集在火车站的农民工兄弟，就是一张张虽然买不到车票走也走到家吃团圆饭的坚毅脸庞，就是灿烂的烟花缭绕、嘹亮的鞭炮声声，就是全家围坐一起边吃饺子边看春晚的融融暖意。春节，全体中国人集体回家，世界上有哪一个传统哪一个节日哪一个文化，有如此强大的力量呢？我看只有中国的春节。

小时候喜欢过春节，穿新衣、放鞭炮、杀猪、吃饺子、拜年，年味过了十五还得绕梁三日呢。

最过瘾的还是放鞭炮，穿天猴、二踢脚、几百响的“大地红”。但在我的记忆中家里从来没有买过这些花样的鞭炮。

妈妈总是买四挂鞭炮，是这样分配的：年三十晚上放一挂，大年初一放一挂，初五放一挂，正月十五放一挂。

妈妈安排我们在年三十那天天快黑的时候去买，这时候鞭炮卖得便宜。我们要是心里不平衡时，母亲就会说“傻子放炮，精子听响”。

后来，觉得这也倒是一种哲学。

的确，普天同庆，谁家的鞭炮声不一样呢？当别人家院子升腾起的彩色光亮照耀整个夜空时，我们何尝不是在同享这人世间的美景？当鞭炮声划破星空，我们不也都倾听着春天的脚步吗？

心情是一样的，都是辞旧迎新，都是全家人围在一起吃着热乎乎的饺子。

离开家后的第一个春节，我打算打破母亲的规矩，多买几挂鞭炮。临上街时母亲嘱咐道：现在国家都不提倡放鞭炮，还是买四挂吧，听听响就行，别浪费。

还是四挂。

近几年一直在北京过年。北京市也实行了禁放制度，所以我们更没有买过鞭炮。“四挂鞭炮”的精神我一直都记着，这可是我们的“传家宝”。

6

那年，我 18 岁

1994 年，暑假。

同以往的暑假一样，我在家里做作业。

一天，学校通知我到区教育局去一趟。

我第一次来到教育局，有点忐忑不安，到底什么事呢？

接待我的是教育局长。他说，过几天家乡要来一批中学生搞普法夏令营。这些中学生由来自北京十几所学校的学生代表组成。

林业局要选拔二十几个学生，一对一接待、交流。这些学生要从林业局三所中学选拔，要求品学兼优，要我做队长。

那一年，我 18 岁，上高二。

接下来几天，从各学校选拔出来的二十几个学生集中在区文化宫自编自导自演了一些节目，准备迎接从北京来的客人——我们的同龄人。

这在当地，在我，是第一次。

北京中学生来的前几天，我一直兴奋得睡不着觉。

我想象着他们的样子，他们一定像《十六岁花季》里的白雪、陈非儿、欧阳严严、原野那样开朗、活泼、时尚、青春、亮丽。

又想想自己，和他们比起来一定很土气，想着想着像吃了个小酸枣。

带着这样的想象和味道，在一个细雨濛濛的清晨，在家乡的小火车站，我们迎来了一群和想象中一样的中学生。

林城的小雨淅淅沥沥、清清亮亮，滴滴像珍珠，雨中的小镇迷漫着丝丝的凉意。这群逃离大城市喧嚣的年轻人，来到山里，淋着山里的雨，欢快得像群小鸭子。我们给他们撑着伞，拎着包，带着他们上了车，住进区里唯一的宾馆。

先给他们分了房间。早餐后，雨停了。

整个兴安岭山脉都淹没在滚滚雾海之中，隐隐约约的山顶像海中仙岛，又像雪域神山。

我们在宾馆楼前，举行了简单却隆重的欢迎仪式，欢迎这群从北京来的贵客，他们的到来给小镇增添了节日的气氛和色彩。

我代表东道主方学生发言。我感情饱满地大声朗诵经过教育局局长修改过的热情洋溢的欢迎稿。

轮到北京学生代表发言的时候，从队伍中悠然站出一个穿着黑色休闲衬衫的眼镜男生，只见他从容地从裤袋里抽出一张小纸条，开始了不紧不慢的发言。

他的发言很短，但有一句话，我听出了要义。他说，我们国家现在还是一个法制不健全的国家，所以需要普法，因此，这次普法夏令营很有意义。

这句话对当时的我来说，就像 90 多年前马克思主义刚来到中国时一样，震动、膜拜，还有百感交集。

更重要的是，他和我一样也是一名中学生，怎么能认识问题这么深刻，居然能概括出这么深邃的道理？我不懂。

我蓦然发现，我和他，我们和他们的差距不只是外表上——衣着、眼神，更重要的是在知识和见识上。

那一刻，小酸枣在我的心里发酵了，我开始严重自卑。

这个团队由几位老师带队，还有赞助公司的一位负责人。学生是来自北京各所中学的优秀学生。发言男生来自北京二附中，姓徐。还有一位女生叫王颖，来自北京四十六中，我们很谈得来。因为她老家是辽宁，父母是知青，后返城，所以她在十几岁的时候回到北京念书。

见贤思齐。我崇拜发言男生，并和他聊得很好。

我们参观了五营区国家森林公园，举行了篝火晚会。那天晚上大家围着篝火唱歌，跳舞。我第一次跳舞，第一次和男同学拉手，心旌摇曳得比火苗还高还乱。

我们一行又来到嘉荫县，与俄罗斯隔江相望。我们在船上游览风景，对面开来一艘船，北京中学生大叫："是 CHINA，还是 RUSSIA?"晚饭后王颖拽着我到男生宿舍打扑克。

我和王颖、发言男生还有一个男生，经常在一起聊天、玩、吃饭。一次吃饭的时候，发言男生挨着我，突然认真地对我说："你挺漂亮的，就是看起来很忧郁，你应该多笑，会更漂亮的。"

后来王颖对我说了一个我第一次听说的词：多愁善感。

也许是吧。

他们的到来，尤其是发言男生如此有见地的发言，让我这样一个在山里长大的孩子第一次感受到火车的轰鸣、汽车的马达和祖国的脚步。

城市与乡村，我们和他们，同样的年华、同一片蓝天，不同的土地、两样的世界。

我感受到很多，思考了很多，忧愁也便多起来了。

我冲他笑笑，心里却涌出一腔悲冷。

后来，我听发言男生说，这里真是太落后了。我听到后心里很生气，他凭什么说我们这里落后？

我生气，我觉得他这么说是不对的，我虽然知道五营和北京有差距，但不知道有多大差距？差距在哪？

直到我来北京，发现自己当年生气是多么幼稚和可爱。

可是我，一个山区的孩子，不应该为自己的幼稚埋单。

想起在贵州采访时，一个小学生写的一句话：2008 年到北京看北京的平房……对于住在低矮的随时会倒塌的房子里的孩子们来说，窗明几净的平房那就是梦想，那就是北京。

生活在21世纪的我们的孩子们，他们的梦想，还只是平房。因为他们除了平房想象不到，北京还会是什么样?

贵州山区的那个孩子，就是十几年前的我呀!

我不知道北京是什么样，不知道家乡有多么落后。因为我从来没有离开过她，没有见到过外面的风景。

你的世界有多大，决定了你的梦想有多远。

四天过去了。

他们要走了。

本次活动的名义是普法，我却获得了比法律意识更重要的东西。

如果说，假如有一天，组织者知道了这个活动影响甚至改变了一个山里女孩儿的命运，他会信吗——正是因为这次活动，因为这些北京中学生。

他们如山外的一股清风，吹进了山里，吹开了含苞待放的花蕾，吹醒了山里孩子们熟睡的梦。从那以后，我决定走出去，走到山外。

那天，在接他们来的那个小车站，我们拎着包送他们上了火车。我们在车下，他们在车内，握着手话别。

全世界的孩子，无论来自哪里，都有一颗童心，一颗纯真的心。世界上最纯净的最宝贵的便是童心，童心是一面最真实的镜子，世界是什么，照出来的便是什么。

童心无界，爱心无界，友谊无界。

有的孩子哭了，一个北京的孩子把手表摘下来，送给山里的朋友；我送给王颖和发言男生山里产的人参。发言男生摘下他的太阳帽在帽檐上写下了他们的名字，送给我。

车慢慢开动了，拉开了我们的手。

我站在原地，望着车徐徐地离开我，离开我。

我知道，他们只是这山里的过客，迟早要走的。

我们队里的一个初中生，甜美漂亮，能歌善舞，是赫哲族。她跟着火车走，跟着火车跑，跑了很远、很远。我远远地看见她跑累了，蹲下来，抱着头，不动。

当火车变成一个黑点，我们回去了，回到了属于各自的生活。

但是我的心在载着他们的火车轰隆启程的那一刹那，也奔腾呼啸起来了，从此再也没有停下过。

夕阳西下，晚霞浸染的天边，闪现出我从来没有看到过的美丽景色，还有天外边的热闹与喧哗。

开学后，我和王颖、发言男生一起升到高三，我们通信。他们鼓励我考到北京去。

后来我没有考到北京。

后来我来到北京。

一定要走出去，来北京，这个信念与那个夏天偶遇到这样一群年轻人是密切相关的。

是他们冲击了我那颗平静的、沉寂的心灵。

是他们带给了我一股青春、积极、上进的力量。

如坐春风，如沐秋雨，他们带给我那颗少年懵懂的心，以有力地、持久地撞击。

我走出了山的世界。我希望更多的城市里的孩子多多到山里转转，让那里热闹起来吧。一定会出现更多个“我”。

后来，这样的活动没有在家乡再举行过，因为，北京人说，交通不方便。

是啊，要致富，先修路。

修一条，几条，更多条，通往山里的路，搭起山里与山外的路、人们之间心灵的路。该多好！

现在家乡的路修起来了，直飞北京的航班也开通了。

一切，舞动起来吧。

7

我的高考

在人的一生中，总有一些记忆是不敢碰、碰不得的。

比如，我的高考。

我的高考，我不敢碰的，可是每年高考一来，便由不得我了。回忆一开，那痛总是鲜艳艳的。

中学我在五营高中读的。当时，初中毕业考技工学校和中专是学生们普遍的选择。我考高中，我想读大学。

考高中的很少，全林业局的高中每年级就一个班，每班十多个学生，到高三的时候一个班就几个学生了。五营已经有若干年没有学生考上大学了。

我上五营高中是赌着一口气的。

初中毕业那年我考市重点中学，差十分。初中毕业考中专的，几乎没有不复读就能考上的，考市重点中学也一样，记忆中也没有不复读就考上的。可想而知，在那种情况下，要考上任何一所学校都是相当难的。

四舅找关系，市重点中学说交一千块钱就可以上。

一千块钱，爸爸三四个月的工资。况还有三个妹妹要上学。妈妈说借钱也交，我说不行。我就不相信在五营高中考不上大学！

带着改写历史的勇气和决心，我上了五营高中。

学习成绩自然名列前茅。可是，慢慢地，同学们就分成了两种，一种是混日子的，年龄小没活儿干就混到高中毕业吧；一种是努力学习要考上大学的。后来第二种学生家庭条件允许的话就到市里的学校借读去了。

初三时，我们家离开了草房，搬到稍好一点的房子了。邻居家的一个姐姐也在五营高中。我上初三她上高三，我上高一她还上高三，我上高二她还上高三。就是这样，她很执著也很勤奋，就是考不上大学。像她这样的学生很多。最后，上了若干年高三以后，不得不放弃。

最初我也不理解，是不是他们不够聪明，是不是还不够勤奋？

我2005年到宁夏、贵州、四川等边远乡村采访时，目睹了西部孩子刻苦读书的场景。早上四点多起床，走一两个小时山路到学校晨读，晚上点着蜡烛上晚自习，不舍得点蜡烛的就借着月光和星光看书，雪地里、庄稼地里，哪里都有读书的孩子。一个西部志愿者说，他教孩子“未来”，孩子说“未”写得不对，应该是“末”，当学生把字典给他看的时候，他惊呆了，《新华字典》上明明写的就是“末来”。显然那是一本盗版的《新华字典》；宁夏西海固有一所中学叫三合中学，我去采访的时候，校长告诉我1998年到2003年，6年，学校走了62位老师；一位志愿者说，最用功的孩子都很难考上大学，因为基础不是一天落下的。如果问西部孩子缺什么？欠缺的是有钱的家长和出生在大城市的机会，因此他们不能拥有和大城市里孩子平等的人生。但是他们拥有的是有钱的出生在大城市里孩子所没有的坚持和信念：明明知道自己考不上大学仍然不放弃。

我相信，他们知道有比考上大学更重要的东西。

这些执著的孩子们坚韧如水。老子说天下最软的就是水。水没有骨头，却有骨气。遇到障碍转弯过去，遇到堤防涨满漫过去，滴水穿石，“天下之至柔，驰骋天下之至坚”，如水般温厚、坚持便可以冲破最坚挺的困难和障碍。这是中华民族最优秀的品格，最美的价值。

我比西部的孩子们幸运，我拥有的比他们要多一些。

高三那年，爸爸找关系，把我送到了省重点中学借读。1 100 元借读费是妈妈从邻居家借来的。

来到重点校，一切都不适应，主要是学业跟不上。

我以前是班长，学习成绩名列前茅，但到了重点校后，第一次模拟考试我排在班里倒数几名，只有外语成绩不错。150 分制，数学我只能考三五十分，语文、历史也没及格过，政治勉强及格。

学校有两个文科班，一个是应届班一个是复读班，我所在的应届班有 80 多人。我是借读生，坐在教室最后一排。

坐在后面的学生要么是借读的要么是学习成绩不好的。最后排与最前排只有十几排的距离，却像有一座喜马拉雅山一样横亘在差与优之间。更别说，现在的什么差生“绿领巾”和优生“红校服”了，这种明目张胆的歧视令人难以接受、发人深思。

我就像一个跨栏运动员，当抬起双眼，眼前一个个弓下去的后背就像一个个难以跨越的栏杆。我的泪水不住地流淌。课堂上，我只有听别人回答问题，没有老师会提问我。我是借读的，是“差生”。

下课后，有的在苦读，有的讨论问题，有的趴在桌上小憩，有的出去散步。我总是一个人，或这样或那样。

不是我讨人厌，也不是我讨厌人，老师不提问我，我当然也不去问老师问题。不是我不敢，也不是老师不告诉我，是因为我自卑得像泡沫，谁也碰不得，包括我自己。

“独木桥上能走的人是有数的，谁有本事谁就能走过去。”

“考上大学是不容易的，那些考上大学的学生都有头悬梁椎刺骨的精神。要抓紧一切时间，尤其是零碎时间，去食堂吃饭要跑步去，吃饭速度要快，一天睡眠不能超过五个小时，否则何谈考大学?”老师的话我句句记在心里。

我知道，自己是“差生”更应该这样。于是我早上五点起床，晚上 12

点以前从不睡觉，困了就掐手、掐腿。上课时，困得脑袋是木的，只瞪着眼睛看黑板，根本就不知道老师在讲什么。

有一天，政治课上，我手托着下巴睡着了，政治老师突然大声叫我的名字，我激灵一下醒了。“晚上不要睡得太晚，白天的课很重要。”她的这句批评、提醒、关心叫醒了我，更温暖了我许久，“哦，老师还认识我！”

可是我还是觉得要想考上大学只能这样对待自己。因为，考上大学是我的一切。曾天真地想，只要能考上大学，哪怕给我半条生命我也愿意。

我知道，为了借读，家里付出了多少。爸爸托关系，妈妈借钱。房租一个月 30 元，早饭五毛，午饭和晚饭各一块。1995 年，一天两块五，能吃什么呢？

我想，如果考不上大学，我就没有出路了，也对不起爸妈。我便一次次、一遍遍在心里跟自己叫劲，折磨自己。

出去借读这一年是我第一次离开家。

虽说已到了会照顾自己的年龄，可是在家里，除了学习，所有的事情都由妈妈做。现在我要在外租房，自己洗衣服，自己找地方吃饭，自己安排所有的一切。

我完全不适应。

我想，学习是最重要的，其他一切可从简或不去考虑。

1994 年冬天来的时候，我浑然不知。

下雪了，我发现有的女同学穿着雪地鞋。我犯嘀咕：到穿棉鞋的季节了吗？

仔细想可不是吗？

下雪的时候，如果在家里，妈妈一定早让我穿上棉鞋、棉衣了。我赶紧回宿舍换上从家里带来的棉衣，顿时感觉暖和极了。

可是糟了，我感觉我的双腿尤其是双膝，就像冻僵的冬梨遇到热以后产生灼热并开始软化。我预感腿冻坏了。

一天午夜，我疼醒了。怎么办？

我想到妈妈的土办法——拔火罐。尽管我从来没有拔过，但豁出去了。

我悄悄下了床，蹑手蹑脚溜到房东家的阳台上找罐头瓶子。

学校的宿舍满了，像我这样的借读生只能在校外租房。房东是老两口，房租是每人每月30块，只管住，不管吃。

与我合租的是同校高三理科班的两个女生，平时没有时间交流，但境遇相同，能互相理解各自的烦恼，关系不错。我怕吵醒她们，就没有开灯。

我记得曾在阳台上看到过一个罐头瓶子，果然借着月光，我找到了，又找到了火柴和一张纸。

然后，我再次溜回床上，回想着妈妈的做法，把纸点燃，放进罐头瓶子里，火燃着的时候，把罐子的口对准患处，使劲扣上去。

火灭了，膝盖上的肉“腾”地站起来了！

痛。虽是第一次拔，但劲用得很到位。

膝盖上的肉似一座小山，慢慢变紫了，黑了。

我咬着嘴唇，使劲按着那只像被蛇咬住、被钳子夹住一样的腿，吞咽着汹涌的泪水，我怕哭出声、跳起来。

后来，我还是绷不住了。

同伴醒了，开了灯，走过来，看见我的样子，惊呆了。她们搂着我，我靠在同伴的肩上放声痛哭，为这只冻僵的腿，更为我那颗在寒冷中战栗的心。

几分钟过去，在同伴的帮助下，我好不容易把罐子取了下来。

黑色的。血。从我的膝上汩汩地流下来，数个亮晶晶的水泡像房檐前的冰挂，冷峻地威武地站着。

黑色的。血。淹没了它们，淹没了我。

从那以后，我的腿分分钟都是疼的。晚上睡觉抱着热水瓶，上课时在腿上捆个热水瓶。

一次疼得实在坚持不住了，同伴带我去看病，在公交车上险些被偷钱。

就这样我捱过1994年的冬天，放寒假回家才对爸爸妈妈说起这事。

后来我吃了大量的中药、西药，还数次针灸。见好，仍没有去病根。

时间转眼到了高三的第二个学期。

学校按数学成绩将两个文科班打乱，重新分快、慢班。

我数学不好，当然被分到了慢班。

慢班的班主任由历史老师担任。

历史老师姓李，个子中等，驼背，人黑，戴副黑眼镜，头发稀疏，是大多数女生的偶像，因为不仅他的课精彩，人更好，平等对待学生。

我也喜欢他，敬重他。

虽然分到慢班，但是因为李老师是班主任，倒也算是坏事中的好事。尽管李老师并不认识我。

慢班是大班，有一百来人。分到慢班以后，我坐在第一排的中间，由于教室拥挤，第一排课桌与教师的讲桌紧紧挨着。离老师很近，须仰着脖子听课，一堂课下来，脖子酸了。但是我依然觉得浑身有劲儿多了。

慢班确实有点“慢”，课程设置慢，老师讲得慢，我的心情也“慢”了。心情一慢一放松，人就变得正常了许多，上课敢提问了，下课愿意和同学交流了。成绩也有了很大提高，虽然离考上大学的目标还差很远。

有一天，李老师把我叫了出去。

我既不解又幸福。

被老师忽视或遗忘，对学生来说是最大的悲剧。

在班级门口，李老师语重心长地对我说：“学习没有压力不行，但压力太大，就影响前进了。我看你挺努力的，再放松一下，考上大学是没有问题的。”

李老师简短的话像一把钥匙、像一束阳光，打开了我、照亮了我！

惊讶、激动。我一边擦眼泪一边使劲地点头。

那年我第一次离开父母到外地求学，在那个离家有六个小时火车的地方我没有亲戚、朋友，初尝背井离乡的苦涩。

以前我是学校的佼佼者，是老师眼中的好学生，是同学们羡慕的对象。但是来到那里，一切都变了，被同学忽略，被老师遗忘。

我多想得到老师和同学一个真诚的微笑、一个鼓励的眼神或一句不经意的关心。

但是，没有。

是他们冷漠吗？

是分数，是排名，是冷漠的高考让我们无暇去体悟除了高考更可贵的东西——友谊和关爱。

李老师，有。他是一位多么好的老师！

阳光来了。春天来了。

从那儿以后，我变回了以前的自己，上课主动提问，下课与同学讨论问题、主动约同学散步。

阳光能融化冰雪，关爱能创造奇迹。

在高考前的三省联考中，我的进步突飞猛进，总成绩从全学年倒数几名，最好排到第 11 名。

但是因为学习太累了，我经常生病。

六月的一天晚自习，我突然浑身发抖，不能控制自己。同学叫来了李老师，李老师二话没说，背起我就往外跑，出教室、校门，把我送到学校附近的一家诊所。

高考越临近，我的压力越大，有一段时间，我天天下午输液。

突然有一天我的耳朵对声音不敏感了，后来模糊了，后来就基本上听不到了。在临近高考的那段日子，我只有看黑板上的字，却听不清老师在讲什么。

眼泪掉下来，练习本和课本湿了又干，干了又湿。

按照规定，我要回到学籍所在的学校考试。高考前一周，我回到老家参加高考。

1995 年 7 月的一个雨天，高考开始了。

似乎每年高考的那几天，家乡都是雨天。

考数学的那天同样在下雨。数学题难，量大，我像在战场上拼杀的战士一般，使尽浑身解数，经过三个小时紧张激烈的战斗，满意交卷。

走出教室的那一刻，突然我听到了这个世界。

我兴奋地在雨里奔跑。

这个世界我找回来了。

考前报志愿的时候，李老师让我报一般本科。我不同意，我的外语始终是强项，所以执意要报北京外国语大学。李老师说，要是考不上怎么办？我说，考不上就复读。一定考个理想的大学，而且一定要考到北京去。

我为自己的固执付出了代价。

七月末，高考成绩下来了，不低，但离北京外国语大学的录取线还有很大距离。因为没有报本省的大学，前途渺茫。有意思的是，五门科目中数学成绩最好，126 分，全市文科最高分，最低的是历史只考了 67 分。我觉得特别对不住李老师。

八月中旬，我收到了录取通知书，是本省一所大学的专科。专业不错，经济类。我坚持不上。亲戚朋友都劝我：能考上大专已经很不容易了，再学个会计，工作也好找，千万别错过。是啊，我应该早点工作，挣钱，减轻爸爸妈妈的负担。

但是他们尊重我的选择，如果我复读就接着供。

我不甘心，在爸爸的陪伴下坐了六个小时火车又回到那所中学打算复读。

可是，当我看见学校的大门时，我的心开始抖。

一年前的情景电影般闪现：一个个朝露还闪烁的清晨、繁星满天或漆黑的深夜，我挎着破旧的书包，匆匆地奔跑着，从住处到教室，从教室到食堂；在教室里喝凉水啃干馒头，晚上学习饿了吃从家里带来的咸菜辣椒；因为困乏手腿经常被掐得紫紫的，实在坚持不住就趴在只能容下脑袋的书堆里歇一会儿；我多羡慕那些放了学或者周末就可以回家，课上对答如流、课下谈笑风生，考试成绩遥遥领先的同学；草绿了、花开了、鸟叫了、溪水唱歌了——考上大学以后的情景在我心里千百次萦绕……

可是一年后，我又回来了。

为了大学，迈进去吧，我给自己加油，可是腿抖得厉害。

“爸，咱回家吧。我不想再读了。”我终于艰难地说出了这句话。

“好。”

爸爸牵着我的手转身，回家。

那次转身让我为之补偿了若干年，升本、考研……只为给自己赢回一个公正的对待。

因为这些，我抱怨过，抱怨高考的不公平。

白岩松说，高考是最公平的，没有高考拼不过富二代。

前一句话很对。在现行的教育体制和考试制度中，高考是最公平的。那不公平的是什么呢？是教育资源的不均衡，是贫苦孩子受教育权利被不平等占有和剥夺。后一句话，不尽然，通过高考就一定能拼过富二代吗？大学毕业后，找工作难，成家难，买房难……要拼过富二代，经过三代人高考也许还不够。

我们高考不是为了拼过富二代，也不是当富一代，我们是要改变命运，就算改变不了，也希望可以拓展生命、强固生命。

在广大贫困地区，为了改变命运，只能依靠高考。贫困的孩子要实现和大城市孩子一样的梦想，需要付出数百倍的努力。当然努力之后、考上大学以后可能仍然赢不回和城市里孩子们一样的生活，但是这份努力肯定会丰富、造就一个人，他一定会好于他的父辈。这就是意义。

高考，让幸福近一点，更近一点。

叁

北京，北京

大有庄 100 号，朝内大街 166 号。生活就在当下。

我本不想“漂”，来北京是为了求学。

上理想中的大学，是我的梦想。

北京，是全国人的梦想。

1999年春节刚过，我来到北京。家乡还是白雪皑皑，北京已经春意朦胧。

第一件事先找工作生存下来，再找学校读书。

买了一堆报纸，《北京青年报》、《北京人才市场报》……坐在三环边上，拿支笔在广告版上圈来圈去。靠一点谱的就打电话。面试，再买报纸，打电话……

我学财会的，由于对财会的狭隘理解，不喜欢、不敢做。

在即将绝望的时候找到了一份工作。一家大报下面的子报，我感觉比较庆幸，后来发现这只不过是一家广告公司，为报纸拉广告。是公司也没有关系，拉广告也不要紧，关键是这个女老板……

员工一出错，她就会跳起来骂；老员工坐软椅子，新招聘来的坐小硬凳子；中午免费午餐——4元钱的盒饭，她总是大骂有的员工能吃；最无法忍受的是，她总是盯着我们工作。我第一次联系业务时，她在旁边听，因为紧张说话有些语无伦次，我听到她和我对面的老员工“嗤”的一声笑。这笑抓伤了我的心。又一次，正与一客户联系，当她听到我联系的是一个主任的时候，她大吼一声：“找主任有个屁用!”我赶紧挂断电话。

那天中午，我没有吃饭。老乡劝我："你以为北京是什么地方？人在屋檐下，不得不低头。老板都是这样的。""小不忍则乱大谋。我们只是打工的，我们就要承受各种委屈。"

这份工作我坚持了两个多月，挣了800块钱，辞职了。

后来又联系了一份新工作，在上班第一天的路上，低血糖，晕倒在公交车上。

后来又找到了一份工作。一干就是六年多。

我不会游泳。一次同事教我，让我先学漂，我却始终离不开她的手，无论如何，我的手得搭在她的手上，哪怕只是碰到她的指尖。

游泳终有一天能学会，但请你，先让我的手，搭在你的手上。

谢谢！

1

喔，原来你也在这里

1999 年初冬，那天我离开办公室时，夜已浓得化不开。我独自一人骑车回家。

我使劲抓着车把，不时地按着车铃，因为我看不清楚 10 米以外的物体，真怕撞着人，也怕人撞着我。

我穿梭在车水马龙之中，心早已飞回了家，想着到家里喝点热水，吃点热饭，然后坐在床上看看报纸、翻翻书。在家的感觉真好。

我时常想，在茫茫宇宙中，我们只是一粒尘埃；在浩瀚的星空里，我们就像沧海一粟；在偌大的北京城、在繁华的中关村大街上，我只是一个匆匆过客，没有人会在乎我的喜怒哀乐。一粒尘埃、一滴水、一个过客，也是有生命的，它同样需要宇宙、需要大海、需要家。你只要回到家，那里哪怕只是一个风能进、雨也能进的茅草屋，你的心也会安顿下来。因为那是你的。

在北京，我连一间茅草屋也没有。

一间可以栖息的六平方米的小屋，是租的，我也把它当做家。现在我就想着奔向它。

那些在我身边飞驰而过的车辆，与我擦肩而过的人们，大都是回家的。累了一天，最幸福的事情，就是在家或者在回家的路上。

“嗨!”一个声音从身后飘来，不大不小，陌生却不轻浮。

回头一看，一个骑着自行车的男孩儿叫我。我以为是熟人，定睛一看，不认识。

“叫我吗？我不认识你，你认错人了吧？”我有些紧张。

“你当然没见过我。我在中关村搞电脑，你住在上地吧？我不住在上地，我去我的哥哥家。你在哪工作？”

我又大胆地瞥了他一眼，长得倒秀气，不像坏人。

“我在报社工作，就住在上地。”

“那咱们就算同路了。”

“嗯。”我心里还是不踏实，不过没有多远我就到家的那个路口了。

“我在你后边跟了很久，看你像赛车一样，是不是天黑有点怕呀？我可以陪你走一段，不用怕。”

“我不怕。”其实我真的很紧张。

然后我们就并排骑着，他讲他的工作，我根本没听进去，心里一直在祈祷，并盘算着万一是坏人怎么应对？

一会儿工夫，我到岔路口了。

我说我要拐弯了，他说他要一直往前骑。彼此道了声再见就分开了。

等拐过路口之后，我的心还不能平静。真是万幸，他不是坏人。

我却突然想，他如果能再陪我走一段多好啊。

此后，我再也没有遇到那个男孩儿，想必与我一样年龄，也是漂在北京的外地人吧。我感谢他陪我走了一段夜路。

世上有很多事可以求，唯缘分难求。大千世界，芸芸众生，与你有缘相识、相知的能有几人？在黑夜里一同走一段路的人又会有几个？

昔日一人问隐士什么是缘。隐士说：缘是命，命是缘。此人听得糊涂，去问高僧。高僧说：缘是前生的修炼。不解，又问佛祖。佛不语，用手指天边的云。这人看去，云起云落，随风东西，于是顿悟：缘是不可求的，缘如风，风不定，云聚是缘，云散也是缘。

张爱玲对缘分的解释是：于千万人之中遇见你所遇见的人，于千万年之中，时间的无涯的荒野里，没有早一步，也没有晚一步，刚巧赶上了，那也没有别的话可说，唯有轻轻地问一声：“嗯，你也在这里吗？”

在千山万水人海相遇 喔 原来你也在这里
啊 那一个人 是不是只存在梦境里
为什么我用尽全身力气 却换来半生回忆

《原来你也在这里》的歌词正是缘于张爱玲的小说《爱》。

夜太浓，我没有看清那个男孩儿的模样。但是他在黑夜中给我的那份安全和关爱，是今生最温暖、最明亮的回忆。

如果你遇见了，这是缘；如果你做到了，这是爱。

用生命影响生命，用生命温暖生命。

喔，原来你也在这里。

2

有了爱就有了一切

“有了爱就有了一切”，这句话是我在中国现代文学馆里冰心先生的雕像前看到的。

在读过的名人名言和名篇佳作中，似乎都没有这句话让我感受深刻，让我彻彻底底地感到爱的伟大、崇高、温暖和无私。

站在中国现代文学馆冰心雕像前，我由衷地感到，她老人家恰如其分地诠释了这句话。看着她的汉白玉雕像，一身圣洁的白色衣服，神情安静而美丽，给人一种纯净的美，一种春风拂面的温暖。

2000 年是冰心先生诞辰 100 周年，在 1999 年的 2 月 28 日冰心作为“五四”新文学运动的最后一位元老安静地走了，舒乙先生这样说，冰心走了，给我们的感觉却是轰隆轰隆的一声巨响，“宛如擎天柱轰然倒下，响得不得了，连心都在跟着震动。”整个 20 世纪，一百年，冰心先生与世纪同龄。由中国现代文学馆、中国作家协会、福建省委省政府联合主办的，以“永远的回忆”为主题的“冰心诞辰百年纪念活动”包括：中国现代文学馆馆长舒乙先生的演讲“冰心生平与创作”，大海的女儿——冰心作品朗诵音乐会，永远的爱心——冰心诞辰百年纪念展，八达岭华人墓园举办的冰心和吴文藻陵园落成仪式，第十一届冰心奖（图书奖·创作奖·艺术奖）颁奖大会及向冰心汉白玉塑像敬献玫瑰花儿，冰心先生生前最喜欢玫瑰花儿。同时，在冰心的家乡福建省的“冰心文学馆”也举办了冰心作品展。

一系列冰心纪念活动的举办，让我们再一次忆起这位文学大师。正如这些活动的主题“永远的回忆”一样，冰心是整个20世纪文学的光彩，也必将成为21世纪直至我们心中永远的回忆。特别值得一提的是，第十一届冰心奖（图书奖·创作奖·艺术奖）的举办更激发少年儿童对文学的热爱。中国现代文学馆徐伟锋先生认为，冰心奖在民间文学奖中有规模、有影响，在评比等各个方面都更公正、更全面。因此，冰心奖对民间文学奖的发展起到先锋的作用。再则，冰心奖中大部分是针对少年儿童的，这有助于提高家长、少年儿童对文学的重视程度，也进一步提高少年儿童的文学水平及人文素养。这一系列活动的举办也必将使全社会更加重视文学、关注文学。的确，不懂中国的文学史就不懂中国社会的历史。我们是从《狂人日记》、《茶馆》、《家》、《子夜》中读到了人生的辛酸、社会的炎凉、命运的悲喜交加，我们读了《小桔灯》，我们看到了“灯光”。假若整个20世纪没有这些优秀的文学作品，那么这100年将会是怎样呢？是贫乏、是空虚，是不可想象的。

送别冰心，也就送走了一个世纪。2000年，她整100岁，她给“五四”新文学画上了一个逗号，而不是句号，因为我们还在想着她，她也在影响着我们。她的精神力量正像现代文学馆的馆徽——一个意犹未尽的逗号一样，永远没有完结。

在巴金给冰心的信中曾经这样写道：

> 我常常想到您……您给中国知识分子争了光，我也觉得有了光彩。……您给我鼓励，您不悲观，您在年轻人身上看到了希望。……我仍然把您看作一盏不灭的灯，灯亮着，我走夜路也不会感到孤独。……看见灯光，我们就心安了。

是啊，看见灯光，我们就心安了。灯光是爱，有了光明，也就有了爱，有了爱就有了一切。

3

梁衡：天地有大美

读梁衡先生的散文，一觉大，二觉美。如果说，其散文如一泓清澈见底的水，那么其中的大与美就像水里光怪陆离的鹅卵石子、软泥上游游的青荇，在水底招摇、时隐时现，也会不时地牵住你的目光，当水波粼粼时，你的心旌便会随之荡漾、荡漾。

约好近期在某个时间再次拜访梁衡先生。可是梁先生说他那天要去协和医院化验，检查身体。如果我一定要去医院看他的话，他也不介意。如果他不介意，我当然是一定要去的。梁先生对年轻人一贯是这样的，平易而谦和。

2000 年 7 月，一个星期五，协和医院。

在走廊的尽头，我看见一个人在向我招手，犹豫了一下，但直觉告诉我：那是梁先生。于是我径直走了过去。

当我走到梁先生的面前，看见他正在看报纸的大样，这真是把工作带在身上。我把一束鲜花递给他时，他笑了。

我们聊起来，我向他解释我的眼睛近视，所以刚才没有看清楚他。他建议我赶紧去配一副眼镜。他说，不戴眼镜出门太不安全，况且戴上眼镜后，人看上去又斯文又秀气，挺好。

我们谈到他的近期力作：《把栏杆拍遍》，这是一篇描写辛弃疾的文章。梁先生说，《把栏杆拍遍》这篇文章发表后在社会上引起了很大反响，它被多家报刊转载，热心读者来信赞扬文章。也有一位读者来信指出了文章中的笔误，比如，“军旅诗人王昌龄也写过：‘欲将轻骑逐，大雪满弓刀’”，在这句话中，“王昌龄”应为“卢纶”。还有“辛……报国无门，他便到赣南修了一座带湖别墅，咀嚼自己的寂寞”，其中“赣南”应为“赣东北”。梁先生非常感谢这些热心的读者。的确，梁先生的文章一直被广大读者所关注，上自 80 岁的老人下至十来岁的学生，这里面有很多作者与读者间感人的故事。梁先生说，他要专门写一篇文章感谢读者。

梁衡先生提倡散文要真实，要写大事、大情、大理。他以令人折服的理论勇气最早批评了散文大家——杨朔先生的“物—人—理”三段式的创作模式，既反对散文成为政治的注脚，又反对散文脱离政治，提出散文要回归真实。他说自己是一个在写作道路上的苦行僧，思多而行少，他说要像米开朗琪罗搞创作一样：作品未完成之前，不许任何人看一眼；凡是没有新意的作品也绝不留存。“篇无新意不出手”是他一直坚持的创作理念，他说不能重复前人，也不能重复自己，就是要不断出新。这很难，但是他做到了。

《庄子·知北游》说：“天地有大美而不言，四时有明法而不议，万物有成理而不说。圣人者，原天地之美而达万物之理……”。前三句是说，“美”是客观存在，而第四句是说“美”是要由人去探究。

美，是客观存在，是存在于天籁、地籁与人性中的自然和本真。从梁衡先生的山水散文中便会体会到大自然的真美，及他对大自然谦恭、尊重的情怀，他大声赞美它、歌颂它、热爱它。其实美无处不在，只是我们缺少发现。他在《夏感》中写道：“遗憾的是，历代文人不知写了多少春花秋月，却极少有夏的影子。大概，春日融融，秋波澹澹，而夏呢，总是浸在苦涩的汗水里。”他更会表现美。他能抓住事物最有个性的特征，作细微深入的刻画。对于生命之源泉、富有灵性的水，他在《壶口瀑布记》一文中这样描写：凡世间能容、能藏、能变之物惟有水。其亦硬亦软，或傲或嗔，载舟覆舟，润物毁物，全在一瞬之间。时桃花流水而阴柔，时又裂岸拍天而狂放。结尾处是：呜呼，蕴伟力而静持，遇强阻而必摧，绕山岳而顺柔，坦荡荡而存天地。美哉，壮哉，我的黄河。这种壮美是自然伟力的杰作！

他说，文章为思想而作，是用来开采和表达新思想的。他提出散文美的三个层次，描写美、意境美、哲理美。我以为，描写美应是语言美给人阅读的快感，意境美给人心灵和灵魂以享受，哲理美给人以智力上的满足。三个层次逐层递进。梁衡先生的散文所践行的正是他主张的——对美的追求是散文创作的最高标准。如果说他的人物散文彰显着大，山水散文展现了美，那么他的散文就是大美。然而，在言美、状美的美文背后无不闪耀着哲理的光芒。他在《望星空》中从星夜之美谈到人生，他写到："我们仰观河汉，你看那星，哪一颗不都是根据三大定律和相对论，在牛顿、爱因斯坦的脑海里运行！人生于永恒的宇宙，如火花一瞬，可是他创造的事业会永恒，你看张衡、祖冲之、郭守敬，他们不是分明被命为星名，已在宇宙中获得了永生？"

梁先生说：年轻人往往爱抱怨身边的环境如何不尽人意，其实人的价值要靠自己去提升。任何一个事物都是一把双刃剑，有利有弊，有得有失，苦难是一笔财富，苦难或是困境会给你很多思考，你会思考在顺境中不会思考的问题。他在《读柳永》中写道：一个人在社会这架大算盘上只是一颗珠子，他受命运的摆弄；但是在自身这架小算盘上他却是一只拨着算珠的手。才华、时间、精力、意志、学识、环境通通变成了由你支配的珠子。一个人很难选择环境，却可以利用环境，大约每个人都有他基本的条件，也有基本的才学，他能不能成才成事原来全在他与外部世界的关系怎么处理。就像黄山上的迎宾松，立于悬崖绝壁，沐着霜风雪雨，就渐渐干挺如铁，叶茂如云，游人见了都要敬之仰之了。但是如果当初这一粒松子有灵，让它自选生命的落脚地，它肯定选择山下风和日丽的平原，只是一阵无奈的山风将它带到这里，或者飞鸟将它衔到这里，托于高山之上寄于绝壁之缝。它哭天天不应，喊地地不灵，一阵悲泣决心，既活就要活出个样子。它拼命地吸天地之精化，探出枝叶追日，伸着根须找水，与风斗与雪斗，终于成就了自己。这时它想到多亏我留在了这里，要是生在山下平庸一世。生命是什么，生命就是创造。……为什么逆境能成大才，就是因为在逆境下你心里想着一个世界，上天却偏要给你另外一个世界。两个世界矛盾斗争的结果你便得到了一个超乎这两个之上的更新的更完美的世界。

有时候，我们需要感谢命运让我们“无法选择”。我们这一代年轻人处在社会大转折、大发展的时代，上大学前认为考上了大学便可以高枕无忧，工作、房子，国家都会给你安排好。可是等大学毕业时，我们却面临双向选择、自由择业。于是苦恼来了，我们迷茫了，怎么办？我们该怎样定位？我们没有经验，在社会这个竞争激烈的大舞台上，我们是渺小和弱小的。我们很难选择理想的职业和工作环境，比如专业对口、薪水高、压力小、离家近等等。其实，当一切不能选择的时候，正意味着更大的选择和自主，机遇也便蕴藏其中。

刚来北京时，我总是抱怨，社会不公平，为什么国家不分配工作，为什么我只能背井离乡出来打工，为什么我不能像别人那样拥有编制和北京户口。一位领导这样说：如果国家给你分配工作，你还能来北京吗？如果你有编制，还有机会在《学习时报》工作吗？你们年轻人要感谢赶上了这么好的时代，有这么多的选择。

从20世纪80年代中期开始，农村劳动力开始大批进城务工，其中有一部分是拥有一定的学历、文凭为了理想信仰而选择“漂”在都市工作、深造。从条件、待遇最低的工作做起，不怕吃苦头，不怕遭白眼，充分发挥自己的聪明才智，不断与环境抗争。居无定所，工作不稳定，收入低，教育、医疗得不到保障，特别是在“市民”与“农民”、北京人与外地人的身份认同中处于尴尬境地。当收入、住房等制约打工者留在城市的因素在短时期内不能解决的时候，我们要么毅然离开，要么决然留下。毅然与决然，离开与留下矛盾斗争的结果，就是要好好地活着，好好地奋斗，用好你自己这架“小算盘”，发挥才学，利用环境，才能在社会的这个大算盘上游刃有余。一个属于自己的更加完美的世界，才会到来。

我与梁先生交谈着，我的思想好像被一种特殊的引力向上牵引着、提升着。我讲述着自己曾经的迷茫与生活中遇到的困惑以及读了他的文章之后的所感所想。他听着，点着头，不时地“点评着”。

可能话说得太多了，他累了。

他那明净的额头上已渗出了细汗。早上空腹来到医院做检查，抽6管血，年轻人也不一定受得了。况且还要与我说话。

医生建议他到病床上躺一会儿。

近中午，梁先生告诉我他的皮包里有饼干和矿泉水，要我吃一些。

他躺在病床上，休息了一会儿，又讲话了：其实人生是很短暂的，人的生命是坚强也是脆弱的。躺在病床上才知道人生不全是鲜花，我曾在1992年岁末从欧洲访问回来后就病了，当时也是在这个医院，当时我是在观察室的一张黑硬的长条台子上输的液，台子靠近门口，人行穿梭，寒风似箭。当人病了一场时他就该懂得，要加倍地珍惜生命，热爱生活！后来我写了一篇文章《试着病了一回》，病不可多得，但也不可不得。人生如此短暂，切不可浪费，要做最大的积累，每一篇文章，每一个思想，都不要放弃，要形成思想，做好研究。只有多做研究才能有所成就。

时间滴答滴答地流走了，转眼到了下午两点。

我们要走了，梁先生让我把那束鲜花转送给医院的护士。为了感谢我对他的“护理”，分手前，梁先生送我两包杏仁。

古希腊的亚历山大王对哲学家第欧根尼说：“你可以向我请求你要的任何恩赐。”回答是：“请让开，不要挡我的阳光。”因为第欧根尼已经逃出了世俗社会的权力价值架构。对一种理论的创新同样是这样，当你突破了旧的架构和模式以后，你就得到了一个新的天地和领域。梁衡先生对新闻、文学、散文创作理论和方法的学科发展作出了贡献，因为他突破旧模式建立了新体系，即散文要回归真实，呼吁写大事、大情、大理、大美。梁衡先生说，在经过人生种种历练之后，“我在这种广阔的背景下修炼自己，如气功师广采天地之气充实自己的丹田之气”。

梁衡散文是采天地之大美而凝结的精灵。新闻是“易碎品”，梁衡先生却给新闻加了一个磁力超强的内核，这就是大事、大情、大理、大美，使作品永远完整而不衰老；记者是“青春饭”，梁衡先生却给记者铸了一件坚硬的外衣，作家、学者、领导者正是记者生命的拓展和延续。

翌日，梁先生打来电话，说杏仁不能生吃，煮熟了才能吃。

4

季羡林先生印象

季羡林，国学大师，曾任北京大学副校长。我看过一篇文章，说他有一次给一位素不相识的、到北京大学报到的新生看行李。从这件事情开始，我更加注意他，想有机会见到他。

2002年五一节前我去拜访正在中央党校学习的散文家、《人民日报》副总编梁衡先生，恰赶上他要去看望季老，我当然不能放过这个机会。

那一天，阳光和煦，春风习习。

路上，梁衡先生讲："我和季老是忘年交，季老曾说我们有一个共同点，就是我们的一些文章都是坐在主席台上写出来的。因为我们除了写文章之外还有大量的行政工作，所以，走到哪就把文章写到哪。即使坐在主席台上来了灵感，也把它写在小纸上，会下整理出来。"听他这么一讲，我心里很感慨：大凡在某一领域内有所成就的人，他必具有与常人不同的品质。我们不是常常抱怨没有时间学习吗，其实时间在哪呢？

说话间，车子到了季老家的楼下。梁先生把挽起的袖子抻开，说："见老人家，要正式一些，尊敬一些。"此时，我感觉到的是梁衡先生对前辈发自心底的敬重！

"梁先生来了。"一位女士向屋里喊道。这时，季老已经站在会客厅的门口等着我们。这位就是我久仰的国学大师，一个瘦高的老头，像邻家的爷爷。看到梁衡，他很高兴。他们一老一小同是文人，又同是忧国心很重的人。一坐下谈的就是国事。

梁衡先生说："我这是第三次在中央党校学习了。每一次感受都不一样，这一次我深感我们干部的执政水平、理论修养在提高。讲信息化、数字化，现代化、全球化，古今中外，眼界很宽。"

"这是好事。领导干部的素质应该是全面的，江总书记多次讲到社会科学的重要性。1998年，江总书记出席北京大学百年校庆大会，我作为代表发了言。我主要讲了两个问题：一是当前存在重工轻理、重理轻文的现象，这样不利于国家的发展；二是人才流失严重。中国人才流失，最大的受益国是美国。这叫做：我们种树，他们摘桃。"顿了顿，季老接着说："道理也很简单，在生活水平上中国与美国还是有差距，如果中国赶上美国的话，大家还是愿意回国工作的，因为我们都是爱国的嘛。"

坐在一旁的女士，李教授，是季老的助手。因他们都是熟人，谈话就又扯到季老的身体和生活习惯，李女士说："梁衡，我的工作（照顾季老）不好做。先生多年养成节约习惯，他每天那么多事，却还时时叨唠，督促我们节水，省电。"

"现在全世界都缺水，北京也缺水嘛。"季老似乎不大高兴了，为自己辩护道。

"让我心里最不安的是，一些小事，我没有做好，先生不责备我，他亲自去做。我们离开屋忘了关灯，他就亲自回屋关灯。你想，他这么大年纪了，站起身来也不是件容易的事，可他就是不支使你。"看得出来，李老师对此事很不安。

"我记得，有人说北京缺水问题如果不能解决的话，就要迁都了。这句话给我留下了很深的印象。制止浪费是个大问题。例如马桶漏水是一个很普遍的现象。"

梁衡先生立即接过来说，"我当记者的时候，常做的一件事就是修马桶，国内宾馆几乎没有不漏水的。在国外，马桶的设计比较讲究。你要多用水则按全钮，少用水则按半钮。"

李女士哈哈笑道："梁衡，你不知道，季老往家里的马桶水箱里放了一块砖，就是为了减少容积节约用水。"

许是孤陋寡闻，这种节约用水的方式我还是第一次听说。我不由从心里更崇敬这位老人。

季老说，不缺水也得节水，不缺电也得省电。他这种节俭的好习惯真让我佩服。

季老说："我小时候很苦，6 岁开始便寄居在我叔叔家。"

"先生在 1935 年到欧洲，但是他的生活习惯并没有受到欧洲的影响，自始至终，先生的生活都非常俭朴，叫人无法想象。"李老师接着季老话语说。

"先生的一张床，睡了三十几年，直至 1998 年我们把它换掉。那张床是铁条子做的，中间下沉，上面铺的是解放前的草垫子，人睡在上面，床就掉草末和土。1998 年先生生病了，是李岚清同志来看他时，才换掉这个垫子。"

"换完床，我问他睡在上面舒服吗？他说：舒服。这话听起来叫人心酸。"

我看见李老师的眼睛红了，脸上呈现出一种无法名状的表情：是心疼？是感慨？我的心灵猛然被一种东西袭击了，鼻子发酸。

屋子里静悄悄的。一只可爱的小波斯猫守在季老的身边，一副陶然自得的样子。

还是梁衡先生打破了沉默，他心疼老人，建议他多出去散步，多走一走。

时间过得真快，他们聊了很多。但好像还有很多没有聊，我在一旁静静地听，用心地记。

我们要告辞了。

站起身来，李老师见我穿着短袖衬衫，关心地问我是不是冷了。我摸了摸自己凉凉的胳膊，就问："房间里这么阴冷，季老能受得住吗？""有电暖气，先生不用，他怕浪费电。”还是节俭！

“您保重身体，健康长寿。”临别，我握着季老的手，发自内心地说了这句话。

我们上了车，车子缓缓地驶出北大。但季老慈祥平易的笑容，多远都能感受得到！还有那只小波斯猫，时时浮现眼前。很多人都知道，季老喜欢猫。他家那只猫也实在可爱。

这次偶然得来的短暂的拜访，却给我留下很深的印象，我真没有想到季老是这样的朴素、平易。告别季老和梁衡先生，我想到梁先生在《与朴老缘结钓鱼台》一文里曾谈到，他与赵朴初老人见面的事儿。他写到：“缘是什么？缘原来是张网，德行越高学问越深的人，这张网就越张越大，它有无数个网眼，总会让你撞上的，所以好人、名人、伟人总是缘接四海；缘原来是一棵树，德行越高学问越深的人，这树的浓荫就越密越广，人们总愿得到他荫护，愿追随他。”这次偶然让我撞上的缘分今生也不会忘记！

此时已近傍晚时分，夕阳柔和地洒在车窗上，暖暖的。

有人说，季老是一座山，近之，愈觉其高；季老是一部书，读之，愈觉其深……

5
吴祖光得大自在

“吴欢甚有灵气，不愧祖光、凤霞之子”赵朴初先生这样夸奖吴欢。

在第十届全国政协的会议上，我见到吴祖光、新凤霞之子，具有“香江神笔”之称的香港著名作家、书画家吴欢委员，并采访了他。

“夫妻有一种类型叫朋友型，有一种叫共生型。我父亲和母亲是共生型的。”讲到吴祖光、新凤霞的爱情，他们的儿子吴欢这样说。

吴祖光，常州人，1917年出生，著名学者、戏剧家、书法家，是20世纪中国在国际上影响最大、最著名、最具有传奇色彩的文化人之一。他出身书香世家，具有高深的文化修养和传统书法的深厚功力。一生著述颇丰，有戏剧、散文、政论、书法等50余部，主要代表作品有《风雪夜归人》、《闯江湖》、《花为媒》、《三打陶三春》、《吴祖光选集》六卷本等。19岁时创作了全国第一部正面反映抗战的话剧《凤凰城》，被誉为是戏剧界的“神童”。

被老舍先生誉为“共和国美女”的新凤霞是20世纪中国最杰出的艺术家之一。她约生于1927年，苏州人，身世不明，生日不明，由老舍先生定为农历腊月廿三。她出身贫寒，身世坎坷，曾拜北派京剧武生大师李兰亭之妻“堂姐”杨金香学习京剧基本功，时年6岁。因具有评剧天赋遂于13岁改评剧，14岁任主演，以扮演刘巧儿而名满全国。她将京剧唱腔和评剧等剧种唱腔相互融合，形成了自己独特的演唱方法，并发展为从20世纪50

年代至今的最大评剧流派——新派。其代表剧目有《花为媒》、《杨三姐告状》、《刘巧儿》、《祥林嫂》等，其中《刘巧儿》、《花为媒》摄制成为电影。她留下数百幅画作，及《新凤霞回忆录》、《以苦为乐》、《我当小演员的时候》、《我与溥仪皇帝》、《新凤霞说戏》、《我和吴祖光》、《人缘》、《舞台上下》、《我叫新凤霞》、《新凤霞评剧》、《吴祖光新凤霞诗书画集》及四卷集的《新凤霞回忆文丛》等二十余种文学著作。曾任中国政治协商会议全国委员，中国戏剧家协会理事，中国作家协会会员，中国评剧院艺术委员会主任。“文化大革命”期间，由于“四人帮”残酷迫害，致病致残，离开舞台。于 1998 年 4 月 12 日在江苏常州病逝。

吴祖光和新凤霞是中国文艺界一对知名的伉俪。他们的才华是举世公认的，不过更为人们称道的是他们几十年相濡以沫的爱情故事。

“我的父亲和母亲他们一生的挫折和苦难多过顺利，挫折越多他们俩的感情就越来越深。他们互为依傍。父亲是共产党员，他爱党爱国，正直敢言，铁骨铮铮，刚直不阿，宁可拼出身家性命也要讲真话。在受到不公平待遇的岁月里，我的母亲在精神上给了他巨大的支持。有一件事印象很深刻，我父亲被发配到北大荒以后，母亲就一天给他写一封信。更让我难以忘记的是母亲把我们的手印画在信纸上，让父亲看看他儿子的手。她把着我们的手在手印旁边写上字：‘欢欢问爸爸好，霜霜问爸爸好，刚刚问爸爸好’。我的父亲就是靠着这个——母亲的支持活着的。”提起父亲，吴欢委员的明眸里闪现出激动的神情。人们当然不会忘记，1957 吴祖光先生遭反右冲击，1966 年又遭“文革”迫害，但是他以舍我其谁敢下地狱的精神，为推动中国的文化进程与发展作出了巨大贡献。周恩来总理称他为自己在文艺界“最好的朋友”。

“在我父亲遭难的时候，母亲义无反顾、无怨无悔地支持父亲。‘文革’后我母亲残废了，这时我父亲就照顾我母亲，他对母亲的照顾真是心细如发。别人感觉残废的母亲会很痛苦，但是作为儿子我感觉我的母亲一点也不痛苦。因为在她生病以后父亲寸步不离开母亲，他陪在母亲身边，因此母亲在感情上非常富有，一直到 1998 年去世，她都是非常开心的。母亲行动不便，在生活上需要我们照顾，父亲就给我们儿女下了道命令，一听到母亲的动静就马上前去救驾。因此，母亲所到之处父亲都给系上了小铃铛。她有什么需要就摇摇铃。母亲是公认的美女，她病了以后还是那么喜欢照镜子看看自己。父亲就给她买了许多镜子，因此我们家到处都是镜子，连饭桌上都有。但是最重要的，是我的父亲把母亲培养成了一个画家、作家。母亲写好文章或画好画后就卷成一个筒，插在她患病的不能活动的手中，拿给父亲看。这时父亲总是说，画得太好了，文章写得太好了。他可能并没有仔细看，但是他喜欢欣赏母亲做的事，无论母亲做什么，父亲都鼓励她说好。这样母亲就高兴，就满足。正是这样母亲真就越写越好，越画越好，成了画家、作家。我说，这是爱的力量，这就是爱。”

听到此处，我似乎看见了那一对相亲相爱的夫妇。新凤霞自幼失学，不识字，却自强不息，在丈夫吴祖光的帮助下，努力学习，从事写作。并被当代绘画大师齐白石老人认为义女，深得白石老人真传，她笔下的牡丹、菊、梅、白菜、南瓜、扶桑、寿桃等，行笔端庄，线条准确。1957 年她遭受反右冲击，39 岁受“文革”迫害被轰下舞台，47 岁被迫害致残。但她不顾病痛毅然执教，培养出大量的新一代青年新派演员。并以常人难以想象的毅力和顽强精神与病魔抗争，从事国画与文学创作，她的这一卓越成就，在国内外演艺界是罕有的，被誉为“比保尔·柯察金还要坚强的女人”。

剥夺了一位演员演戏的权利就等于夺去她的生命。“母亲不能演戏了，她看别人演戏时就哭，我的父亲看在眼里，痛在心里。他用手指着母亲的鼻子，看着她的眼睛，语不高声，边笑边说：不许哭。母亲立刻就不哭了。这‘不许哭’三个字意味深长啊!”说到此处，吴委员模仿了父亲的那个动作。讲起这段往事，吴委员的心情也不好受啊。

吴新的艺术成就举世公认，由苦难和真爱铸造的吴新爱情也成为千古绝唱。新凤霞 1998 年去世以后，一生打不倒、压不垮的吴祖光的天塌下来了，真塌下来了。“他整个人都完了，他的灵魂已随母亲而去。他天天在哭。一年中两次中风。现在已经几乎没有意识。画家张仃说：凤霞走得从容，祖光病得壮烈。他是理解我的父母的。我也理解，也能够心安理得，因为他现在是得大自在了，也无欢喜也无愁。‘老去自觉，万人都尽，哪管人是人非；春来尚有，一事关情，只在花开花谢。’”

6

仰望星空

仰望星空

温家宝

我仰望星空，
它是那样辽阔而深邃；
那无穷的真理，
让我苦苦地求索追随。

我仰望星空，
它是那样庄严而圣洁；
那凛然的正义，
让我充满热爱、感到敬畏。

我仰望星空，
它是那样自由而宁静；
那博大的胸怀，
让我的心灵栖息依偎。

我仰望星空，
它是那样壮丽而光辉；

那永恒的炽热，

让我心中燃起希望的烈焰、响起春雷。

2007 年 9 月，我在《人民日报》上看到了温总理的这首诗。星空在我的心中冉冉升起……

小时候，一次，仰望着满天闪烁着的繁星，问爸爸：为什么天上有那么多眼？爸爸笑着回答：傻孩子，那是星星。又问：它为什么那么小，又那么亮？爸爸拍着我的脑袋说：因为它离我们很远，它像人的眼睛一样，所以很明亮。

20 多年过去了，那次与爸爸的交流，还有那茫茫的星空一直深深地刻在脑海里、记忆中。于是对神秘、浩瀚的星空一直存有一份向往和敬畏。

高中刘老师讲他在外面刻苦求学的经历时说：有一天晚上他从自习室出来，仰头看夜空，发现月亮怎么是一打一打地摞在一起的？后来我也有了他的经历，从高二到现在近十年了，月亮在我的眼里一直是一打一打地摞在一起的。从第一次发现这个“残疾”（近视眼）后，我就很少有勇气抬头看星空了。

不久前的一天，一位朋友送给我一本书。这本书是关于一座孤岛的故事。有一座渺无人烟的孤岛，却是衣食无忧，岛的主人，姓黄，他“引诱”一些有智慧、富有冒险精神又童心未泯的读书人上岛。上岛之人只能带一本书和一种音乐。这本书记述了上岛之人与黄岛主的对话，主要是上岛人种种丰富的读书经历、心境，及对社会、自然、人生的思考，有他们对最想带的书和音乐的种种丰富的理解和阐释。

但我注意到，吸引上岛人的地方是因为那是一座孤岛。在天籁、地籁与人籁的合鸣中，手捧着书穿越时空的隧道回到远古或是走向未来。在与自然的零距离接触中，呼吸着纯净的空气、凝视着美妙的星空，可以听见星星眨眼的声音。

《我想在孤岛上看见满天繁星》一文，是阿忆与黄岛主的对话，放在书的第一篇。一个人喜欢一本书，那是缘分使然。就是因了阿忆的这个想法，才使我一口气把这本书读完。

我也想去孤岛，为了童年里的那个星空。不知黄岛主，《孤岛访谈录》的作者黄集伟，可不可以送我一程？

当然书到最后，所有上岛的人与黄集伟一起做了一个孤岛梦。

复习考研的日子是焦灼的。白天上班，晚上上政治、英语培训班。很晚了，从教室里出来，环抱着胳膊取暖。夜是黑的。前面的路也是黑的，明天的路也是看不清楚的。唯有仰望高远的、深邃的星空，我才能感到些许温暖和力量。

仰望星空，放飞梦想，因为那里是人类的摇篮，是灵魂的故乡。

7

“敬业精神第一，水平还在其次”

不管你做什么工作，不管你是否喜欢它，你都要热爱它。

一日，与某友闲聊，他讲了一个故事。他的一个同学，是我驻某国领事馆的副领事，今年才 25 岁。三年前这位“副领事”从北京某重点大学毕业，即被分配到我驻某国的大使馆，做了一名普普通通的工作人员。每天的工作是给许许多多的文件盖章及其他一些事务性的琐事，这千篇一律的、毫无创新的工作，听起来都有些乏味。可是“副领事”对待工作一丝不苟、充满热情、兢兢业业，把每一件事都做得很好，给人留下了良好的印象。尤其是来办事的当地人，对这位中国小伙子认真、负责、热情的服务给予了较好的评价。就这样，“盖章”认认真真地盖了整整一年后，有一个派驻到别国领事馆的机会，“副领事”被选中了，到了那儿经过短短的一段时间，就被提升了。

讲故事时朋友的语气和神情都很感慨。

感慨这位副领事先生的好运吗？应当说他的运气不错。但这种好运气不是他消极、被动地等来的，而是靠他对工作的那份热爱创造出来的。他是发自内心的，凭着对工作的责任心和热爱，把热情注入到工作的点点滴滴中。他埋头苦干就算是为了在工作上有所建树，有所成就，也无可厚非。所以问题的关键是，做一项工作，不管你喜欢不喜欢，与你的专业对不对口，你都要热爱它，对它负责，这既是职业道德的要求，也是一个人良好德行的表现。对一个人的发展来说，你这样做了，好的运气就会降临到你的头上。“机遇常常给有准备的人”也就是这个道理。从自私的角度讲，工作都是为自己干的，干好了自己就会有好处，这个好处，指升迁、奖励、成就感、快乐等。

接着朋友又讲了一个故事。有一位外交官，平日对工作很认真、负责，大事小事都能安排得稳妥。但有一次，他实在累了，中午休息的时候，一个人在一个房间不知不觉地靠在沙发上睡着了，而且睡得很沉。他当时有要务在身，可是没有人知道他在哪里。等他醒来的时候，已经误了时。这件事之后，他被解职了，不能再做外交官了。

我真为这位外交官惋惜。因为一不留神打了一个盹，就断送了自己的前程。谁都有“打盹”的时候，可有些工作你就偏偏不能“打盹”。我想外交官在沙发上小憩时，应当请同事到时间提醒一下。我们还是要多想想许多也许不可能发生的事，以防万一。

有些工作决定了它的“决不可侵犯性”，就是你一点也不能“侵犯”它，对不起它，辜负它，不能出现一丁点儿错。小错似乎可以谅解或挽救，大错出了，它的损失或造成的负面影响是不可挽救和弥补的。“如履薄冰，如临深渊”，“我们的头上悬把剑，不小心就会掉下来”，领导经常这么强调。其实，工作中除非他有不可告人的秘密，他的错误都是不小心、不认真造成的。所以“因为我不小心”、“我不是故意的”这样的托词是说不过去的。但不排除由于你的知识水平的局限而导致的错误。

我也给朋友讲了一句我的领导曾经说的一句话。那就是，中央党校原常务副校长郑必坚同志说过：对待工作“敬业精神第一，水平还在其次”。就是说，如果你很认真，你就会时常思考“为什么”？遇到疑问要不要找资料核对一下？在核对时你的知识就丰富了；你还会思考这项工作能不能找到更省时、更省力的做法呢？经过思考，你就可能找到新窍门儿；你还会思考能不能把工作做得再好一些？自己在哪些方面有差距呢？是不是应当看看与业务相关的书籍呢？等等。所以在敬业中你的水平就自然会提高。

敬业是什么呢？就是热爱、就是负责。

我们考量一个人的工作，首先看他是不是敬业，是不是用心，是不是负责任，其次才是水平。如果前者做到，后者自然不在话下。

8

把壮志写在太空

中国首次载人航天飞行成功了，全国人民欢欣鼓舞，也再一次把目光投向那些为中国载人航天事业作出卓著贡献的科学家们，戚发轫院士就是其中的一位。作为中国知名的空间技术专家，30 多年来他主持了六种卫星的研制工作。对这次“神舟”五号载人飞船的成功发射，他说，这次真的很漂亮！

且听，这位银发闪烁，目光炯炯，雷厉风行，笑容可掬的老院士向我们讲述的他与航天事业的情缘。

第一是航空，第二是航空，第三还是航空

1952 年，戚发轫报考大学，他报了三个志愿，第一是航空，第二是航空，第三还是航空。他的一生只选择过一次专业，就是航空。

为什么戚发轫对航空情有独钟？1933 年他出生于辽宁，当时辽宁被日本占领。几年亡国奴的生活给不谙世事的他，留下了痛苦的记忆。1945 年大连解放后，戚发轫的中学是在金县一所破庙里上的，任课老师年轻，有知识，很爱国，他经常激励学生要为国家振兴努力读书，这给戚发轫以很大的鼓励；抗美援朝时，戚发轫在大连念高中，他又亲眼目睹了从前线抬回来的伤痕累累的中国志愿军伤员；美军的飞机到处轰炸，老百姓的生活

不得安宁，处在水深火热之中。于是年轻的他下定了振兴国防的决心。

1952年，戚发轫考上了北京航空学院飞机系。时值全国院系大调整，全国所有的航空专业调到清华大学去，于是最初的两年大学生活，戚发轫是在清华度过的。在“向科学进军”口号的鼓舞下，他努力学习，打下了坚实的学业基础。1956年他加入中国共产党。1957年从北航毕业后被分配到中国运载火箭技术研究院。

想出国学习，却一次次被拒绝

戚发轫分配到中国运载火箭技术研究院，当时的院长是钱学森。去了以后，先搞导弹。钱学森给这些刚分配去的年轻人上导弹启蒙课。戚院士清楚地记得，学的是《导弹概论》。当时苏联支援给中国一个导弹营，院里安排戚发轫等人去营里锻炼，还准备派他们到苏联学习导弹技术。但后来却遭到苏联的拒绝。于是又争取到莫斯科航空院学习，可是因为戚发轫是学总体设计的，他又一次被拒绝。

现在人们传颂着“四个特别能”的航天精神，即特别能吃苦，特别能战斗，特别能攻关，特别能奉献。可是航天精神是从哪里来的？戚发轫和当时所有航天人面对的困境，应是激发出这种精神的源泉。戚发轫说，一个人，一个民族，受点委屈也是好事。

把压力转化为动力，就一定能创造出惊人的业绩。从艰难中走过来的一代科学家，才更能深刻地理解国家强大的真正意义。

1967年，戚发轫院士开始参与主持卫星的研制工作。在主持“东方红一号”卫星研制过程中，提出并组织实施了多项地面模拟试验，为该卫星的一次成功打下了基础。在主持“东方红二号”通信卫星研制工作时，提出并建立了卫星可靠性设计规范，电子元器件可靠性中心，为提高卫星可靠性作出了有益的工作，为研制长寿命卫星积累了宝贵的经验。在主持“东方红三号”第二代通信广播卫星时采用公用平台和模块化设计原则和多项新技术，不仅使中国通信卫星上一个新台阶，并为后续卫星研制提供了一个技术成熟的公用平台。

戚发轫一生最高兴的事之一，就是中国第一颗人造地球卫星——“东方红一号”发射成功。1970 年 4 月 24 日那一天他永远难忘。因为这一事件标志着中国成为世界上第五个用自己的运载火箭把自己研制的卫星送上宇宙空间，并由此成为空间俱乐部的成员。

空间技术似乎离我们很遥远，其实它就在我们的生活中间，并每天每时每刻影响着我们的生活。1984 年“东方红二号”通信卫星的成功发射，对通信变革是划时代的，使人们看到清晰的电视画面，由此电视机走进千家万户，空间技术也走进寻常百姓家。东二甲实用通信卫星的发射，促进了电视电话的发展；1997 年“东方红三号”通信广播卫星的成功发射和运行促进了通信广播的发展。

载人航天上马，他既当院长又当总设计师

1991 年，组织决定戚发轫任航天部第五研究院的院长，按照规定，院长不能兼任总设计师。戚发轫虽然恋恋不舍总设计师，但还是当了院长。

1992 年中国载人航天工程上马。载人航天一直有争论，主要围绕三个问题：一是空间环境作为人类的第四种环境，中国作为一个大国搞不搞载人航天？二是中国要研制，以什么来起步？三是由谁来干？时任五院院长的戚发轫当仁不让，由于各方面条件具备，最后这个大工程压给了五院，也压在了戚发轫的肩上。他既喜又忧，当时 59 岁的他，已经到了退休的年龄，又要迎接一个全新领域的挑战，实在不易。但许是能干、执著的性格，许是他与中国空间技术发展相伴而行的个人经历，许是组织上的决定使然，他甩开膀子与同行们干了起来。

根据需要，戚发轫既当院长又当总设计师，这在院历史上应是头一回，而且 1995 年他兼任总指挥。他首先组建队伍，然后论证总体方案和筹建地

面设施——北京空间技术研制试验中心。现在看来，他说，这些事办得都很好。他主持了载人飞船总体方案论证工作，制定了符合我国国情的载人飞船总体方案。该方案继承我们返回式卫星成熟技术，并在环控、温热、防热、制导导航与控制、救生、机构及测控通信等方面采用诸多新技术。1995 年飞船系统转入工程研制阶段。他主持制定了严密的研制技术流程，采取科学的研制技术途径，精心组织指挥，解决了大量技术问题。“神舟”号四艘飞船的成功，使中国实现了 20 世纪无人飞行，也为本次“神舟”五号载人飞船发射成功打下了坚实的基础。十年来，戚发轫等一批优秀的科学工作者与中国的航天事业紧紧地系在一起。令他们欣慰的是，我们取得了很多成果，主要有：一是研制并成功发射了四艘无人飞船和一艘载人飞船；二是已经建成了包括力学、热真空、电磁兼容等国内最大、世界一流的研制试验中心；三是培养了一大批年轻的有实践经验，具有良好专业技术和管理能力的专家。这是他感到最高兴的，现在退休的话，他放心了；四是形成了载人航天文化。

载人航天文化的核心是人

戚发轫多次说过，为了人的安全，花多大代价也在所不惜。

在“神舟”五号载人飞船发射之前，他们制定了许多故障模式，尽管没有用得上，但是为了保证人的安全，这项工作是必须要做的。整个工作有上百人操作，但没有一个失误，都严格按照预定的程序进行。为什么？按照戚发轫的说法是因为这里有一种载人航天文化。他总结为“五个有”：一要有文件根据。就是每一项工作要有根据；二要有检验。每一项工作必须有另外的人检查；三要有记录。对每一次试验都要做好记录；四要有比较。把这次试验与上次试验做好比较；五要有结论。必须有人对工作结论负责。航天人还有一句口头禅：“归零”。科研、管理、后勤，一切追求零缺陷，努力打造严、细、慎、实的质量文化。这就是载人航天文化，丁是丁，卯是卯，每一个人都要具备高度的敬业精神、协作精神和负责精神。

我们称佛教壁画或石刻中的在空中飞舞的神为飞天。“嫦娥奔月”那古老的中国神话故事就表达了人类对于天的神往。如今千年梦想终于变成现实，在星辰闪耀，浩瀚的苍穹间中国飞船刻画下了美丽的弧线，中国首位太空人杨利伟在太空中，看到了祖国美丽的海岸线。

从“两弹一星”到载人航天，“自力更生，艰苦奋斗”的中国人风尘仆仆，一路走来，为了实现强国梦想，经历了几多屈辱、几多荣耀，几多艰辛、几多自豪。戚发轫院士说，航天分为三个领域，一是应用卫星和卫星应用，二是载人航天，三是深空探测。前两个领域我们已经实现了，现正在筹备当中的“嫦娥登月”计划是在向第三个领域迈进。戚发轫等科学家们正在等待着这一天早日到来。我们也一样。

9

春天的马拉松

研究生的第二个学期，我选修了中文系潘天强的“西方经典电影鉴赏”一科。每周四晚上一个半小时的课，每节课放一部20世纪的西方经典电影。电影放映之前、中间、之后，潘老师都会点评。

有一次放的电影是《秋天的马拉松》，它是1979年拍摄的苏联作品。导演是格奥尔基·达涅利亚。故事主人公布齐金45岁，是个彬彬有礼的人，他性情随和，处处照顾别人。他有一个妻子，一个情人，妻子叫尼娜，俩人结婚已经20年了；情人叫阿拉，是研究所里的打字员。两个女人都对布齐金一往情深，布齐金的心情很矛盾，他既不想让尼娜难过，又不愿冷落阿拉，因此不得不奔波于两人之间。每天下班后，他大步流星地先到阿拉家里，然后一路小跑奔回家和妻子共进晚餐，如此往来穿梭，常常通宵达旦，夜不能寐，筋疲力尽。一次，他从阿拉家里出来晚了，回家路上的吊桥被撤掉了，为了尼娜，他无论如何也要回家，于是在凌晨他才到了家，如此之辛苦，仍然使尼娜生气。布齐金有一块手表用来提醒他，在阿拉家里，表一响，他就要奔出去，上班或者回家，为了多陪一会儿阿拉，他经常在马路上奔跑赶时间。尽管如此，尼娜和阿拉都因为感情上得不到满足而与布齐金发生口角……

“秋天的马拉松”，听起来有点怪的名字。中年男人布齐金处在他生命的秋天，每天他都在奔跑，在事业、夫人与情人之间，风雨无阻。整个电影里，贯穿着布齐金拎着手提包大步慢跑的镜头。可见一个处在生命秋天的男人，在人生马拉松上的辛苦和憔悴。

人生就是长跑，就是一场马拉松，跑到终点，生命也便终结。

看到布齐金，我想到自己。我，处在生命的春天，每天奔跑于单位与学校之间。

我和布齐金，没有相同的故事，却有同样的苦涩和憔悴。

我 1998 年工作，2000 年 9 月至 2003 年 7 月间利用周末时间在北京大学读书，紧接着 2003 年 9 月在人民大学读研究生，从那时起我开始了更加紧张的学习生活。我要学习，还要上班。第一学期，要通过外语考试，每周有十次课。作息时间表满得透不过气来：上午 8 点至 11 点半上课，中午吃完饭，不能休息，坐公交车直奔到单位上班；下午五点半下班，晚上六点到九点十分上课；下课后还要学习英语到十一二点钟。周一到周五天天如此。我不仅睡眠不足，而且经常吃不上饭，尤其是晚饭。北京交通拥堵严重，单位到学校的路上经常堵得一塌糊涂。因为不能从单位早退，又担心迟到，有时坐在车上，我的心急得要跳出来；有时上了车就打盹，手抓着扶手站着睡着。跳下车，我跑步到校园，先跑到食堂，急急忙忙地扒上一口冷饭，再跑到教室。半节课过去后，我的心脏才稍稍地跳匀了。

于是我想，我和布齐金一样。我们都是拎着书包，不管刮风下雨，都在跑，从公交车站到学校，到食堂，到教室，再到宿舍。如此循环往复，我真有布齐金的心力交瘁之感。我和布齐金一样，他的阿拉和尼娜哪个都放不下，我的工作和学习也一样都放不下，都要做好。

每个人的人生都是运动的，有人在散步，有人在行走，有人在小跑，有人在狂奔。

布齐金，在生命的秋天，为了情感奔波。

我，在生命的春天，为了理想奔波。

无论是春天还是秋天，生命不息，脚步便不会停下来。

10

勿慕时为，勿甘小就

谈起中国的美术教育，人们往往想到徐悲鸿——一位中西合璧式的大师。他继承古代画论中“外师造化”的传统，引进了西方古典写实主义，融合中西绘画，关注现实生活，堪称中国现实主义美术的先驱。

通过徐庆平先生的讲述，我们可以感受到大师的风采。

我还小的时候，父亲请齐白石先生为我刻了一方名章

徐庆平，徐悲鸿先生的哲嗣，1946 年生于北京，祖籍江苏宜兴，徐先生在家中行三，有哥哥、姐姐和妹妹。徐庆平的祖父徐达章也是当时一位正直不阿的画家。

徐悲鸿先生说过，学画要具备三个条件：一是勤奋，二是毅力，三是中等以上的禀赋。如果禀赋差点，也没有关系，就像烧水用铝锅与用铁锅的区别，只有快慢之分，没有烧不开的。

徐庆平四五岁就开始习画。在父亲的眼中，他具有学画的禀赋，但一定要勤奋。徐先生回忆道，“父亲没有直接说过，也没有要求我成为画家，但是他非常注意培养我们对学习、对书画的兴趣。他要求我们兄妹每天写大字，习画。我还小的时候，父亲请齐白石先生为我刻了一方名章。我当时很珍惜，但并不知道作为何用。后来在给自己的作品盖章时，我才领会

父亲的一片苦心。”徐先生没有辜负父亲的苦心，他 12 岁便崭露头角，获得国际少年绘画比赛大奖。20 世纪 80 年代初他赴巴黎学习西方艺术，并获中国第一位留法艺术史学博士。

父亲常说，人不能有傲气，但不能无傲骨

“父亲也是我的老师”，徐庆平先生说，“他用最有气魄的最美的东西——艺术教育了我，让我终生受益也终生难忘，现在我把这些再教给我的学生们”。

谈起父亲，徐庆平先生的神情和言语间流露着深切的尊重。“父亲对我的影响还包括他对祖国的一片深情。在中国艺术已经颓败、需要振兴时候，父亲出国去了。在巴黎、柏林、比利时研习素描和油画。他说，学习西方是为了东方，例如他使油画成为中国美术的一个画种，他说，‘古法之佳者守之，垂绝者继之，不佳者改之，未足者增之，西方画之可采入者融之。’后来他在《画苑序》中总结了‘新七法’，即一位置得宜；二比例准确；三黑白分明；四动作和姿势天然；五轻重和谐；六性格毕现；七传神阿堵。他建立了正规的具有中国特色的中西合璧的美术教育体系。1918 年北京大学校长蔡元培先生曾聘请他为北京大学画法研究会的导师。”

徐庆平说，“父亲经常说的一句话是‘人不能有傲气，但不能无傲骨。’父亲是一个正直的、坚持原则的人。当他因为改造中国画而遭到反对者的围攻时，他仍‘独持偏见，一意孤行’，他把这八个字写成一副对联挂在书房里。足可见他的傲骨。但他没有傲气，为人宽容，性情温和，对自己的学生视如己出，对同事，对工友，都非常谦和。现在每每谈起父亲，他的学生还是充满怀念之情。”

徐悲鸿先生的老师达仰是 19 世纪法国最有名的画家之一，他在 17 岁的时候跟世界伟大的风景画大师柯罗学画。当时柯罗送给达仰一句话：“勿慕时为，勿甘小就。”也就是说要诚实地对待艺术，还要自信，相信自己的

眼睛，不羡慕时尚，不跟风，勿舍己以循人。徐悲鸿跟达仰学画的时候，达仰已经 70 多岁了，但无时不记先师对自己的教诲，于是也把这句话送给自己的学生徐悲鸿。现在徐庆平先生也把这句话作为自己人生的准则，要求自己，要求学生。

艺术可以立至德，造大奇，为人类申诉

徐庆平先生也画马，但他笔下的马，既有“徐悲鸿马”的神韵，又有所创新。徐悲鸿画马，不仅只为一般观赏，而大多是借以抒发郁结难言之悲愤和爱国忧世的心情。徐庆平先生说，父亲画的马多数是忧郁的，我笔下的马常是快活的。

也许从齐白石先生为徐庆平刻章的时候起，就预示着他将会成为一位优秀的画家，现在徐庆平是著名美术史学家、画家、美术教育家，担任中国人民大学徐悲鸿艺术学院院长、徐悲鸿纪念馆副馆长和书画家联谊会副会长，多年来一直致力于艺术创作、研究和教学，积极倡导全社会和全民族的美育教育。

徐庆平先生以其父“极高明而道中庸”的教诲为治学要求，秉承父亲的艺术理念，既珍视中国文化传统的精华，又吸取西方绘画在色彩关系和造型结构等方面的长处，使它与中国笔墨自然融合为一体 。徐庆平先生的作品深沉洗练，具有真和美的震撼力量。祖国的壮美河山常使他激动，他说自己常“为感动和激情而创作”。草原上的晚霞，长城的雄姿，优美的太湖晚景，快乐奔腾的马儿……都是他表现美的“源头活水”。徐庆平先生说，父亲曾经送给他四个字：“诚实自信”，他秉承父亲的遗风，以平生所学，潜心于中国的美术教育，并重视和加强与西方文化的交流与合作，传承和展示中国美的文化。他翻译了《西方艺术史》，编撰了《现代绘画辞典》、《世界十大博物馆》、《徐庆平画集》等著作，曾应邀多次赴加拿大、新加坡、马来西亚等国举行个人画展，作品被欧美亚多国收藏家和收藏机

构收藏。

他说，一个国家培养出几位名画家不难，但提高全民族的艺术素质却是不容易的。在一些发达国家，人们把参观博物馆和美术馆作为生活中的一部分。我们可以想见，如果在城市中心竖一座罗丹的雕塑，会给人多少美的感觉和力量啊。就像写字不单是写字，从中会体验到一种力量，塑像也不单是塑像，它表现着美还有背后那美的故事。正像徐悲鸿先生说过的："艺术可以立至德，造大奇，为人类申诉。"的确。

11

二见张岱年

新华网北京4月24日电　我国著名哲学家、哲学史家、国学大师，北京大学哲学系教授张岱年先生，因病救治无效，于24日凌晨在北京逝世，享年95岁。

闻此消息，我十分悲痛，虽和张岱年先生没有过多交往，但先生给我一个年轻人两次采访机会，让我一直心存感动和鼓舞。

人都说，现在是一代人比一代人幸运。单说20世纪七十年代出生的人，没有赶上上山下乡，按部就班地上学、工作；八十年代出生的就更幸运了，他们拥有对国家由相对落后直至今日成就的完整记忆，自由多、选择多；九十年代出生的人，生活在全球化的时代，享受着全球一体化的文明。

其实，每个时代的人都有自己的幸运。比如，我就没有北京大学教授汤一介先生那样幸运，他说，像他那样70多岁的一代人大多读过张岱年先生的著作，听过张先生的课。

我没有好运气听张岱年先生的课，对他的成就还是在做了编辑以后才了解的。

由于工作关系，我萌发了采访张岱年先生的念头，这是在2001年年初的时候。如何联系到张先生呢？偶然得知某杂志社的一位编辑是张先生的学生，于是我与这位编辑同行联系，他说，张老可不是随便就能见的。人家不帮忙。

我就想了一个最简单的办法试试吧，我往北京大学的哲学系打电话，查到了张老家的电话号码。原来张老的电话并不那么难得到，只是，这种最简单的办法我最初没敢想。

按着电话号码，我拨过去了。

“是张岱年先生家吗?”我激动地问。

“是啊。”是一位老奶奶，声音有点颤。

“我是学习时报社的记者，想找个时间拜访张先生。”我又试探着说。

“你稍等啊。”老奶奶说。

过了一会儿，电话那头传来了张老的声音。当我说明情况以后，他很快就答应了我的约请。

一天下午，我与同事陶春如约来到了张老家，北京大学蓝旗营的一个极普通的居民楼里。进了家门，更加普通甚至有些简陋的陈设，让我震惊。张老夫人把我们请进里屋，这是书房，最引人注目的是几排高昂的立着的大书柜，与之形成对比的是一个只能围坐三个人的小书桌，桌上摊着各种报刊，比如《人民日报》。张老正襟危坐在小书桌旁安静地等着我们，像认真的小学生一样。灰暗的光线，愈发可见张老亮晶晶的白发。我们在满地是一垛垛的书堆里拣了一块地方，搬把椅子坐下，开始了我们的谈话。我们采访的主题是经济全球化下中华文化的走向。

张岱年先生出生于翰林世家，兄长张申府是著名的哲学家，是中共最早的党员之一，又是周恩来和朱德的入党介绍人。青年时期的张岱年好学深思，不仅受到张申府的影响和帮助，亦得到熊十力、金岳霖、冯友兰等先生的器重。先生自言，其学术分为三个部分，一是中国哲学史的阐释，二是哲学理论问题的探索，三是文化问题的探讨。从 20 世纪三四十年代以来，外来的哲学和文化与中国的传统文化发生了激烈的碰撞，1935 年先生在其文章《关于中国本位的文化建设》一文中主张“兼综东西两方之长”、

“融合为一”、“不要平庸的调和，而要作一种创造的综合”。1987 年先生发表了《综合、创新，建设社会主义新文化》一文，正式提出了“文化综合创新论”，为中华文化发展探索了一条新的模式。谈到在今天经济全球化的背景下中国文化的走向问题，先生自然兴致很高，他更加深入地谈了在经济全球化背景下中华文化的综合创新问题。我们知道先生的“文化综合创新”的思想由来已久，此一番谈话又阐发了新意。从先生桌上摆放的最新的报刊便可以看出，他时刻在关注着时代的变化，并不断地进行着全新的思考。

采访完毕，先生起身要送我们，我们请他不要站起来了，他执意拄着拐杖站起来，颤悠悠地和夫人把我们送到门口。

后来，我们撰写了《经济全球化下的文化综合创新——访张岱年》（见《学习时报》2001 年 4 月 9 日）一文，我们写好后，陶春又跑了一趟张老家里，请他审定，张老认真地在上面作了修改。

采访时，听张老讲他们不久后要搬到蓝旗营小区的新楼里，那儿的条件好。于是我又打电话给张老，想找几个年轻同事去帮他们搬家。又是张老夫人接的电话，她谢绝了，并告诉我他们新家的电话号码。

转眼到 2001 年年底，我再次打电话给张老，并想再次拜访他。他还是爽快地答应了。

这一次是我和同事海丽华一同到了他的新家，新家的条件好多了，室内宽敞明亮，书都进了书柜。这次我们采写的文章是《文化创新是一个很大的工程》（见《学习时报》2001 年 12 月 31 日）。

那天我们离开时，张老和夫人又送我们到门口，向我们挥手道别。

出了张老家的门，我不禁感慨，张老和夫人都已经 90 多岁了，依然独立生活，相依相伴，互相照顾；先生一生具有如此之高的成就，却平易近人、和蔼可亲；先生虽年事已高，仍然关注形势，与时俱进，忧国忧民。这些都值得后生晚辈学习。

不料想，那是我和张老的最后一面。

如今先生已经驾鹤成仙，我今生无缘再拜访他了，哀凉之情不禁从心底里涌出。我，小先生 70 多岁的一个晚晚辈，虽然没有聆听过先生的课，却得到先生的恩赐，得以两次采访他，实为终生之幸事，对我是莫大的鼓励。

先生才高八斗，学富五车，高山景行，我虽不能至，但心向往之。作此小文，以为悼念。

12

一个叫小北院的地方

“没有花香，没有树高，我是一棵无人知道的小草。从不寂寞，从不烦恼……”

老歌，如酒，愈久愈醇；如清泉，纯净清响。

有一座小院就像一棵小草，默默地张扬着自己的劲和美。

它在马路的北边，大家都叫它小北院。一个特别的名字。

小北院坐落在中央党校与国际关系学院之间，静静地立在通往颐和园、香山的道路北侧。如果没有人提示，它很容易从你的眼皮底下溜过，就是你不经意间瞥见了，也会漫不经心地移开。但是在小北院的大门一旁挂着一块白底红字的牌子，上书：学习时报社。也许这一处是唯一可以让人留意的地方，因为那字鲜艳、醒目，由江泽民同志题写。

从两扇破旧的、斑驳的红色铁门里进去，一个小院落就亭亭立在你眼前。一幢只有三个门洞的三层小楼茕茕孑立。小楼南北向，楼前楼后杂草、树木繁茂葱茏，放肆而凶猛。一条宽约两米的石板小路，一道一米多高无人修整的树墙，一块天然的草地，一处可供停十几辆汽车的停车场在小楼前依次排开。这就是小北院。

小楼，灰白色，房间是居室结构，据说这是 20 世纪五六十年代为苏联专家盖的公寓。我的办公室在第一个门洞第三层。第三层有两个单元房，每个单元房是一个大套间：两大间、三小间、一阳台和一小走廊。从设计到色调都可见其久远的年代。

2001 年，因为党校主楼装修，报社从宽敞气派的党校院里搬到了小北院。刚来时真有些不习惯，这里的条件与院子里的相比要差很多，小楼年久失修，门窗破旧，道路不平坦，院落杂乱无章。除了花开花谢、草枯树茂变化之外，小院以及小院里的一切，都那么让人觉得死气沉沉、灰暗乏味甚至有些木讷、凝滞和呆板。

一天一位朋友到小北院，说，这个小院真好。《学习时报》在这样一个小院里办报，真是不容易。

听了他的话，我觉得长久以来自己似乎忽视了什么。

于是开始重新欣赏这里。楼虽破旧，物虽杂乱，但小北院里的景色让人有一种“庄生梦蝶，天人合一”的感觉，这里的景色是自然、本然。它不是画家画出来的，不是工匠雕琢出来的，而是自然生长出来的：树木没有剪修过，草地没有整理过，各类杂草丛生，不蔓不茎，悠然生长；院子里有石榴树、柿子树、核桃树，枝繁叶茂，在炎热的季节，悬着大石榴的枝干，让人感到丝丝凉爽；紫色的、白色的丁香花，有的争先恐后地绽着笑脸，有的羞涩地打着朵儿，像小女孩的笑靥，微风拂过，淡淡的清香会洒进你的办公室里、书桌上，沁人心脾。

小院好，好在有《学习时报》。

就像一幅美丽的山水画，只有有了人才会动人，才能灵动，才有生气。《学习时报》是一份与时俱进的报纸，一份引领时代志在推动中国民主进程的报纸，一份以学资政、服务全党的报纸。这是小北院的灵魂。

小北院见证了《学习时报》和《学习时报》人的成长和进步，见证了一份伟业的前进脚步。

小楼、绿树、鲜花、青草、石榴、忙碌的《学习时报》人，构成一幅天人合一的美妙动人的图画。

再过两个月，我们就要搬到对面的小南院去了。我要离开它了，真有些舍不得。据说，可能城市铁路要修过来，它要被拆了；或许它要装修，旧貌换新颜。但是小北院的古朴、自然、书香的味道，是我永不能相忘的。

于是写下这篇文章，为不久将离开我的小北院送别并留以纪念吧！

13

老布

美丽的草原我的家，风吹绿草遍地花
彩蝶纷飞百鸟儿唱，一弯碧水映晚霞
骏马好似白云朵，牛羊好似珍珠洒
…………
美丽的草原我的家，水清草美我爱它
草原就像绿色的海，毡包就像白莲花
牧民描绘幸福景，春光万里美如画
啊，牧羊姑娘放声唱，愉快的歌声满天涯

一直以来，这优美的歌声牵着我的心一次一次飞向美丽的草原。

终于，在八月初的一天早晨，我们一行人从北京出发，在傍晚时分踏上了辉腾锡勒大草原。

辉腾锡勒，在蒙古语中意思是寒冷的山梁。当然，八月的草原不会寒冷，而是十分凉爽怡人。当车子开进草原还没停下，便飞来了清脆悦耳的歌声。等我们走下车来，几位漂亮的蒙古姑娘已经像草原的鲜花一般一下子簇拥到车前。她们手捧哈达、端着酒杯、唱着迎宾歌向我们每个人敬酒。我把姑娘们斟满的酒一饮而尽，戴上了洁白的哈达。

当我站在宽广的一望无际的草原上，极目远眺，心扉豁然打开，阳光也照射进来，在我的心上弥漫、浸染，我真的醉了：一望无际的草原像巨制的绿色毛毯，湖水像闪烁的明眸，几十座白色的蒙古包像仙女撒下来的百合花瓣，一队长长的羊群像镶在草原上的一串珍珠项链；有三五成对的蒙古小伙子或姑娘骑着马儿在草原上奔腾，有悠闲的牧马人牵着马儿，夕阳的余晖也像金子一样刺眼，朗朗青天，高远而纯净。看到草原，我想到了北朝民歌《敕勒川》：“敕勒川，阴山下。天似穹庐，笼盖四野。天苍苍，野茫茫，风吹草低见牛羊。”我想到了成吉思汗，和草原上的弯弓、大雕。草原让我浮想联翩。

草原就是草原，辉腾锡勒和锡林郭勒草原是一样的，但是不一样的是辉腾锡勒草原上有一个老布。

老布是我们在篝火晚会上认识的，他是美丽的辉腾锡勒大草原上的一位老歌手。晚会上，他唱了两首歌，用手风琴伴奏。然后又和大家热烈地跳舞，教我们跳安代舞。他的多才多艺和热情使我们不多时就熟悉起来了，大家亲切地叫他老布，他笑呵呵地应着。晚会后，大家又拽着他带我们去敖包，他又乐呵呵地答应了。

在敖包，老布又唱了两首歌曲，一首是情歌，一首是怀念故乡的歌。那天是阴历十六，月圆、风高、天清，我们偎在寄托了无数心愿和祝福的敖包旁，老布——一位脸上已经深深刻上年轮的民间老艺人、一个辉腾锡勒草原上的金嗓子，用歌声向我们敞开了一个蒙古汉子最炽烈的情怀，这情怀有酸楚乡愁也有对爱情的怀恋。我们醉了，为老布的歌声醉了，为那个夜晚醉了。

第二天，我们请老布教我们唱歌，我们要把蒙古的歌带回北京。老布拉起了手风琴，一句一句地教我们。歌是他自己写的，叫《金杯祝酒歌》，歌词是这样的：金杯里斟满了香甜的奶酒，赛勒尔外东赛，朋友们啊，欢聚一堂共同干一杯，赛勒尔外东赛。几遍下来，老布还要去准备篝火晚会，他不得不离开，把琴借给了我们。我们便一遍一遍地学习。

午饭后，我们要离开美丽的草原，离开老布了。等我们上了车，看见老布抱着手风琴又和一群姑娘在唱着迎宾歌，又在欢迎远方来的客人。他看见我们的车子走了，使劲地向我们挥手道别。

老布，叫布图格其，五十岁左右，来自内蒙古阿拉善。他说因为在外演出他已经很久没有回家了。

音乐是流动的，歌声也是流动的，像老布一样的民间艺人们也是流动的。他们的艺术也许永远无法登上大雅之堂，但是他们的音乐是从土地里长出来的，带着春泥的香，青草的甜，山花的艳，这就是民族的，也是世界的。

祝愿老布的艺术能像流动的音乐一样流动下去，像草原上漫山遍野的花儿一样烂漫盛开。虽然这花儿没有百合、玫瑰那样“高贵”，但是你却无法忽略和抵挡住它那强大的美丽。

我们走了，可老布还在天天唱歌，唱给一拨又一拨的客人。

回北京的路上，我们一直在学唱着老布的歌，可是怎么也唱不出那个味道。

看来，这歌还是属于草原的……

14

我们的祖国多辽阔

小学时，我学过一篇课文叫《我们的祖国多辽阔》。

老师让我们了解：同一个国家，同一个时刻，我国东端阳光洒满大地，而西端却繁星满天；同一个国家，同一个时刻，我国北端白雪皑皑，而南端却绿树婆娑、鲜花盛开。最东边：黑龙江和乌苏里江交汇处的黑瞎子岛；最南边：南沙群岛的立地暗沙；最西边：新疆帕米尔高原，在中、塔、吉三国边界交点西南方约25公里处，有一座海拔5 000米以上的雪峰；最北边：黑龙江省漠河县漠河以北的黑龙江主航道的中心线上……要求我们了解祖国的海陆疆域，知道祖国幅员辽阔，为祖国感到自豪。

一个“要走遍辽阔祖国”的想法像一粒种子植入我的心里。

我还从课本上了解到，祖国人口众多，地大物博，山川秀丽，有56个民族，有五千多年灿烂的历史文明；我们今天的幸福生活来之不易，是几代革命志士抛头颅、洒热血换来的。我为伟大的祖国骄傲，为今天的幸福生活欢欣。

现在我还不能走遍辽阔的祖国，但是我已经知道不是在祖国的每一个角落都有歌声与微笑。还有那么多孩子不能像我一样学习“《我们的祖国多辽阔》”。

他们大都出生在偏远的地方，像西部、中西部、东北一些落后地区。

他们没有钱读书，所以也不知道读书有什么用，早早地就干活、打工了。

有一个故事，说是一个学者，到西部某村去搞调查，看到山坡上一个放羊的男孩子，就问那男孩，为什么不上学。男孩说“要放羊”。“放羊做什么呢?”“卖钱。”“卖钱干什么呢?”“娶媳妇。”“娶媳妇干什么呢?”“生娃。”“生娃干什么呢?”“放羊。”如果不读书，生命就在“放羊——卖钱——娶媳妇——生娃——放羊”中循环往复，日子便在贫困中轮回。

有了“希望工程”，我看到了希望。

出现了一个感动中国的志愿者徐本禹，全国人民都被感动了。

一系列或是组织的或是自发的支教行为，如黑夜中的点点星光一般珍贵、耀眼。

一个北大毕业的高材生，曾经是我的同事，有一天辞掉了工作。后来我在电视上看到了他在西部办学的报道。

一个诗人叫马骅，一天突然摈弃都市生活，远赴云南省德钦县梅里雪山下的藏区，做免费乡村教师。可是不幸的是，他因为事故，坠入澜沧江中。

还有很多很多。

看见那么多像他们一样的年轻人，毅然决然地抛却繁华与安逸，投身到祖国最需要的地方，我尊敬、钦佩，更感到了一丝丝悲壮。

我希望他们有同伴、有帮助、有支撑、有支持，让他们不孤单、不无助，他们才能做更多的事情。

在巍巍太行山东麓，在平山县境内滹沱河北岸的柏坡岭下，有一个风光秀美的地方叫西柏坡。

那次我去西柏坡参观学习。

当西柏坡的历史如黑白电影一般在我的眼前一页页翻过时，我的心灵也随之翻动。

1948 年毛泽东率领中共中央和人民解放军总部机关来到西柏坡，从此，这个小山村成了当时中国革命的领导中心，成了毛主席和党中央进入北平、解放全中国的最后一个农村指挥所。1949 年，毛泽东在党的七届二中全会上提出了“两个务必”的著名论述，即务必使同志们继续保持谦虚、谨慎、不骄、不躁的作风，务必使同志们继续保持艰苦奋斗的作风。

1991 年江泽民等中央领导同志来到西柏坡，强调要坚持“两个务必”。

2002 年胡锦涛等中央领导同志来到西柏坡，重提“两个务必”。

革命家把他们的思想、笑声、脚步洒遍了西柏坡的山山水水，西柏坡把钟灵毓秀、伟博宽广植入了革命家的胸中。毛泽东等革命家正是带着西柏坡的灵山秀水的气息、气度、气质于 1949 年 3 月赴京（当时称北平）“赶考”的。

今天，西柏坡的土地依然是热的，我们没有忘记西柏坡人民。从 2001 年 7 月开始，西柏坡每年夏天都要送走一队（十人左右）老的又迎来一队新的青年志愿者，每一批志愿者要在这里工作、生活一年的时间——教书、扶贫。

当我遇见这些从北京来的年轻人时，我的眼前豁然明亮，蓦地觉得像在沙漠中看到了一洼清水、一株绿树、一块草滩，他们就是中直机关第六批支教队员。

我们攀谈起来，并随他们走访农户，参观他们支教的学校和住的地方。

他们在教好书的同时，一心想着要为当地办些好事、实事。

水是生命之源。西柏坡中学用水困难由来已久。

学校处于一个山坡下，开始师生们在山上挖了一个“井”，用来储存雨水，并用管道引下来，这就是以前学校自来水的水源。整个学校只有一个水龙头，200 余名师生就是靠一个储存雨水的“井”和一个水龙头饮水，天旱无雨，“井”就干涸，全校师生吃水就成了大问题，更谈不上物理、化学等实验室的用水保障了。

早晨上课前，学生陆续来到学校，排队洗手的情景成了学校的一道风景，而这风景是尴尬的。支教队员们看到这种情况非常着急，下决心要想办法争取资金为学校打一口井。

2003 年年底，他们为西柏坡中学筹集资金 7 万元，用两万元为西柏坡中学打了一口井。这口井不仅解决了西柏坡中学几十年来一直未能解决的吃水难问题，结束了西柏坡中学靠天吃水的历史，更为西柏坡种下了希望。

喝上清澈的井水是山区学生多年的愿望。井打成的那一天，孩子们围着井跳舞唱歌，推着挤着争先恐后地观看清澈的井水。井水映照出一群小孩子们的笑脸，也映照出他们人生的希望。所以，这口井取名“希望之井”。

吃水的问题解决了，但学生们简陋的学习条件及有限的学习资源同样让支教队员心中不安。于是他们从所筹集的 7 万元资金中拿出三万余元为西柏坡中学装备了一间现代化的多媒体电教室，让生活在大山里的孩子用上了现代化的教学设备；又用 1 万余元为学校添置了一些教学器材，改善了学校的办公条件。

募集图书、办公用品及设备，引进先进的养殖技术，争取各方面项目支持，为改变西柏坡的面貌，他们竭尽全力。

因为他们不能忘记领导的嘱托：要“了解国情，撒播真情，收获感情”；要带好三件宝：“第一带一个碗，它不是用来盛饭，而是用来装精神食粮，碗口朝上，什么意见都能装，多听、多想，博采众长，先做学生后做老师；第二带一颗心，这颗心要同当地的老师、父老乡亲、山里的孩子交心，以心换心；第三带一张纸，平时写感想写心得。”

志愿者们始终把这三件宝带着并用好了，他们一定会得到人生最大的宝，那就是应当做一个什么样的人，做一个什么样的青年，做一个什么样的公务员。

他们获得成长，给别人带来希望。这便是志愿精神中最核心的价值：分享。

我相信，这一切一定会在志愿者和西柏坡老百姓、孩子们身上产生不可估量的影响，甚至会在未来发生奇迹。

我们的祖国多么辽阔，在辽阔的祖国的很多地方，有很多需要帮助的人们，每个有条件的个人、组织把爱心播下去，就会长出一片片希望。

有了希望，才会有一切！

一年，两年，十年……

一个小学，一个村，一个县……

小学时，老师让我们用“欣欣向荣”造句。我说，我们的国家到处呈现出一派欣欣向荣的景象。

祖国的山水，我还有好多没有走过。

但是我知道，祖国还有一些地方需要我们关注，需要我们付出，总有一天，辽阔的祖国会到处呈现出一派欣欣向荣的景象。

15

让诗篇张开翅膀

一

中国的语言、中国的声音，聆听经典，华彩乐章！——首届“沃尔沃卡车杯”CCTV朗诵艺术大赛颁奖晚会，在央视演播厅，在一首诗歌《我有祖国，我有母语》的朗诵表演中拉开了序幕。

许多老、中、青年艺术家和部分获奖选手进行了深情表演，他们朗诵了李大钊的《青春》，郭沫若的《雷电颂》，朱自清的《荷塘月色》，戴望舒的《雨巷》，臧克家的《有的人》，曹操的《短歌行》，李白的《将进酒》，刘禹锡的《陋室铭》，苏轼的《水调歌头——明月几时有》，高尔基的《海燕》，海明威的《老人与海》，裴多菲的《我愿意是激流》，爱因斯坦的《科学的颂歌》，还有《焦裕禄》，《话说长江》，《中国西部》，《沁园春·雪》等名篇；北京少年宫朗诵班朗诵了屈原的《橘颂》；央视播音员朗诵了《松树的风格》、《白杨礼赞》；台湾诗人余光中先生现场朗诵了他的《乡愁》，把晚会的气氛推向高潮。

每一位在场的观众无不为这些表演所感动，有的人跟着朗诵，有的人专注地听。而我听出了眼泪，在《青春》、《有的人》，在《海燕》、《老人与海》，在《焦裕禄》、《中国西部》，在《乡愁》等等诗篇中，我听出了力量，听出了信念，听出了勇敢，也听出了“乡愁”。

二

在现场比我感动的人肯定会很多，我就知道一位，他就是北京朗诵艺术团的团长、国家一级演员殷之光。

那次，我去拜访殷先生，听他讲述了四十几年不同寻常的艺术生涯。

一走进殷先生家的客厅，抬眼便可见一幅装帧很好的条幅，上面写道：

“你的一张口打动过多少人，到处传播社会主义最强音，一腔热情像翻腾的沸水，你是诗歌朗诵的一名功臣。”落款是臧克家。

说起这个条幅，殷先生说，当时他不好意思挂，觉得受之有愧，于是写信给臧老。臧老回信道：“你是人民的艺术家，我称你是一名功臣，不是唯一的功臣，你是受之无愧的，所以，你大胆地挂好了。”

殷之光自青少年时期就酷爱文学艺术，18岁已在各种集会和广播电台朗诵诗歌，1958年进入中国广播电视剧团，成为中国第一代广播电视剧演员。共演出了20多部广播剧、电视剧、舞台剧，并朗诵了二百余篇诗歌散文作品，在《人民日报》、《光明日报》等报刊上发表了数篇朗诵艺术论文，作过诗歌朗诵演讲报告数百场。

如今已近古稀的殷之光先生还在为举办各种各样的朗诵会、培训班、讲座而不辞辛苦的奔波。我们的谈话几次被电话打断，一会儿是朗诵会的事，一会儿是讲座的事。

我的第一个问题就是什么是朗诵?

殷先生用诗般的语言说——中国著名诗人臧克家曾多次在朗诵会上说过，诗歌等文学作品经过朗诵以后，就能使躺着的书本从抽屉里爬出来，从书架上跳起来，在房间里悄悄起舞，然后飞起来，飞到广大的人民群众中去。这就是朗诵，朗诵的作用和魅力。

他说，诗歌、散文、报告文学、寓言、小说等文学作品一旦朗诵出来，通过感情的表达、声音的运用、语言的处理，诗的意境、诗的语言、诗的形象就生动活泼起来，听众不仅能得到思想的启迪，也能得到艺术的美的享受。就像一首歌曲需要歌唱家去演唱，就像剧作家写出来剧本需要演员去表演一样，诗歌、散文、小说等文学作品也需要朗诵。

殷之光年轻时就十分喜欢朗诵，喜欢诗歌，他以诗会友，结识了许多著名的诗人。如臧克家、田间、肖三、郭沫若、郭小川、贺敬之、徐迟等。他是朗诵着他们的诗参加劳动和革命的，那些催人奋进的诗时刻鼓励他。他仍然十分清楚地记着田间的一首诗，诗中写到：假如我不去打仗，敌人杀死了我们，还用手指着我们的骨头说，这些都是奴隶。虽然是短短的几句诗，却像是战鼓和号角，催促人们去战斗，激发人们的民族感情。他回忆起老诗人肖三先生。他与肖三先生交情比较深，肖三先生编了一本《革命烈士诗抄》，送给了殷之光，并给殷之光讲革命烈士的故事。后来，殷之光用朗诵和讲故事的形式把这些又讲给其他的人，于是更多的年轻人受到了爱国主义和革命传统教育。

在多年的艺术生涯中，令殷之光难忘的事很多，有一次，在北京大学朗诵会上，殷之光朗诵夏明翰同志的“砍头不要紧//只要主义真//杀了夏明翰//还有后来人”。他的真情表演之后，有一个学生递来条子说他也想朗诵诗。得到允许后，这位学生满怀豪情地即兴朗诵了一首诗：“头颅虽已断//主义万年真//告慰夏烈士//我做后来人。”这件事给殷之光留下了深刻的印象，也使他感到非常欣慰，诗歌朗诵具有广泛的群众性，昭示着诗歌朗诵具有顽强的生命力。

1981年，殷之光创建了中国第一个以诗歌朗诵为专业的艺术团体——北京朗诵艺术团。其实，早在“文化大革命”前，殷之光就拟了一份倡议书，建议创办中国朗诵艺术团。有很多诗人作家签名支持这份倡议，签名的有老舍、赵树理、周立波、艾芜、柯仲平、肖三、阮章競、田间等。倡议得到了中宣部一些领导同志的支持，并建议由作家协会协助他筹备中国朗诵艺术团。但是“文革”开始后，此事便搁下来了。“文革”十年间，殷之光没有放弃朗诵，他在五七干校一边劳动一边朗诵。

“文革”后，殷之光从下放的农村回到北京。他更加满怀激情地投入到工作中。在“歌颂两个伟大的胜利”的诗歌朗诵会上，他朗诵了赵朴初先生的《反快曲》和郭沫若先生的诗。他在首都体育馆朗诵了《周总理办公室的灯光》，由刘诗昆钢琴伴奏。这首诗他朗诵了好多场，每一场都能引起人们的共鸣。于是殷之光再次建议创办中国朗诵艺术团。在北京市委市政府的支持下，北京朗诵艺术团成立了。

二十多年来，殷之光率领这个艺术团在全国各地演出近三千场，到过许多大中小学、部队、机关、工矿，以及许多省市的少管所、教养院，为青少年倾心演出，其中很多活动都是公益性的。《我骄傲我是中国人》，殷之光在不同场合就朗诵了一千多场。他每年到香港参加香港大学生朗诵艺术节，去当评委，去做讲座。同时北京朗诵艺术团得到了一些有识之士的支持。如，为了推广普通话，从几年前开始，霍英东先生每年支持三万元（连续三年），请艺术团到广东演出。

殷之光认为，朗诵艺术的独特魅力在于，它集文学性、思想性、语言艺术性、广泛的群众性于一身。传统的形式是一个人表演，现在有双人、集体、配乐、加上演唱等，还有更新的姿态，如把“朗诵”引入音乐会，达到诗诵乐的三位一体。这种做法，为朗诵艺术注入了新的活力，吸引了大量新观众也令表演艺术家们激情满怀。朗诵本是话剧演员练台词的基本功，而把它和音乐结合起来，无疑是一个新品种，这种方式，对传播音乐和诗歌佳作很有意义。殷之光希望社会各界能更多地支持和赞助朗诵艺术，像首届“沃尔沃卡车杯”CCTV朗诵艺术大赛这样的活动还要再搞下去。他希望北京也定期举办朗诵艺术节。

三

偶然间，我在网上搜索到一条消息，2004年10月11日，北京大学朗诵艺术协会（朗诵艺术团）招新人，这样写道：

无论是否声色娇好
只要对朗诵艺术怀着热忱
只要你倾心于中华文明的精粹
只要你愿用最真最美的声音表达对生活的热爱
不要犹豫了，赶快加入我们的行列
……在未名湖畔撑起一片独特的艺术天空!!!
…………

16

舞蹈是一种教养

那天，我发给陈膺老师《当我从天安门前走过》的歌词，第二天，陈老师来电话说，曲已经谱好了，让我感觉一下。

我说，陈老师很抱歉，我不识谱。

我不识谱，不懂音乐，更不会跳舞。

因为我小时候，音乐是荒芜的。

我没上过幼儿园，直接上小学。上学时上过音乐课，学过几首歌，比如《只要妈妈露笑脸》、《王二小放牛》、《让我们荡起双桨》。可是，学唱歌和接受音乐教育是两码事。

20世纪90年代初，卡拉OK流行起来。我的家乡——一个偏远的小镇，也因为卡拉OK好一阵沸腾。卡拉OK的设备摆在大街上，人们趋之若鹜，看新鲜者众，很少有人敢上来试试，何况唱一首要两块钱。我羡慕那些敢在众人面前唱歌的人，《冬季到台北来看雨》、《大约在冬季》这些当时的流行歌曲，被南腔北调地吼出来时，小镇的空气温暖起来，舞蹈起来。

后来，卡拉OK从大街上走进了房间，出现了专门的卡拉OK厅。几个朋友聚在一起，干号一场，着实发泄了一通感情。

卡拉OK最早源于日本，后来传入台湾地区，由台湾传入大陆。卡拉OK（KARAOKE）之KARA日文原意是“空”，OKE是英文“无人伴奏乐队”的缩写。可见，这是一种随性的、自娱自乐、自我陶醉的歌唱方式。不同的心情唱不同的歌，唱出心情，唱出烦恼，唱完了，很轻松和痛快罢了。

虽然不懂音乐，偶尔唱唱，放松一下心情，也可。

可是舞蹈，着实是我的“死穴”，不敢碰。

音乐和舞蹈从来是密不可分的，公元前 11 世纪，中国称音乐与舞蹈结合的艺术形式为“乐”，甚至在音乐舞蹈各自成为独立的艺术形式之后，“乐”仍既可以指舞蹈，也可以指音乐。今天“乐”已专指音乐，所以学者通称原始时期的“乐”为“乐舞”。

不懂音乐，便不敢舞蹈。

上了研究生后，我想选修体育舞蹈课。这门课只收 20 人，按选修时间的先后顺序来决定。我选的时候已经选不上了。但是上课那天，我还是到了体育馆，看看还有没有机会补进去。一看，去上课的人数已近 50。有男生也有女生，大部分是女生。

舞蹈老师，是一位眼睛眯眯却盛满笑意和光亮的青年教师，当他站在你的面前的时候，扑面而来的舞者气质，难以抵挡。

老师看这么多学生，就做大家的工作，没有选上课的同学还是下学期再学吧。但是学生都不走。最后没有办法，一个老师就带着我们一大群学生一起舞蹈。

他教我们国标舞。

一个学期过去了，现在我依然不会跳国标，但是舞蹈给我的感受却是深刻的。它使我优美，使我自信，使我快乐，使我忘我。

我国古代和古希腊的神话传说中说，人类是从天帝那里学来的舞蹈或是人类受到掌管舞蹈的女神的启发才创造出舞蹈来。那么，各种各样的神都是人经过想象创造出来的，所以归根结底是人创造了舞蹈。那么，人又是如何创造了舞蹈呢？人最善于模仿，人用有节奏的动作对各种动物、自然景物做形象的模仿，如鸿雁展翅、骏马奔腾、天鹅起舞、柳枝摇曳、海浪翻滚、风儿旋转等等。也许你的动作不标准，也许你跟不上节奏，但是你在音乐中，摆着臂，扭着腰，迈着步子，挂着笑容，自己就是在天空中飞翔的鸿雁，就是轻风中摇曳的枝条。你在舞蹈，你的灵魂在舞蹈。

舞蹈展现的是人对自然的描摹，对自由的渴望。

初学时，我很胆怯，完全跟不上拍子，胳膊、腿脚和腰肢都是僵硬的，表情是木讷的。舞蹈老师告诉我们，放松、放开自己，你想象着你走路的姿势是最美的，你的微笑是最甜的。

舞蹈老师站在我们的前面，领着我们跳，他那英俊的脸上嵌着浅浅的笑容，像清晨花瓣上坠着的露珠；他的身体旋转着、跳动着，像一朵正在慢慢绽开的花儿。我陶醉了，因为舞蹈，因为音乐，因为艺术，因为人类这美丽的语言。

一次，我们正上着课，一个美丽端庄的女孩儿，像一片花瓣落在舞蹈老师的面前，轻轻地说："王老师，我能和您跳一支舞吗?"

好啊。

他们舞蹈起来。

在舞蹈的世界他们陶醉着，我们也陶醉着。

一支舞过后，女孩儿说了声谢谢，依然带着天使般的微笑离开了。

她从哪里来？不知道。

只知道她因为舞蹈，因为要跳一支舞而来。

不知不觉中，国标、街舞、瑜伽等等各类舞蹈、健身操已经悄然走进了普通百姓的生活中，它带给人们信心和快乐。

我梦见过自己穿着美丽的舞蹈鞋，在飞扬的音乐中，旋转着美丽的裙子，我飞起来了。

《诗·大序》曰："诗者，志之所之也。在心为志，发言为诗，情动于中而形于言。言之不足，故嗟叹之。嗟叹之不足，故咏歌之。咏歌之不足，不知手之舞之足之蹈之也。”可见，舞蹈是以身体为语言作“心智交流”的人体运动表达艺术，一般借助音乐，也借助其他的道具，其本身有多元的社会意义及作用，包括运动、社交、祭祀、礼仪等。古代臣子朝拜帝王时作出特定的舞蹈姿势，就是一种礼节。

舞起来，不仅因为快乐，更是一种教养。

17

一块红薯掰两半

“新东方，梦想腾飞的地方。”

我也想让我的梦想——说一口流利的英语——腾飞，在绝望中找到希望。于是，9 月中旬我来到新东方学校，报了周末的雅思班。

学习是紧张的，也是快乐的，听、说、读、写的四位老师，口才极好，课堂十分活跃，这不必多说，大家都了解新东方。

我多么希望能在绝望中找到希望啊，但是我实在没有时间按着老师说的去练习，所以自己的梦想没有腾飞。一个月的学习结束了，英语应该说有了点滴进步，重要的是这个过程让我收获了比学习本身更重要的东西。

新东方精神，新东方的老师，班上的同学。每当晚上我从教室里走出来，裹着丝丝凉爽的秋风，仰望浩瀚的夜空，与宇宙的精灵们对视，课堂上动听的英语句子和灰色的小幽默像星星一样不时在脑子里闪来闪去，常常会禁不住扑哧乐了。

那天晚上，我从教室里走出来，一阵凉风扑在我微微发热的脸颊上，倦意一扫而光。突然有点饿，想着回去煮包方便面，心里有些安慰。

待走到学校门口，红薯的香味牵着我走过去。也想买一块红薯，等公交车的时候吃。卖红薯的生意不错，正忙着呢。给别人称完后，我说给我称一个。这时，刚买完红薯的女孩儿问我，你是一个人吃吗？

“是啊，就我一个人吃。”

“那你别买了，咱俩一人一半吧。”她很认真地说。

“哦？这样不好吧？”这红薯来得有点突然。

“没有关系，我一个人吃不完，浪费。我们一人一半不是挺好的嘛。”女孩儿又一次认真地说。

我看看卖红薯的大哥，他停下正在给我挑红薯的手，笑了。

“那好吧，我们一人一半。”红薯大哥的笑容都让我觉得不应当拒绝这份热乎乎的情义。

一路上，我们边吃边聊。

“我们是一个班的吧？也是上新东方的雅思班吗？”我以为她认识我。

“哦，不是。我就是路过这儿。”

“你在上学？”女孩儿问我。

“是的。”

“你也在工作吧？”

“是。我边工作边上学，你的眼力这么好。”一定是我既具有学生的清纯又有职业女性的成熟——自己这么揣想的。

女孩儿笑了。

转眼间我们走到公交车站，我要等车了，女孩儿继续走。

临分开的时候，我实在不知道说什么？就这么白白吃了人家一块红薯吗？没什么可以回报人家的吗？

帮助别人的人往往坦荡，得到帮助的人往往忐忑。我很不自然也很真诚地说，你记一下我的电话吧，希望以后有机会联系。她说，好，便很认真地记下了。

后来，我一直没有收到女孩儿的电话。

打电话做什么呢？因为曾经一起吃过一块红薯吗？

这个电话我一定永远也等不到，这并不重要。重要的是那个夜晚，当我疲惫地从教室里走出来，从我期望可以让梦想腾飞、可以从绝望中找到希望的地方走出来的时候，在我需要一块面包的时候，我得到了半个红薯。

一个偶然撞上的女孩儿给我的半个红薯，让我今生多一份念想、多一份感恩。

人生的希望随处都在，看你去不去发现、感悟和寻找；人生的绝望随时可以遇到，看你如何面对、征服、超越。当你因为得不到一块面包而绝望时，会有人送给你一块红薯；一扇门关闭了，总有一扇窗户为你打开；这一处是悬崖峭壁，那一处就会有一条小径为你铺开。

我没有从英语的绝望里走出来，我却收获了人生的另一种希望，对生活、对他人、对世界的希望。

别吝啬自己的微笑、自己的爱心、自己可以做的一切行动。

我来自偶然，像一颗尘土，有谁看出，我的脆弱；
我来自何方，我情归何处，谁在，下一刻，呼唤我；
…… ……
感恩的心，感谢有你，伴我一生，让我有勇气做我自己；
感恩的心，感谢命运，花开花谢，我一样会珍惜。

女孩儿叫张燕（音），漂亮时尚，从湖北来。

我们来自偶然，却可以彼此温暖，哪怕只是半个红薯的温度。

18

把快乐还给儿童

最近，妈妈总爱捉住我，
逼我背一首古怪的儿歌；
“鹅、鹅、鹅，曲项向天歌，
白毛浮绿水，红掌拨清波。”
听说这是一位古代的神童，
七岁时写下的“大作”。
可我却背得结结巴巴，
气得妈妈说我“笨脑壳”。
我只好背得滚瓜烂熟，
妈妈显得特别快活，
从此，每当家里来了客人，
我都要牵出这只倒霉的“鹅”。
听到了一声声的夸奖，
妈妈就奖我美味的糖果。
好像这是我写的诗篇，
其实，我从来没有见过白鹅。
我家小小的阳台上，
连只小鸟都不曾飞落。

更别说从那“曲项”里
向天唱出的美妙的歌！
真的，我不愿当什么“神童”，
更不想靠“白鹅”啄来糖果。
如果妈妈带我去趟动物园，
那才是我最大的快乐！

这首诗《鹅鹅鹅》表达了一个孩子对于属于他的快乐的渴望，但是诗的作者却是成人，他把童趣描摹得惟妙惟肖。

高洪波，一位从内蒙古科尔沁大草原走出的汉子，浑身上下、里里外外却都荡漾着孩子般本真的快活。也许是宽广的科尔沁大草原迷人的自然风光，给了高洪波宽阔、纯然、乐观的品性。小学生活、孩子特别的玩具——旋转的冰嘎儿（即陀螺）、科尔沁草原上的榆钱儿、奶奶的柳桃花、故乡的“清官儿”（即青蛙）、蝈蝈，还有我们平常视而不见的或者深埋在记忆深处的与故乡、与自然、与亲情相联系的所有一切在高洪波笔下，都如冰嘎儿一般美妙地旋转起来。他的描述搅动起我们那深藏许久的关于童年、故乡的记忆，这些记忆如奶奶的柳桃花，童话般地突然绽放了。

这就是儿童文学作家的魅力所在，也正是高洪波的魅力所在！

初次见到高洪波先生，很难和他的那些写给儿童的美妙诗行联系起来。他也坦承自己从小并不写诗，老师要求写，但他写的比同学的差远了。真正的诗歌创作却是在他成为一名解放军战士（18 岁），在云南驻守边疆的时候开始的。但那时诗歌主要描写的是军队生活，专门为孩子们写诗则是1979 年以后的事儿了。一次他参加全国儿童文学评奖大会，孩子们现场朗诵了一些儿童诗歌，当时他就非常感动。恰巧的是不久以后高洪波也做了爸爸，在女儿满月的时候就开始给她写诗，女儿是在他的诗歌中长大的！

从那以后，高洪波不仅给女儿写，也写给更多的少年儿童。一个作家在为孩子们创作时，扮演着双重角色，既是大人又是孩子，以孩子的视角发现、以大人的智慧表达。高洪波说，通过诗歌，他告诉孩子勇敢和智慧，使孩子们对生活有一种别样的视角和眼光。

儿童文学作家，被人们戏称为“小儿科大夫”。然而，高洪波却觉得“小儿科大夫”面对的是发育成长着的娇嫩躯体，责任重大。他说，儿童事业关系到一个国家的前途，一个民族对儿童的重视程度与经济发展是成正比的。儿童作家需要研究儿童生理、心理教育等知识领域，中央提出了要加强未成年人思想道德建设，支持儿童文学事业，这使儿童作家们有了更大的动力，他自己也特别为低幼刊物《幼儿画报》写了一些作品。

《卖火柴的小女孩》使无数儿童走入安徒生的童话世界。高洪波认为，安徒生的作品之所以一直魅力不衰，是因为安徒生始终是用儿童的眼睛、儿童的耳朵和儿童的心灵去看、去听、去体验生活，正是安徒生童话所具有的诗心、童心、爱心，使作品始终能够抓住儿童读者的心灵。

关于儿童文学作家的使命，高洪波认为，除了把爱与美、真诚与善良向他们输导以外，还要把欢乐还给儿童。

关于这一点，我想，高洪波做到了。

有例为证，在美国纽约有一家百年玩具店，在其迎客处赫然亮着一条大字标语：“欢迎90岁以下的孩子们”。(来自高洪波的《竹蜻蜓》一文)

所以说，关于儿童文学的创作和发展，谁能说只是孩子们的事儿，只是儿童文学作家的事儿呢？而是需要并且值得所有90岁以下的“孩子们”的关注和支持。

高洪波的另一首《续〈皇帝的新衣〉》也许更能体现出其作品的风格和深度：

为穿一件漂亮的新衣，
我们的皇帝大丢其脸，
他越想越懊丧，
下令办一次时装展览。

展览里空空如也，
只嵌有镜子数十面。
参观者要一丝不挂，
把看不见的新衣试穿。
门口有卫兵守卫，
目光冷峻又威严。
胆敢不恭敬者，
一律推出问斩！
假如你穿上新衣举止自然，
马上提爵又加官，
新衣的魔力如此之大，
人们抢着去参观。
自此皇帝那著名的新衣，
每个男人都试穿一遍。
只有孩子们捂嘴笑着，
不肯更改自己的发现。

这样精妙的诗行，就是大人们读了也会忍俊不禁或相视一笑。

高洪波就是这样把快乐还给儿童，把启迪留给大人，把精品奉献给社会！

19

向崇高靠近

有一种生活你没有经历过就不知道其中的艰辛，有一种艰辛你没有体会过就不知道其中的快乐，有一种快乐你没有感受过就不知道其中的纯粹，有一种纯粹你没有靠近过就不知道其中的崇高！

从2005年三四月份起，我就开始了向崇高靠近——到全国一些省份采访志愿者。在讲述我的采访体会之前我觉得有必要交代一下我是如何想到要采访志愿者的。

1999年至2000年我志愿在团中央少工委开设的“雏鹰热线”做了一年心理咨询工作，通过电话为全国二亿七千万少年儿童解疑释惑。我只是想做点好事，并不觉得我是一名志愿者。

2003年8月中央党校团委组织团干部赴西柏坡学习考察。在革命圣地西柏坡我们遇到了一批中直机关在西柏坡支教的十一名志愿者。在参观了一天的展览后，一群年轻人的出现让我的眼前突然一亮，觉得西柏坡山水生动了——西柏坡这片革命圣地上的青山秀水顿时因为这些年轻人而涌动着新的生机和希望。

2004年，中国因为志愿者徐本禹而更加动情和充满魅力。

2005年3月的一天，曾在西柏坡支教的支教队队长、中组部干部黄继军高兴地告诉我：他荣获2004年度“中国青年志愿服务金奖奖章”。

在36名获奖者中我见到了徐本禹、周毅、王寿波等名字，我开始查看他们的事迹材料，我的心灵受到了前所未有之震撼，但我觉得见诸报端的文字还是简单了，他们的业绩仅我粗粗所知的就像大海一样，应该被很多很多人知道。于是有一个呼唤在我心灵的上空响起：去走近他们。

有了这个想法以后，我给著名报告文学作家王宏甲先生打了电话，他说：去吧，这是个好事，我相信采访志愿者是建设你自己的过程！

在团中央青年志愿者工作部的大力支持下，我于四月中旬开始了志愿者的采访工作。如今我已经赴四川、宁夏、山东、内蒙、贵州等地进行了采访，接触了很多可爱的志愿者。

要问我感受，我说是感动！

要问我收获，我说是成长！

在这里，我只能压抑着我的心绪，选择几个片断告诉你，志愿者们的艰辛、快乐、纯粹和崇高！

“老百姓永远都是对的”

“不知哪股仙风把你吹来了?”——四川省乐山市沐川县同心村是志愿者周毅服务的村子，我的出现使村里着实起了不小的风浪。一个父亲对远在酒泉当兵的儿子说：“北京的记者来采访咱们村了。”儿子说：“爸，你没有发烧吧?”一些村民看见我拿着相机，要我给他们拍张照片，他们已经多年没有拍照了。我住在同心村的几天，和周毅天天到农民家里了解情况。走在村子里，上至七八十岁的老人下至几岁的小孩子都与周毅打招呼。“过来耍嘛!”“周叔叔好。”这样简单的问候我听起来却如动听的山歌!

村民们说，周毅是好官，带领老百姓修了几十公里的路，这样的路他们盼了二十多年了；周毅是实实在在为老百姓着想的干部，他带头科学养猪，只想给村民一个示范；周毅是个有文化的官，他为老百姓争取利益，帮着打官司，办保险；所以在2004年同心村党支部书记竞选的时候，在有人放出风来“谁要选我，我就送他一吨煤”的利诱下，周毅仍以高票当选为同心村历史上第一个不是本村人的村官。

因为修路影响到一些人的利益，也有人骂周毅。

“老百姓骂你，你怎么想?”

“老百姓永远都是对的。”我看出他那默默的表情下面透出钢铁般的坚毅。

这就是2003年毕业于浙江理工大学，于当年参加“大学生志愿服务西部计划”的志愿者——周毅，现为沐川县海云乡乡长助理、同心村党支部书记。

周恩来的周，陈毅的毅——他这样介绍自己。

没有志愿者，高中就关门了

西海固地区贫甲天下。据当地人说，这是周恩来总理说的。

西海固地区不适合人类居住。这是联合国粮食援助署的布朗女士在20世纪80年代说的。

中央领导来到宁夏，必来西海固。这是当地人对我说的。

西海固地区指西吉、海原和固原三个地方。因为采访志愿者，我在6月份踏上了宁夏的土地，然后直奔西吉县三合村三合中学采访。

三合中学坐落在黄土高原上，是所完全中学，现有教师（包括正式教师、代课教师和支教教师）80余位，初高中六个年级18个教学班1 200余名学生。

三合中学的张忠义校长见我的第一句话就是：如果没有志愿者，我们的高中就关门了。

“缺老师吗?”

“是的。从1998年到2003年的六年中，三合中学共走了62位老师。他们都是骨干老师。”

“那为什么不进新老师呢?”

“没有编制。”

“为什么不扩大编制?”

“财政没有钱。没有人给发工资啊。”

刚来到西吉的时候，我就听说一个从山西来的叫杜梅的“大学生志愿服务西部计划”的志愿者，服务于西吉女子中学，在两年服务期即将结束的时候，她向当地团组织提出留在西吉继续当老师的申请。

“你是家里的独生女，在长治还会有一个私立学校的好工作，为啥想留在西吉?”

“西吉的学生比长治的学生更需要我。我想把我的理念带给他们。”多么纯粹的回答，是两年来她在西吉教书后作出的庄重的人生选择，然而她却不能如愿——因为没有编制。

但是这种矛盾、困境，凸显出志愿者的分量。据当地官员讲，西吉县严重缺老师。

在三合中学服务的是复旦大学研究生支教团的五名志愿者（除说明外都是刚本科毕业被保送的研究生）和“大学生志愿服务西部计划”的一名志愿者。

我们看看他们的任课情况吧：沈宏（信息学院二年级博士生）教高一(1)、(2) 班物理及初二 (1)、(2) 班英语；高天（中文系）教高三 (1)、(2) 班语文；郑娟（经济学院）教高三 (3) 班地理及高一 (1)、(2) 班地理；何宏平（社会系）教高三 (3) 班英语及初二 (2)、(3) 班地理；李晓蓓教高三 (2)、(3) 班英语；李锋（西部计划志愿者）教高三 (3) 班数学；倪金花（国际关系学院）教高二 (1)、(2) 班英语。

可以看出，他们承担的是高中的主课，没有志愿者高中真的就关门了。

然而，这里多少孩子在渴望着上学。

在三合的几天，我见到学生们就着白水吃干馍、走一两个小时山路到校上课、借着烛光和月光读书；在一张宽 1.2 米的床上挤 3 个女生，一间近三十平方米的宿舍里拥挤着70个女生。在这样的条件下，他们仍然在刻苦地读书。

志愿者说，这里的孩子很优秀，有一个学生用毛笔写英语单词，有一个学生笛子吹得很棒，还有的学生……可是无论他们怎么努力都考不上大学，因为师资太有限了。

一个高二的学生对我说，支教老师打开了我们自己。

是啊，正是志愿者为学生们打开了山外的世界，阳光射进来，孩子们看到了光亮。

当年高考发榜的日子，我欣喜地听说三合中学有两个学生上了本科线。当被宁夏大学录取的代军军给我打电话时，我流出了眼泪，因为我去过代军军的黄土垛的家，真切地感受过他们的贫困和他们在艰难困苦中的奋力挣扎。

美丽的草原就是我的家

他生在广东的农村，如今工作在内蒙古草原；他毕业于北京大学，却选择了巴林右旗卫生局；他曾有一个可以拥有七千元工资的深圳的工作机会，却选择了基层一个普通的只有七百月薪的工作；他学的是预防医学专业，在“非典”的那个春夏，他给温家宝总理写信要到基层去服务；他是一个两年服务期的志愿者，只过了一年非要留在内蒙古。他有太多的光环让人羡慕，他的平凡的选择又难以让人理解。

2005年7月下旬，我去了他服务的草原。

他就是志愿者莫锋。现任内蒙古巴林右旗卫生局副局长。

到达巴林右旗的第一天，我们来到巴林草原。草原人告诉我，莫锋从刚开始不能吃牛羊肉到现在能大口喝酒大块吃肉了，还能唱好听的草原歌曲。那天，莫锋为我和草原人，在夜色笼罩下的茫茫草原上唱起了《美丽的草原我的家》，莫锋与草原人巴特比起来歌声并不优美，但是他唱的那么动情、那么深情。从歌声中我理解了他对草原的深厚感情，是美丽的草原、热情的人们还有需要他的基层医疗事业留下了这位年轻人。但我还听出了莫锋歌声里的凄美和乡愁，只有我知道，他那远在广东的母亲正处于癌症晚期……

第二天我来到莫锋曾经下乡的巴彦塔拉苏木卫生院，跟随卫生院的朝鲁下乡为牧民打疫苗。草原的太阳分外明亮火热，防保员朝鲁骑着摩托车在烈日下、在草原上奔跑为牧民送医送药，这些防保员不论严寒酷暑都要经常下乡，朝鲁说，冬天有一天他们下乡，莫锋的脚冻了却不叫苦，叫人很感动！

在巴林右旗，莫锋是很有名气的。那天我们去奇石阁参观，一位阿姨认出了莫锋，她说，知道了莫锋的事迹后很感动，那夜没有睡好觉，她也是母亲，想想这样一个高材生留在草原这样艰苦的条件下，委屈了他，可是县里也尽可能为他的发展提供了空间。

他是北京大学的学生，在国家民族遭遇“非典”的危难之时，他毅然奔赴西部当了一名志愿者；他是一名志愿者，为了人生理想和价值他留在了草原。他说，美丽的草原就是我的家！

我是在贵州省大方县大水乡政府的办公室写下的这篇文章。当时外面下着雨——淅淅沥沥，滴滴答答。我听到了雨声、风声还有万物生长的声音，如珍珠落盘般动听。我的心也仿佛被击中，为曾经，也为接下来的——感动——接下来几天，我就要走近徐本禹和这片土地上的人们，我知道我还要经受心灵上的再一次震动！

让我们向所有的志愿者致敬！也让我们对生活在那片贫困土地上的人们同样怀有敬意和关注！中国西部是所有中国人应该注目的地方，那里是我们的心灵家园！

到西部去，到基层去，到祖国最需要的地方去——志愿者去了，我们应该跟上去！

20

来吧，请相信我

我还算喜欢北京的天，因为北京经常是晚上下雨白天晴。

但是今年北京的夏天有点特别。白天雷阵雨比较多。

昨天在下班的路上就赶上了，最惨的是我没有带伞。

好不容易快到家了，刚下公交车，雨就变大了。我只能躲在公交站点候车亭，避雨。

这时，一个等车的女孩儿问我，114 路怎么坐？

我指给她，通过眼前这个过街天桥到马路对面就看到车站了。在我告诉她的时候，另一个等车的女士听到她的问题后，很热情地走过来又告诉了她一遍。

我又没有告诉错，你干吗又说一遍，我有点怏怏。

这时我注意到，女士还领着一个十来岁的小女孩儿，她们也没有带伞。我听到女士对小女孩儿说，我借把伞把你送回家吧。

借伞？你要借谁的伞？这都是等车的人，都是陌生人，谁会在这个大雨天把伞借给你呢？奇怪。

说完话女士重新走向问路的女孩儿，说，能把你的伞借我用一下吗？我家就在附近，我把小孩儿送回去，再把伞给你送回来。

“你要借我的伞吗？”女孩儿轻轻地问了一句。然后就把伞递给了女士。

此时，雨越来越大，整个城市浸泡其中，阴阴的、冷冷的。如注的雨水瀑布般倾泻下来，吹到我的身上，我只能抱着双肩取暖。马路成了河，豆大的雨滴啪啪地拍出一片片的漩涡，漩涡像小船又翻进了路边的下水道里。凝望着下水道，我突然感到有些温暖。

雨果说：“下水道是一个城市的良心。”始建于 1854 年的巴黎下水道，全长约 2 347 公里，是世界上最长、最完善、最现代化的下水道，巴黎人花了 126 年才建成。这已经不是传统意义上的下水道，而是市政工程的地下部分。几乎所有公用设施的管线，都在这个下水道里。

如果没有下水道，世界多可怕。建设一个城市多么不容易啊，哪一个细节做不好，都可以把一个城市摧毁！龙应台说：“检验一座城市或一个国家是不是够现代化，一场大雨足矣……或许有钱建造高楼大厦，却还没有心力去发展下水道；高楼大厦看得见，下水道看不见。你要等一场大雨才看出真面目来。”

很明显，已成汪洋的马路告诉我，下水道有点不堪重负了。

雨，没有变小更没有停下来的意思，还好我穿着凉鞋，穿着七分裤，要不然我得淋成什么样呢？可是身旁的女孩儿可就有些惨了，被雨水打湿的裤子紧贴着身体，鞋子成了小船，瘦小的她像一枚无家可归的落叶。

打个车吧，这要等到什么时候呢，虽然家就在马路对面的胡同里。雨天，不好打车。好不容易来了一辆空车，我又犹豫了，因为我想知道，女士会不会回来还伞。

十几分钟过去了，雨还是那样大。如果女孩儿不把伞借出去的话，她可以走过天桥去乘车的。这时，候车亭里等车的人越来越多，又冷又挤。可是我仍然不能下定决心走。

“你觉得她还会回来吗？”我忍不住问女孩儿。

“应该，会吧。”

女孩儿人很瘦小、清秀，长卷发披肩，休闲时尚小衣服，另类的牛仔裤，白色休闲布鞋，像 80 后。怎么能把伞借给陌生人呢？如果不送回来，不是损失一把伞的事，是这么大的雨怎么回家啊？

就这样，我们肩并肩站着等一把伞，一把和我毫不相干的伞。

可是，我很想见证。

我想，如果女士把伞还回来，我决定打车把女孩儿带到马路对面的路口，那样她离114站就很近了。

我非常期待着伞能够快点回来，我担心如果女士不回来会伤害女孩儿。而且，伞回来的话，我就可以送女孩儿一程，算是对她的好的一种回报吧。我为我即将可以有机会做好事而更加期待着。

雨还是一如既往地下，还是那么大，时而还有雷声在头顶翻滚。

半个多小时过去了，女士还没有回来。

正待我不知何去何从的时候，女士来了。

“真是谢谢你，你到我家躲一会儿雨吧，你看你的鞋都湿了，到我家换双拖鞋再走吧。”女士不安地说。

“不了。没有关系。”她还是轻轻的。

下水道不行了，水要漫到候车亭的台阶上了。很多人等得不耐烦了，都扬起手打车。可是这个时候，出租车也打不到。

最后，在女孩儿的热情邀请下，我们打着一把伞通过了过街天桥。她要送我到家门口，我谢绝了，然后她朝着114路公交车站走去。

通过过街天桥的时候，她撑着伞，我握着她的手，像亲密的朋友一样，边走边聊。是信任让我们由陌生变为熟悉。然后我们又分开了，又成了一生也许永难相见的陌路人。

在大雨中，我见证了这借伞还伞的过程，见证了一颗美丽的心灵，更见证了信任的魅力。信任是什么？是相信并敢于托付。信任是一种有生命的感觉，是一种高尚的情感，更是一种连接人与人之间的纽带。

作家卢跃刚讲过的“同构”理论让我颇受教益。意思就是，我们并不是生活在不同的、完全屏蔽的空间里。发生在别人身上的事，同样也可能发生在我们身上。这次别人需要伞，下次需要伞的可能就是你。同样，这次你把伞借给了别人，下次就会有人把伞借给你。

我们把生命托付给这个世界，我们对世界就已经作出了信任的承诺。

信任，是美德，更是一份责任。

来吧，请相信我。

21

钟声里流淌的艺术人生

由钟桂松先生著的《钱君匋·钟声送尽流光》一书是由大象出版社出版的，本书是大象人物聚焦书系中的一本。这本书很薄、宽本，但是翻开来书中的大量插图尤其让人觉得别致、悠远和书气。插图非常丰富，包括大量的钱君匋先生的老照片、先生的书画篆刻作品，还有先生设计的封面。正如李辉先生在大象人物聚焦书系的序中说的那样：这是一套突出历史照片和图片资料的人物聚焦书系。

李辉先生还在书系的序中说，说“聚焦”而非“传记”，是因为严格地讲，书系中的作品并不是完全按照传记的方式来写人物，而是尽量以人物一生为背景，来扫描、来透视作者最感兴趣也最能凸现人物性格和命运的某些片断。

钟桂松先生多年来致力于人物传记的写作和研究，并具相当的造诣，他笔下的人物如曾经写过的茅盾先生都是客观、生动和饱满的。这次他写艺术大师钱君匋同样是举重若轻，他似乎不是在写，而是在讲述，娓娓道来一个老人生动的人生故事。书的文字不多，却非常丰富，从钱君匋先生的幼年到晚年，从他的故乡到他乡，从童年时学画画到去丰子恺任教的上海艺术师范学校学习美术和音乐的人生历程，也写到于右任、丰子恺、吴昌硕、沈雁冰、鲁迅、章锡琛等大家对钱君匋先生产生或大或小的影响的故事。

书中讲的几个小故事读来让人十分感慨。钱君匋一生设计了一千八百多本书的封面，这样的成就与章锡琛对他的鼓励是分不开的。钱君匋回忆了初进开明书店的情形："我在开明担任书籍装帧工作，由于章老的积极支持，可以解放思想，任意创新，用料用色完全自己做主，每一装帧完成之后，章老板总是百般赞叹，在人前夸耀我设计得新颖别致，恰到好处地反映出书的内容，我在他的这种鼓励下，自然而然地要求自己更加努力，作出特别的成绩来。"

钱君匋设计的第一个封面《寂寞的国》让他结识了鲁迅。1927 年 10 月的一天鲁迅先生到开明书店访问章锡琛先生时看到了钱君匋设计的《寂寞的国》、《尘影》、《春日》等书的封面，大加赞赏和鼓励。一次钱君匋去内山书店不期遇上鲁迅。"我见是鲁迅，便举手打个招呼，鲁迅一见是我，就招呼我过去共饮一杯。我们寒暄几句后，鲁迅便介绍我与内山完造相识。内山我早已见过，但因语言隔睽，没有交谈，只是彼此心里有数而已，这次鲁迅郑重地把我介绍给他，他对我非常热诚，邀我一同坐下围着火缸饮茶。鲁迅问我是否常来这里买书，我说三日两头来看看，这里的好书实在多，买不胜买。鲁迅似乎意识到我买书或有困难，便诚恳地用日语对内山说：'钱君匋先生是我的朋友，他在新文艺界很著名，他买书较多，建议给他记账的优惠待遇，你看使不使得？'"以后内山完造给钱君匋记账并优惠。这件事让钱君匋感铭了一辈子。翌年 7 月，钱君匋替鲁迅的《朝花夕拾》作印刷监制，鲁迅很快回信并表示感谢。得到了鲁迅先生的赏识之后，钱君匋更加倾心于封面设计了。慢慢地，他设计的封面以简洁明快、单纯清丽、时尚而又富有金石气韵而著称。他先后为鲁迅的《艺术论》、《文艺与批评》、《十月》、《死魂灵》、《死魂灵百图》等书负责装帧。还不到三十岁时，钱君匋就已经为茅盾、刘半农、胡也频、胡愈之、郑振铎、丁玲、郭沫若、曹禺、陈望道、周作人、陈学昭及郁达夫等人的作品装帧封面。

与封面设计一样，钱君匋的书法、篆刻也深得大家赞赏。1943 年，当时新四军军长陈毅同志请钱君匋刻章。上海解放后，陈毅派人请钱君匋面谈，并对他表示感谢。新中国成立后，钱君匋为毛泽东镌刻印章。同时他还当音乐、图案老师，写儿歌、作曲、搞书画文化的收藏。

有一方印章不能不提，那就是“钟声送尽流光”。故事发生在 1953 年一个雪夜，万籁俱寂，唯有远处钟声清楚地传到钱君匋的耳朵里，真真切切。钟声唤起了他对光阴的感悟。雪夜的思考绵长而多情，“钟声送尽流光”的石印寄托了钱君匋的多少心思啊。边款上的短文将这心思具象化了：“余幼居屠甸寂照寺西，昕夕必闻寺钟。……1937 年秋，日寇侵沪，仓皇离校，奔流湘鄂等地，不复再闻钟声。翌年还沪，寓海宁路，每值南风，江海关巨钟犹可隐约而闻。溯自幼而少而壮，钟声送尽流光！……壁间小钟滴答，促余践之，余决尽年以赴！”读罢，我似乎感到钱君匋对故乡、对国家、对人生、对未来的感念在钟声中缓缓流淌。

钱君匋先生是一名革命人士和文化战士，年轻时打过土豪劣绅，参加组建国民党区党部。抗日战争时期，钱君匋参加编辑《文丛》、《烽火》等抗日刊物，创办了抗日救亡的文艺期刊《文化新潮》。

1957 年反右运动开始了，毛泽东的“对钱君匋的生活多加照顾”的话使钱君匋幸免遭难。但在十年浩劫中，已年过花甲的钱君匋遭到抄家的厄运，一生的收藏都被卡车运走了，并遭受了一场人生苦难。但是在苦难中钱君匋先生依然在篆刻《鲁迅印谱》。

1985 年初，钱君匋将一生收藏的文物包括自己的作品悉数无偿捐献给国家。

1987 年 11 月，君匋艺术院在他的故乡浙江桐乡落成。

1993 年 6 月，钱君匋艺术基金理事会在上海成立。

钱君匋先生一生刻了二万多方印章、设计了一千八百多封面、写了几百万字文章，兼通音乐、绘画、诗词、收藏，堪称一代艺术大师。

1998 年 8 月 2 日，钱君匋先生走完了九十三年的人生之路。但“九十多年来回荡在他人生道路上的艺术钟声，仍然绕梁，催人奋进。”在钟桂松先生的《钱君匋·钟声送尽流光》的书中，我似乎感到了钟声里流淌的一代大师钱君匋的艺术人生，铿锵、绵绵、不绝。

22

“阳光使者”张大诺

有资料显示，目前我国各类残疾人共有 8 300 多万。社会上有一批志愿者向残疾人伸出了友爱之手。至于这些人有多少，由于这种志愿服务大多是个人行为，很难准确统计。

一进 10 月就是国庆长假，京城到处洋溢着节日的气氛。

“要过节了，得去看看小雨。”张大诺说。

1972 年出生的张大诺，原《国际先驱导报》的编辑，曾组织学生为盲人做了 300 万字的“有声读物”、每周用 10 小时到医院做临终关怀……志愿服务占了他生活的 1/3。

“我也和你一起去吧。”我对张大诺说。

只要有一个人在你身边

小雨叫智光雨，脑瘫患者，是廊坊福利院的一名孤儿。23 岁的他现在北京智光特殊教育培训学校学习、生活。张大诺正在做外人看来不可思议的事：鼓励指导小雨写书。

2006 年 9 月 30 日一大早，我们从北京德胜门坐公交车到昌平区，换车、步行，两个多小时后来到了小雨的学校。学校的大铁门紧锁着，正当我们迟疑时，一张绽开的笑脸从铁门栏杆里面跳出来。

“呵呵，张哥，你来了。”迎者孩子般的笑容和含混不清的语言让我意识到，我走进了平素极少了解的一个世界。

“这就是小雨。”张大诺边说边把手伸进铁栏杆里，帮小雨把铁门的插销拉开。

身高 1.5 米左右，体形瘦小，双脚的脚尖点地，走起路来，身体前后左右摇摆。当小雨站在我的面前时，我震惊了。

迈进铁门，迈进一群脑瘫孩子们的世界。

小雨摇摇晃晃地带着我们去他的宿舍。我特别担心小雨随时会摔倒。我看了大诺一眼，他却若无其事地一直在和小雨说笑。进门时，小雨去掀门帘……

小雨的宿舍里有 3 张床，就他的床上堆了很多书，还放了一台志愿者捐赠的笔记本电脑。

小雨打开电脑给我们看他的作品。他双膝跪在地上操作起电脑来。“这样太凉了，时间长了，腿就坏了。”大诺有点急。可以想见，小雨每天跪在冰冷的瓷砖地上，用无法伸直的手指写作时的艰辛。

“在腿下面垫个塑料袋，放上枕头，跪在枕头上写。”大诺以命令的口吻说。

“知道了。”小雨像一个认错的孩子，乖乖地说。

要了解小雨，还得从他的文章开始。我在电脑上翻看着，不经意一段文字跳在眼前：“像我这样对文学有野心的家伙，注定没有路走……我现在什么也没有，就像个捡破烂的，捡一大堆别人用过的破烂，胡乱地利用起来，但还是衣不蔽体，露屁股光脚。因为有很多东西我还没有捡到，我还要继续地捡或者说学习。我之所以说是捡破烂，因为我还没有学习到精华，只捡到一堆别人用过的破烂。……像我这样没有前途的人却不想死，其实我是知道答案的，我就是那种心比天高、命比纸薄的人，幸好我不信命，我总觉得自己秉性非凡，将来会干出一番轰轰烈烈的事业来。我不甘心，我认为只要等待，不，是努力，将来就有希望……就算你有时感到了绝望，只要有一个人在你身边叫，我想就会是当头棒喝……”。

“这个人是谁?”我转过脸问小雨。

“张哥。”两个字像汤圆一样从小雨的嘴里骨碌出来，听的人感到了暖和甜。

大诺说，和小雨接触要很“谨慎”。除了帮助他树立信心、指导他写作外，其他事都让他自己去完成，比如开门。因为你的一个好心可能会增加他的自卑感。

“帮助别人尤其是残疾人，是有学问的。”张大诺严肃地对我说。

幸福的诱惑

大诺有一个愿望——让每一种疾病患者群体都有自己的一本书，让社会了解。看着小雨的眼睛，他说：“这件事情只有你能做到!”

学校里有一个马老师是大诺和小雨的联络员。小雨写完文章交给马老师，他通过网络发给大诺；大诺提出修改意见，再通过马老师转给小雨。马老师本人，也曾是这所学校的学生、脑瘫患者。

针对小雨写作中的问题，张大诺一一帮他解决。小雨喜欢发表议论。张大诺告诉他应该以讲故事为主，议论为辅。

“可是，我写着写着就忘了。”小雨有点迷惑。

“你一个小时大概写200字，议论部分，写一个小时就不要再写了。”张大诺伸出手说：“我们拉钩，一言为定。”

小雨笑着伸出手。两个人的手指钩在一起。

2004年的一天，张大诺在智光特殊教育培训学校做志愿者时发现了小雨。

“我第一次见到张哥，是在办公室里，他在教黄皓弹电子琴。我想过去交流交流，又没有勇气，只好走开了。”小雨说。

谈起帮小雨的动机，张大诺说：“我争取让每一种疾病患者群体都有自己的一本书。通过书让社会了解这个群体，进而提供帮助。”

张大诺曾帮助肌无力患者张云成写作，出版了17万字的《假如我能行走三天》。其中的12万字是张大诺给张云成的命题作文。在张大诺的鼓励下，没有上过一天学的张云成用每时每刻都在萎缩的身体写作，写了6年。后来，张云成被评为中国青年年度励志人物，书的印数已达到3万册，还出了韩文版。

“帮助张云成的幸福感对我形成了巨大的诱惑。我一直在寻找下一个帮助对象。”经过多次暗中观察和了解，张大诺锁定了小雨。

小雨爱读书。“我从小就喜欢读书，妈妈教我认字。一读书我就快乐，没有书我就痛苦。书是我的死穴。”

小雨命苦。父母早早地离开了人世。

小雨是幸运的。几年前，他被福利院送到智光学校免费读书。

“张哥告诉我怎样去读书，读什么样的书，怎么样写文章，写文章为了什么。他是我的导师和兄长。”小雨的脸上洒满了阳光。

小雨在文章中写道：“……有一天，张哥对我说他一直在想弱势群体的生活，写我们的所思所想。如果一个健康人来写，他是不可能了解我们真实内心世界的。张哥看着我的眼睛对我说：这件事情只有你能做到！第一，你是个残疾人，所以最了解你们的感受。第二，你有一支笔，能够把所思所想写出来……张哥说：‘写东西时不要想结构的问题，怎么想怎么写！’这句话对我来说真是太重要了，如果没有张哥这句话，我恐怕连一点东西都写不出来！”

每当困难时刻，小雨第一个想到的人就是大诺；小雨感到前途迷茫，“要死了”、“不活了”的时候，就向大诺倾诉。小雨的电话总会让大诺紧张。他说，想想小雨一个人在晚上踮着脚尖跳到电话亭给他打电话，心里就不是滋味。

关怀是一个大宇宙

是病人就应该得到关怀。

在张大诺的帮助下，两年多时间，小雨已经写了10万字。大诺本打算让他再写一年，但现在想拖一拖。

“你不急于看到你的成果吗？你不急于感受成果给你带来的幸福吗？”我都有些急了。

“不急。因为我已经感受到了幸福，每次见到小雨的文字，每次感到他的成长，我都很幸福。”

张大诺是一个耐得住性子的人，他每做一项志愿服务总是用年计算：5年时间挽救过十一二个有轻生念头的青少年学生，用6年时间帮助张云成，已经帮助小雨2年，已坚持4年做临终关怀，已用5年时间研究“聋人声谱”……

我知道还有很多像小雨一样的孩子需要阳光，我也知道像张大诺一样的志愿者还不多。

张大诺写了近百万字的心理关怀笔记。他还计划针对农民工、贫困人群的孩子做关怀计划。他说，关怀是一个大宇宙，是病人就应该得到关怀。医院应当建立“心灵关怀诊室”。他呼吁，政府和非政府组织应当建立“心灵救助基金”和“团结互助中心”，有专门的注册志愿者，设立全国统一的帮助热线。因为加强对人的心灵和精神上的救助，已成为中国志愿服务的发展趋势。

张大诺的志愿服务，可以用两个字概括：关怀。因为关怀可以直达心灵深处，帮助那些身患疾病像张云成、小雨这样的人达到心灵的勇敢，找到属于自己的人生。

大诺说：“我期待去做，而不是结果。志愿服务已经成为我的生活。”

23

霞飞倏化羽

“‘霞’虽然绚丽灿烂，但多出现在日出日落的时候，短暂而容易消散。”

这是茅盾对“霞”的解释。拜读了钟桂松的作品《茅盾和他的女儿》，方才理解了茅盾的心绪。

1921年春，时任《小说月报》主编的青年茅盾在上海文坛上春风得意，女儿的出生更使这个春天充满生机。兴奋的茅盾一时竟不知取什么名好，赶个时髦，取名霞，乳名亚男。没想到为这次仓促的取名，茅盾直到晚年还后悔不迭。

那么，“霞”究竟是怎样绚丽灿烂，又是怎样消散的呢？

上小学时，沈霞学习成绩名列前茅，而且开始读各种名著，一直忙于工作的茅盾对此并没有在意，直到有一天，沈霞要和父亲比赛读《红楼梦》看谁读得快，结果让茅盾又惊又喜，想不到尚年幼的女儿竟有如此强的阅读能力和理解能力。从此，茅盾因女儿的文学天赋对她更加关爱。

1933年1月，《子夜》的出版奠定了茅盾在中国现代新文学史上的地位。到1936年，《林家铺子》、《春蚕》、《秋收》、《残冬》等一大批优秀小说，成就了茅盾文学创作中最辉煌的一个阶段。十余岁的沈霞开始阅读大量现代小说，包括父亲茅盾的小说。上中学的沈霞各门功课都十分优秀，尤其是她的文学天赋，在现存的沈霞1936年上半年写的作文里，数量多而且几乎每篇都能得到老师的好评。在《茅盾和他的女儿》书中，作者收录了很多沈霞中学时期的作文，其文之流畅、之灵动、之进步堪与茅盾年轻时之文相媲美。

抗战爆发后，茅盾一家告别上海，在全国奔波，备尝艰辛。1937年已上高中的沈霞进入长沙著名的周南女中。周南女中的开明和进步，让沈霞对社会世情有了更深一层的了解和把握，其严格的教育更让沈霞受益匪浅。《茅盾和他的女儿》书中选了沈霞在1938年2月写的三篇作品，通过作品我们惊叹一个高中生的文学天赋和认识世界的水平。

1940年5月26日，茅盾一家到达延安。对长期颠沛流离的茅盾一家来说，延安到处充满着明亮的、自由的气息。目睹这样的场面、这样的气氛，沈霞暗下决心要将自己的青春献给中国革命，献给伟大的民族解放运动。1940年10月，茅盾夫妇按照党的要求离开延安奔赴重庆工作。可是谁也没有想到，这次竟是一次天人永隔的别离。

天资聪慧又刻苦用功的沈霞努力学习革命理论，先后在中国女子大学、延安大学读书。这个充满革命理想、在都市里长大的女青年，逐步在艰苦的环境里茁壮成长。所以，在延安整风运动中，她在日记中对别人提到的“清高”、“听不得别人意见”、“虚荣心”等毛病进行了深入剖析，读着她的日记，在近乎苛刻的剖析中，我看到了一颗率真、求真、真诚、纯正的心灵。

在延安，沈霞不仅获得了知识和人生奋发向上的力量，还收获了爱情。1945年2月28日，沈霞和萧逸在延安乡下的窑洞里举行了简朴的婚礼。就在八年抗战即将胜利，五年的延安学习生活也即将结束之时，沈霞发现自己怀孕了，如果在这个时候生儿育女一定会耽误革命工作的。对理想信仰忠贞的沈霞最后不顾萧逸和婶婶张琴秋的反对，走上了手术台。然而，一直等待革命胜利后与父母团聚的沈霞却因为术后意外感染而遽然去世。时间是：1945年8月20日。

一个年轻而跃动的生命就这样戛然而止。

1946 年，茅盾应邀为萧红的《呼兰河传》作序，看到萧红的作品又想起女儿，他写道："二十多年来，我也颇经历了一些人生的酸甜苦辣，如果有使我愤怒也不是，悲痛也不是，沉甸甸地老压在心上，因而愿意忘却，但又不忍轻易忘却的，莫过于太早的死和寂寞的死。为了追求真理而牺牲了童年的欢乐，为了要把自己造成一个对民族对社会有用的人而甘愿苦苦地学习，可是正当学习完成的时候却忽然死了，像一颗未出膛的枪弹，这比在战斗中倒下，给人以不知如何的感慨，似乎不是单纯的悲痛或惋惜所可形容的。"茅盾夫妇痛失爱女，直到晚年还思念到刻骨铭心。"文化大革命"中，有人硬要茅盾证明沈霞之死是鲁医生故意加害的，茅盾不同意。他义正词严地说："沈霞的死鲁某人有责任，是他玩忽职守不负责任的结果，是严重的医疗事故，但鲁某人当时已受了严厉的处分，事情早已了结。绝不是故意害人。"

失去爱妻的萧逸，化悲痛为力量，作为新华社战地记者奔走于晋察冀地区，深入采访，写出了大量战地通讯。不幸的是，在 1949 年 4 月解放太原时遭敌人冷枪牺牲。茅盾夫妇得到噩耗悲痛不已，萧逸之死"使我几次落泪"。

《茅盾和他的女儿》一书的作者钟桂松，一定因是茅盾的同乡而幸极至深，因为从他对茅盾研究的热爱和忠诚上便可以看出，他研究茅盾已经卓有成绩，而 20 世纪 80 年代以来，他一直注意收集、梳理沈霞的生平材料。正是因了他的辛劳，我们才有幸看见这本集家书、日记等珍贵历史资料于一体的文学作品，我们从中也窥见了茅盾作为父亲那细腻、动人的一面和其鲜为人知的家事。

24

再次见证"不一样"的朱永新

认识朱永新，是我在刚做记者的时候。那时青涩的我初次采访两会，充满了兴奋和些许惶恐的情绪。因为是文学历史版面的编辑，于是看到有关文化的、教育的会议就往里钻、往前凑。记得在一个两会代表、委员的驻地，看到一个带着"证"的人在和一些人谈笑风生，气氛相当热烈，远远地就仿佛沐到春风，我忙凑过去抓素材……这个带"证"的人便是朱永新。

然后我在《学习时报》上写了一篇报道《政协提案教育还是热点》，主要讲了朱永新的教育提案。朱永新时任苏州市副市长，苏州大学博士生导师、教授。有人说，在中国众多的市长中，朱永新是学教育、研究教育、主管教育的第一人。于是，我感到朱永新与其他代表、委员有些不一样。

2003 年春两会期间，某日朱永新请我参加一个聚会，聚会安排在张家港市政府驻京办事处。那天晚上我去得较早，就在办事处一楼大厅里等着。后来，三三两两地来了一些人，我感觉他们也是来开会的，于是上前打招呼，才发现他们都是聋人。晚上 8 点左右，聚会开始了，在座的大部分恰恰就是我刚才遇到的那些聋人。会议由朱永新主持，他介绍了两会的情况，特别谈了他关于"特殊教育"及"阅读节"提案的情况以及"教育在线"网站的情况。随后，聋人朋友通过他们的手语翻译——北京第四聋人学校王校长，畅谈了自己的愿望和心声，及对特殊教育特别是聋人手语教育的看法。他们希望大学里能设立专门的手语课程，为聋人学校培养人才；希望有更多的人学习手语，与他们畅通无阻地交流；希望电视台的外语频道安排手语主播，帮助他们学习外语；他们还希望健全的人们不要称自己为“正常人”，那样就等于说聋人等特殊群体是“不正常人”，这对他们来说是一种歧视。聋人朋友胡可、胡静的家长激动地讲了她的两个孩子成长的过程，令大家敬佩不已。这个特殊的聚会着实让我震动不小，觉得朱永新真的很“不一样”。

两会结束后我专门采访了朱永新，并写了一篇文章，可是遗憾的是，这篇文章我一直没有发表。因为在这次采访后，我觉得关于他的工作、他的事业、他的追求、他的梦想，我的认识仍然是支离的、零碎的，无法写出一篇让自己觉得满意的文章。直到5年后的今天，我作为责任编辑编辑出版了他的专著《我在政协这五年——一个民主党派成员见证的中国民主政治进程》，才算弥补了这个遗憾。

2008年的两会，朱永新依然赴约，只不过这次的身份已从全国政协委员转为全国人大代表。于是他打算把自己过去5年参政议政的成果和思考结集出书，就叫《我在政协这五年》。全书50多万字，以编年体的形式，从年度提案、参政感言、议政网事、媒体关注、两会走笔5个方面全面展现了朱永新在政协5年参政议政的实践成果和理性思考，以及最近5年来中国特色社会主义民主政治稳步发展的进程。

2008年是我国改革开放30年，在纪念这个特别日子的时候，我们也许更多地把目光聚焦在中国经济的快速发展、文化的百花齐放，我们是否注意到这一切成绩的取得是因为我们拥有一个区别于“别人”的“武器”，那就是中国共产党领导的多党合作和政治协商制度。但是有些人，尤其是西方的一些政客和媒体，固守着西方的政治体制和文化传统，对我们的政党制度和民主政治，总是持着怀疑态度。朱永新以亲历者和参与者的身份，以其自身的政治实践，令人信服地表明了中国特色社会主义民主政治具有强大的生命力和独特的优越性，不仅帮助外界正确认识中国特色社会主义民主政治制度的特点以及政协在其中发挥的重要作用，而且对政协委员如何在政协的平台上积极地履行参政议政、民主监督的职能提供了借鉴和指导。

年度提案及相关部门的答复是本书的重头内容。参政议政5年，提交80份提案，朱永新一直在实实在在地履行着政协委员的职责。深入调查研究，观照重大现实问题，朱永新立足其专业背景、立足中国国情、立足民间社会，将国家大事、百姓生活、网络民声等多个方面整合起来，为推动一些制度的建立、健全，为中国特色社会主义民主政治的发展贡献了积极的力量。比如，2004年他提出了《在西部地区和其他贫困地区实行免费义务教育制度的建议案》，2005年财政部、教育部宣布，从2005年春季学期开始，对592个国家贫困县的约1 600万名农村义务教育阶段家庭贫困的中小学生，全面免费提供教科书，免收杂费，同时，逐步对寄宿生补助生活费。2005年，朱永新又提出在全国农村实施免费义务教育的建议，而如今，全国城乡就要开始全面实施免费义务教育了。

编辑、阅读书稿的过程，就是学习、感受的过程。朱永新作为一个不一样的官员、不一样的学者，给了我很多"不一样"的感受。那字里行间处处充盈着一个官员、一个学者，对人民、对弱势群体的深情关切，对国家、对民族发展的深厚情怀；跃动着一个民主党派成员、一个政协委员在疾呼、在呐喊、在奔走的姿势和灵魂。教师权益受到侵犯、国人阅读水平下降、小学生课业负担过重、聋人教育存在困难……只要看到了问题，他就关注，直到解决为止。为了西部农村义务教育的提案，仅2004年他就到过陕西、甘肃、云南、山西、山东、湖南、天津等地的100多所学校进行实地考察调研。他说："我从不敢轻慢这些研探国家大事的机会，不敢将国家政策与平民百姓的柴米油盐割裂开来"，因此，他坚持一有机会就"蹲在民间"，"带着一双政协委员的耳朵和他们交流，带着一双政协委员的眼睛走向贫困的教育"。

透过现象触及本质，精神是当下最宝贵的财富，于是我们在阅读本书的过程中，不仅见证了历史、走近了政治，更感受到朱永新那不一样的精神世界。

25

我告诉女儿地震是什么

唐山地震那一年，我出生了。

可是，直到四川汶川地震时，我才知道地震是什么；

四川汶川地震的时候，女儿出生快一年了。

于是，我想告诉女儿地震是什么。

亲爱的女儿，今天是六一儿童节，祝你节日快乐！

可是，这个六一儿童节却有些特殊。因为就在不久前……

亲爱的女儿，你知道，5月12日中国发生了什么吗？

怎么一点征兆都没有呢？

天空很安静，大地很安静。

下午两点多的时候，北京突然晃动了一下。

我却偏偏没有感觉到。

直到同事找到正在电脑前专心工作的我，说："地震了！"

我们都以为只是传说中的大鳌鱼摆了一下尾巴。

可是，谁知道却是大鳌鱼翻个身、打个滚，跳起来了！

大地震了！

党和国家急速行动。胡锦涛爷爷主持召开抗震救灾工作会议，要求全力抢救伤员，确保灾区人民群众生命安全；温家宝爷爷赴灾区现场指挥抗震救灾。

人民利益高于一切！生命高于一切！

尊重生命的崇高信仰，体现在总书记那“任何困难都难不倒英雄的中国人民”的坚定话语中；体现在从中央到地方各级领导干部和广大党员的行动中；体现在人民子弟兵、“白衣天使”、志愿者、新闻记者及海内外伸出的无数双手中！

再大的灾难除以十三亿也会变得渺小，再小的爱心乘以十三亿也会变得大气磅礴！捐款、捐物、献血，我们用爱心创造了一夜募捐 15.14 亿元的善举！人间大爱汇成不竭的大江大河。

亲爱的女儿，你知道吗？从 5 月 12 日 14 时 28 分之后，天空不再安静，大地不再安静。妈妈的心里堆满了灰尘、瓦砾和碎石，耳边充满了“妈妈，你在哪里？”的凄切的呼喊……

5 月 13 日早上在地铁里，我看到了一位女孩儿拿着报纸抽泣。

中国不哭！我们怎么能不哭?!

就让我们任泪水滂沱——因为灾难，更因为尊严！因为尊严，更因为奇迹！因为奇迹，更因为信念！

“当务之急仍然是救人，只要有一线希望，我们都要千方百计地抢救。”“我和你们一样难过。你们一定要保重好自己的身体。”总书记那坚定、诚挚的话语，让我理解了“以人为本”的内涵。

“我给遗体三鞠躬。”“我是温家宝爷爷，孩子们一定要挺住，你们一定会得救。”总理弯下的腰、滚下的热泪，托举起老百姓高贵的生命，温暖了亿万同胞悲伤的心灵。

快，快，快！

飞，飞，飞！

搜救，搜救，搜救！

越来越多的官兵、医护人员千里驰援。道路断绝无法通行，是英勇的将士在五千米高空盲降，在崩裂的山岭间跋涉，冒死挺进灾区。一条条生命线，就这样通向地陷山崩的深处！

每天不断增长的遇难人数，使我的心很疼很疼。

亲爱的女儿，你知道吗？灾难来了，阳光却也照过来了。

老师们、母亲们和孩子们在灾难骤然降临时的选择，让我看到了人类最灿烂的阳光，懂得了我们中华民族之所以生生不息的奥秘。面对明天和未来，我的心里又是暖暖的。

一位母亲双膝跪地，上身向前匍匐着，双手扶地支撑着身体。在她身下的一条红底黄花的小被子里，一个三四个月大的婴儿毫发未伤。被子里有一部手机，屏幕上是一条写好的短信："亲爱的宝贝，如果你能活着，一定要记住我爱你。"还有一位母亲蜷缩在废墟中，她低着头，上衣向上掀起，用身体庇护着只有两三月大的婴儿。当救援人员发现她们时，婴儿正含着母亲的乳头吮吸着。救援人员抱起她时，她居然哭了。母亲身体已经凉了，可是乳汁是温暖的。母亲一定是在灾难来临的瞬间，把最后的乳汁留给孩子，把生的希望留给了孩子。

把母亲这伟大的身姿铸成雕像吧！让我们所有人都永远地朝着这雕像向母亲敬礼！

废墟里的目光闪动着生命的万丈光芒，瓦砾碎石里飘出的呼吸昭示着生命的无比坚强。这是孩子们的目光，孩子们的呼吸。

"能救而不救，我肯定会感到惭愧"，一个12岁少年本已逃生，又返回救同学时身受重伤；17岁的高一学生本被甩出教室，又返回救同学被埋在废墟中40个小时终于获救；被压学生在废墟下看书；从废墟里传来"我相信你们会来救我"的从容声音……我们哭了，他们却安慰我们不要哭。

这就是中国少年！这些孩子们啊，我不知该如何歌唱你们！

"亲爱的，让我送你最后一程吧！"一名男子骑着摩托车背着妻子遗体，给妻子死后的尊严；妻子为丈夫唱歌鼓励他坚持住……爱让他们超越死亡！

跪下来求"让我再救一个"的战士；痛失多位亲人依然坚守岗位的"坚强警花"；因为劳累流产、只休息一天又重新工作的年轻护士；"白天忙，回家哭”、失去数位亲人的党员护士长；7 天只睡 10 小时忙救人的副镇长；失去 15 位亲人、“没有时间伤心”的民政局长；一心想着村民顾不上救儿子的羌族书记……还有港澳台同胞、海外华侨华人和国际社会的支援汇成的爱川流不息！

不抛弃！不放弃！

被视为生命极限的 72 小时之后，80、100、104、106、108、117、119、124、127、139、148、150、170、179、190 小时乃至 20 天……纪录不断被刷新，生命一次一次高昂起不屈的头颅！

亲爱的女儿，你知道吗？5 月 19 日至 21 日是全国哀悼日。

5 月 19 日 14 时 28 分起，全国人民默哀 3 分钟，汽车、火车、舰船鸣笛，防空警报鸣响。国旗缓缓降下，生命的尊严冉冉升起！

这就是今天的中国！

8 级地震，它震动了全世界，震动了每个人的神经，却震不碎我们的理想和信念。从灾难中奋起的民族会是一个更加团结友爱、坚强如钢的民族！

亲爱的女儿，昨天是你的周岁生日，今天是六一儿童节。妈妈给你讲这个故事是想告诉你，你是多么幸福，因为你出生在一个充满爱和阳光的大家庭！所以我们每个人都要好好的，爱自己，爱他人！

26

王宏甲：把白的说成白的

“我的外公，从前会偷东西。”母亲说，“有一天，他去别人菜园里偷菜，被人看见了。谁看见？就是菜园的主人呗。可是，那主人看见了，转身就走。”这情节很引起我的兴味。

母亲说，外公以为那人要去告官了，连忙追去。不料那人进了自家的门，还把门关上。外公想想，上去敲门。门开了。外公说：“我被你看见了。”

那人说：“看见什么？我今天连门都没出。”

外公说：“是被你看见了，偷你的菜。”外公还说，“我现在没法做人了。”那人笑道：“你说什么话来，咱们是邻居，你想知道我那菜为啥长得漂亮，尽管问。我那菜，好看，也好吃。信不？你先尝尝。”说着，真去天井边的悬篮里抱出两颗菜，硬是塞到外公手里。

后来，外公成为邻里众口交誉的人。

小时候听这故事，只想笑。童年时，我们的精神被熏陶得相当无私，所以，故事中的偷菜人即使是我母亲的外公，我也以为，“看见坏人坏事应该冲上去，怎么能掉头就跑呢？”

要听懂母亲讲的故事，我费去了二三十年时间。也许是某个极糟糕的日子，忽然发现母亲讲述的故事原来饱含着对人的尊严的爱护。随后还悟到，人所以为人，说到底是不断自我完善自我完成的过程。

…………

我还惊佩，母亲怎么能把她的先人偷东西的故事，讲述得这样自然，而且创造出一种辉煌。我知道，在今天的世界里，有许多母亲看不懂的故事。但母亲的母亲讲述的古老故事里，仍然蕴藏着生活智慧。说不定什么时候，就像黑夜中突然发出的闪电，让你惊讶地看见，金钱、王杖和宝剑，都在母亲讲述的故事中折断消散了。

我的母亲读过三个月私塾，因为有个亲戚在教书，走了“后门”。我想，母亲讲故事的成功，也许，只是因为她——把白的说成白的。

上面的文字摘自王宏甲先生《把白的说成白的》一文。这篇千字小文，所包含的意思却是不小。

在《学习时报》做编辑的几年，有幸编辑了王宏甲先生的若干篇文章，如《给自己画一个姑娘》、《奥斯维辛静悄悄》、《中国文学形式发展探究》、《重读孔乙己》，等等。那些文章，有关于历史的，关于文学的，关于政治的，关于经济的，关于教育的，说到底所有都是关于人的。统统是对人的歌颂和赞美！

以为歌颂和赞美，是很容易的吗？

就说历史悠久，文明灿烂，文学振兴，政治昌明，经济繁荣吗？

如果只是这么说，那他就不是王宏甲。

他是一个会讲故事的人，像他的母亲一样：讲自己的先人，偷菜、被人看见、主动承认、别样“宽恕”，最后成为众口交誉的人。正如，王宏甲先生的惊佩，“母亲怎么能把她的先人偷东西的故事，讲述得这样自然，而且创造出一种辉煌。”这不是对人的歌颂和赞美吗？而这里母亲用“好”、“优秀”、“出色”这样的词语了吗？因为不需要用，母亲的心是明朗的，温润的，善良的。他就像他的母亲一样，用敦厚的心、虔诚的笔，讲述了一个又一个温暖、辉煌的故事。

多年来做编辑的缘故，有机会接触很多文学作品，但我以为了解真正的文学作品却是我在读了王宏甲先生的书以后。

不得不承认，20 世纪 90 年代以来市场经济条件下我国文学发展的现状令人担忧，尽管出版繁荣了，但文学的市场正一步步被其他读物以及影像制品所占据，文学面临萎缩与危机。

但是，在萎靡的文学里，我们看见了一朵朵阳光。

长篇小说《洗冤》，长篇报告文学《智慧风暴》、《无极之路》、《现在出发》、《中国新教育风暴》、《贫穷致富与执政》，中篇报告文学《姑娘与兵》、《初见端倪》、《百年北大》、《父辈》、《小山背后是大山》，散文集《让自己诞生》。其中，《贫穷致富与执政》入选“万村书库”工程；短篇小说《洗冤》获福建省第五届优秀作品二等奖；长篇报告文学《无极之路》获全国优秀报告文学奖、中国第五届图书一等奖、纪念建党 70 周年党史党建优秀图书奖、全国首届青年图书节书评奖、全国第五届中学生最喜欢的十本书之一，改编的 53 集电视报告文学片《无极之路》在全国 20 多个省市、自治区播出，获 1991 年北京市电视春燕杯特别奖；长篇报告文学《现在出发》获中国第五届广播文艺奖；中篇报告文学《姑娘与兵》获解放军第三届文艺新作品奖；报告文学《中国新教育风暴》获第四届鲁迅文学奖。

哪一朵阳光不耀眼、不辉煌呢？

当过工人，做过干部，26 岁开始发表作品，王宏甲的每一部作品都受到关注并得到不同寻常的回响。这是为什么？如果用超越文学的视角来看待他的文学作品，似乎可以有些许解释。

拜读王宏甲先生每一部作品，我都力图找出一些东西来，可是我发现其实很难。因为他的作品实在就是一个世界，我须用尽全身力气去探寻这个世界的美妙。

文学即人学。王宏甲把历史、哲学、政治、经济、教育、科技各门学科知识揉碎打磨，以文学的语言、手法、形式向你呈现一个通古今、连中外的活生生的独特的、绚烂的世界。他谈今论古，点中评西。讲古代中国时，会讲到古罗马、古埃及；讲到现代中国时，会讲到发达的美国、日本；讲经济发展会讲到政治形势。这个世界与古代密切相通，与当今热切呼应，与西方遥遥相对，与东方真挚相拥。这个世界带给我们丰富、智慧、激情、力量。

1990 年《无极之路》出版后，文怀沙老发出“生不愿封万户侯，但愿一识刘书记”的感慨，由此可见该书产生的巨大轰动效应。

面对一个全球化的新经济时代，面对一场世界性的教育大转型，中国应该有怎样的新教育？2004 年《中国新教育风暴》出版。王宏甲关注教育由来已久，自 1995 年始，他就对我国教育现状和世界教育大趋势进行了广泛调研与深度思考，足迹从东海之滨到长江源头，从繁华都市到荒原戈壁，将其经历的故事娓娓道来，深入浅出地探讨着关乎国计民生、关乎千家万户的教育大计，字里行间流淌着对学生、老师、家长以及所有教育工作者的深切理解，闪现着思辨的智慧，回荡着对新教育的声声呼唤。

今天，把越来越多的“MADE IN CHINA”放进各国市场去的，大多数是中国的民营企业。民营企业里从老总到员工大多数人的户籍还是农民。他们是怎么打开世界市场的呢？为什么来自欧美的一桩桩针对中国商品的反倾销案接踵而至？中国商品大量进入国际市场的内因是什么？日益壮大的民营企业还将对中国社会的发展产生怎样的影响？有不少从前也很贫穷的乡村如今富起来了，为什么也有不少地方至今还很贫穷？仅仅是地域差别造成的吗？那些富起来的地方，对贫穷的地方有些什么经验可资借鉴吗？对于这些问题，王宏甲在《贫穷致富与执政》中作了解释，他说：“中国民营经济无疑已澎湃出波澜壮阔的景象，发展最为迅猛的首推浙江，浙江首推宁波，宁波又以其下属的慈溪为最，慈溪民营企业占全市企业的 99.9%。我无力细述全国情况，便选择慈溪为踏访对象，本书主要是对慈溪这‘一滴水’所作的‘调查报告’。”温铁军先生这样评价：当中国人今天重新可能有了这样一个在世界上举足轻重的经济地位之后，我们如何用我们自己的发展经验来构建我们新的话语，这些不仅是我们搞经济研究的人应该做的事情，也和各位文学家、艺术家们相关。所以王宏甲这个报告文学，试图立足于中国东部某个地方的发展经验，来构建话语，我看是有价值，有意义的。

他的作品之所以吸引人，因为他笔下的世界不仅反映时代、与时代同行，而且是对中国甚至世界的发展和变化作出了有力回应，对中国乃至世界的未来发出深情呼唤。当中国知识经济到来时，他写了《智慧风暴》；在中国教育面临前所未有之变革时，《中国新教育风暴》袭来；新农村建设战略刚起步，《贫穷致富与执政》诞生。他每每都是站在时代潮头，与中国改革发展进步一同前行、前进，为中国改革发展进步呼吁、呐喊。对于王宏甲先生，我宁愿把他当作学者、思想家而不是作家，或者说是学者型、思想型的作家。当然这源于他对国家民族发展命运怀有深深的社会良知和责任感。

他是最刻苦的作家，他说年轻时出去采访，坐火车，没有座位的话，就在座位下面铺块塑料布，躺在上面休息；他说，好的作品是用脚写出来的；他说，他每天早早地就坐在书桌前为自己的民族上班。

向世界介绍、传播中国文化，是增强文化软实力、提高综合国力的重要战略。当代作家要努力追思、追寻在文化传承基础上、在物质创造基础上，人之所以成为人的本质因素和文明的核心价值，以此建立中国人自己的文明话语体系、价值体系和文明史，以提高民族的自信心和凝聚力。文化才能达到真正的自觉和自信。王宏甲先生做到了。他的每一部作品，说到底都是追寻人和人的精神，通过人来写历史、写变革、写发展、写进步。

王宏甲为什么能做到？因为，他“把白的说成白的”。

27

我们在一起

夜已经很深了。

女儿均匀的喘息声，和窗外小草长个的声音，为这个寂静的夜带来了生机和希望。

的确，春天已经破土而出，再也遮挡不住了。

我合上《我们在一起》的最后一页书稿，终于可以闭上双眼休息一下了，近一个月来，心灵、精神、眼睛完全陷入这部书稿中，似乎没有半点空闲。

> “孩子自己选了一个加菲猫。在奶奶和我讲话的时候，小娃娃快速地亲了一下加菲猫，小脸笑得像花一样……地震把娃娃的家震没了，但是从这一夜，她就有心爱的加菲猫陪伴入梦了！”
>
> “刚一下车，我便被一个小女孩吸引了，她正在废墟上翻弄着什么，我走上前俯下身问道：‘小朋友你在找什么呀？’她摇摇头不说话……我不停地追问着，她一直望着眼前的废墟，突然她开口了：‘我，我要妈妈……’”

这些总在我的心里盘旋、纠结，于是，泪水又一次落下来。

2008 年，一个春天的午后，一场 8.0 级大地震突然袭击了我们的午睡、我们的约会、我们正张开怀抱迎接世界各地朋友的喜悦心情。

悲壮国殇，山川哀思回荡。

苍穹浩气，天地为之低昂。

著名作家王宏甲先生这样描述了那时的中国。

泪水淹没了中国。

一个“新”的中国却从泪水中、从废墟中崛起。

胡总书记那“任何困难都难不倒英雄的中国人民”的坚定话语，温总理为平民生命的三鞠躬；人民子弟兵冲锋在前、吃苦在先，用坚韧、用毅力、用忠诚诠释着“最可爱的人”的时代内涵；白衣天使用高尚的医德、精湛的医术托起了灾区一个又一个生命的希望……

在这场与死神抢夺生命的赛跑中，在这场伟大的抗震救灾斗争中，有一群人很特别，这群人就是志愿者。他们来自各行各业，有组织的，也有自发的，有团队，也有个人，他们在第一时间奔赴抗震救灾最前线。

赵培锋、蒋怡李、张辰、张燕、李天祥……成千上万的志愿者及其北京志愿者协会团体会员北京操作者俱乐部、“红色中关村”、北京车友会，还有退伍兵组成的“战友志愿队”，等等。这些志愿者个人和团体为抗震救灾的阶段性胜利作出了重要贡献。

突如其来的一场灾难，缩短了心与心的距离。天南海北的志愿者来了，用爱心挽起垂危的生命，擎起中国的脊梁。据统计，为地震灾区服务的志愿者人数接近500万。这些被外媒称为“中国温柔的心”的志愿者，不仅以“奉献友爱、互助进步”的志愿精神感染了无数人，更以他们的行动，在世人面前展现了当代中国人的精神风貌，展示了社会主义制度的优越性。

在这个重大社会突发事件中，志愿者们排山倒海般涌来，需要加强组织引导和规范，以真正实现志愿服务的效果。因此，为科学组织、持续有序地深入开展抗震救灾志愿服务工作，北京团市委、北京志愿者协会着手探索长效机制建设，于2008年5月25日，联合有关单位推出“捐出500小时，北京志愿者支援灾区接力计划”。该计划面向社会招募志愿者，每人每年捐出不少于100小时，总计超过500小时的志愿服务时间，为灾区长期提供包括支医、支教、支农、文化、科技等内容的志愿服务。随后，根据中央的统一部署，为落实团中央下发的《关于开展2008年大学生志愿服务西部计划抗震救灾专项行动的通知》，北京市项目办从北京高等院校的应届大学毕业生中选拔了一批优秀的志愿者组成了西部计划抗震救灾专项行动北京服务团，他们在灾区进行为期一年的志愿服务。

《我们在一起》试图全景式地展现在气壮山河的抗震救灾斗争中，北京志愿者的英雄壮举和感人事迹。从社会各界志愿者的万众一心、众志成城、紧急行动所体现出来的“速度”，到实施“接力计划”所体现出的“力度”，再到开展“西部计划专项行动”所体现的“深度”，北京团市委、北京志愿者协会在抗震救灾和灾后重建中志愿者组织、管理的模式和经验，及北京奥运会和残奥会志愿服务工作的实践，都将对志愿者事业的发展与和谐社会建设起到至关重要的作用。遗憾的是，书中所讲述的故事还只是波澜壮阔的抗震救灾志愿者行动的极少的一部分，但是我们分明已经看到，这一篇篇文章，一个个故事，都是一颗颗珍珠，穿起来，就是一条美丽的项链，挂在我们每个人的心上，照耀着前面的路。

转眼，又到了春天。

一年了。告慰同胞的除了好好地活着，好好地建设，没有别的。于是，我们看到了：

> “在什邡，你最不乏的就是不经意之间的惊喜，走在大街上，你总会发现那家店铺恢复了营业，那家店铺又在开始装修，那家店铺又换做了其他什么……虽然这些在北京也会经常看到，但是在北京很少有人在每次看到一家店铺开张时都会由衷地感到开心。包括亲眼见证北京援建队在蜀州大地上修建出高质量的高速公路……”
>
> “这些妇女们普遍文化程度不高，没有什么技能，为了能够自力更生，重建家园，她们参加培训，学习技能，有的外出务工，有的甚至还

打算筹备‘坚强妈妈’农家乐。她们的乐观坚强，超乎了我的想象。”

这是志愿者的发现，也是我们所有人的发现。这发现的背后挺立着多么坚强的意志和不屈的灵魂啊。

胡锦涛同志在全国抗震救灾总结表彰大会上的讲话中指出：“我们以坚如磐石的团结和一往无前的拼搏夺取了抗震救灾斗争重大胜利。……大力弘扬伟大抗震救灾精神，共同为我们伟大的祖国加油，共同为我们伟大的民族加油，共同为我们伟大的改革开放和社会主义现代化事业加油，万众一心地沿着中国特色社会主义道路继续奋勇前进！”

于是，在这里让我们重新喊出一个曾经响彻云霄的口号，那就是：中国加油，四川加油！

28

以史资政

近年来，中央电视台一个叫《百家讲坛》的栏目声名鹊起，因为台上站着讲历史、讲国学的教授们。

从这里，这些教授走进寻常百姓家，走向世界。我蓦地发现，高深的学术原来可以离我们这么近。

怀着追星的心情，我见到了因讲《史记》而声名远扬的河南大学教授王立群。蓝色的羊绒衫，透着暖意和温和；均匀的语速、平和的笑容、淡定的神情，举手投足间传达出儒雅、谦和、严谨的人文气息，让我觉得之前膨胀起来的情绪有些多余了。难怪，王立群老师被评价为“厚重”、“温润”，“是《百家讲坛》中的一把慢火，温和，持久”。

2006年年初《百家讲坛》到国内各大学海选主讲人，王立群以历史人物项羽为题，在前来面试的40多人中成为唯一胜出者；之后他以同样的题目在《百家讲坛》主讲，节目播出后获得了强烈的社会反响；再后来他主讲的《吕后》创下了2006年收视率之冠。这些都让我们领略了王立群这“一把慢火”那势不可挡的炽热！

这就是知识的力量，历史的力量，人格和修养的力量！

生于1945年的王立群，生在山东，求学于河南。王老师说自己经历了那一代人所经历的求学磨难。他曾是创立过“累计记忆学习法”的理科尖子生，却因是富农子弟而错失了到清华大学学习土木工程专业的机会；在厂属小学当老师，七年教过所有的年级和所有的课程（包括音乐课），因此被称为“万能老师”；一次偶然看到的《史记》，启蒙了他对中国古代文学的热爱；1979 年，也就是“文革”后恢复高考的第二年，34 岁的王立群认为自己对中国古代文学的掌握已经远远超过了本科水平，于是直接报考了河南大学古代文学研究生，1982 年毕业留校任教至今。

于是，我想各门类知识之间其实是相通的。数学、历史和音乐，对于一个会学习的人来说，区别并不大。一个人只要掌握了学习方法，且具有坚强的毅力就一定可以成功。因此，我们应为当前重视大学的通识教育，文理学科交叉渗透，开设跨学科的课程，培养宽口径、厚基础的人才等政策鼓掌。

以史鉴今，以史资政。这可以说是人们特别是领导干部热衷于学史的一个重要原因。历史总是相似的，今天的我们不仅在继写历史，在一定程度上也在重演历史，包括悲剧和喜剧。我们经常说，不要让历史的悲剧重演，这就意味着要向历史学习，汲取其中的经验和教训。

而《史记》作为一部丰富的文化典籍，一向以“信史”著称，正如王立群老师所讲，司马迁撰写《史记》的原则就是“求实存真”，反对“誉者或过其实，毁者或损其真”的做法。因此其中有很多值得各行各界借鉴的东西。政界和商界，战场和商场，在许多地方是相通的，思考企业的战略、人才和管理，都可以在读史过程中找到参考。当然，知识背景、学历结构、人生阅历、感悟能力等因素决定了人的读史感受。

谈到领导干部学习历史的问题，王立群老师认为，领导干部学历史，因自身的角色不同于普通大众，所以其学习的针对性更强。这是因为，了解历史是认识国情的重要基础。

中国两千多年封建社会的历史，具有许多共同的特征。一是中央集权制。皇帝一个人说了算，大臣在各地自己说了算，没有问计于民，求教于民，并由此而带来了根深蒂固的家长制、一言堂，缺乏民主政体的基础；二是唯上唯官。上至皇帝下至官员，谁的官大谁说了算，虽然也有民本思想，但把治天下当成“牧民”。当政者面对百姓往往以父母、家长自居——“父母官”，为官牧民意识强烈；三是对权力的追求。“学而优则仕”甚至“学而劣则仕”，读书为了做官，做官就要做高官，这在中国古代是非常普遍的。

这是历史留给我们的政治遗产，对中国现实社会影响非常大。因此，了解历史上的这些现象，就是为了今天我们在实践中消除它们的影响。

中国共产党的执政者历来十分重视向历史学习。邓小平同志就多次提出“要用中国的历史教育青年”、要“吸取历史经验，防止错误倾向”。江泽民同志把历史知识看成是领导干部素质的重要组成部分，提出“党和国家的各级领导干部要注重学习中国历史，高级干部尤其要带头这样做。领导干部应该读一读中国通史”。胡锦涛同志强调：“浩瀚而宝贵的历史知识既是人类总结昨天的记录，又是人类把握今天、创造明天的向导……领导干部在着力加强马克思主义理论学习、研究现实问题的同时，加强对历史知识的学习，既是提高领导水平和领导能力的现实要求，也是培养科学文化素质和综合能力的重要途径。”

实践也无数次证明领导干部尤其要学习历史。王立群老师认为，领导干部通过学习历史，一是可以了解人类社会发展进步的脉络和规律，有利于保持社会的和谐与稳定；二是学习历史人物的优秀品质，如一些古代官员的刚正不阿，忠于国家、忠于职守的优秀品质，另外可从历史上许多奸臣、贪腐的官员身上受到警示。通过学习历史，领导干部要修身齐家，做好人；要治国平天下，做好官；不断提高自身修养，加强自身执政能力的建设，进而加强执政党的能力建设，不断提高执政党自觉运用三个规律（生产力发展规律、文化发展规律和社会发展规律）的能力，增强推进改革发展的自觉性、主动性。

2006 年 8 月，在“《百家讲坛》十大名嘴”的评选中，王立群老师以“最学者化”入选。正是因为王立群严谨的学者作风，他很少受到外界的质疑。王立群曾说“学者的良心不能丢”。对于讲史，他认为一要讲清历史是什么？还原历史很难，因为，真相是被重重的东西掩盖着的。二要知道历史为什么是这样的？这更难。三要明白历史能告诉我们什么？这又是难上加难。王立群坦言，他只想把历史讲清楚是什么，因为当把这些讲出来、讲清楚以后，别人就会有自己的感悟。

1966年王立群开始读《史记》，如今已经读了40多年。而对于浩如烟海的、博大精深的中国乃至世界历史，王立群一样在研读。因为，历史带给他的除了知识和智慧，还有力量——支撑着为生活、为事业不断进取的力量。

29

只为那一刻的光荣绽放

这是2009年11月6日我在中央国家机关参加首都国庆60周年群众游行工作总结表彰大会上的演讲稿，演讲获得第一名。背景音乐为我作词的歌曲《当我从天安门前走过》。

当这熟悉的旋律响起时，你们一定与我一样，记忆又将打开，心弦又被拨动，热泪又在盘旋。

是的，那一百多天的激情燃烧，那一刻天安门前的光荣绽放，注定是我们心中最璀璨的回忆。

那一百多天过去了，那一刻也成为历史，但那些艰辛、那些欢笑、那些震撼、那些感动一刻也不曾离开过我。

7月21日下午，满怀着神圣的使命感和责任感，带着领导和同志们的信任与期待，我们背上行囊微笑出发。

第三中队从此成了我的姓名，成为75名队员温暖的家。无论是中队训练、大队集训，还是方阵合练、天安门演练，骄阳下、大雨中，每一天、每一次，每一位队员都把满腔的爱凝聚成力量、化做行动，展现了三中队最靓丽的风采，向祖国母亲献上最深的祝福。

三中队一直把参与国庆游行作为加强青年爱国主义教育和集体主义教

育的有利契机。关于我国宏观经济形势的讲座让我们认清了形势，增强了信心；特别制作的“庆祝新中国成立六十周年群众歌曲集”使我们学唱了很多革命歌曲；激烈的篮球比赛增进了队员之间的友谊。三中队不仅积极参加大队组织的各项活动并取得了优异成绩，在红歌赛中，民政部的陈楠、中央歌剧院的黄钊捧回了一、二等奖。

风经过，雨也经过，欢笑过，也痛苦过，所有的一切我们一同经过。凌晨当城市还在熟睡，我们就要离开家门；当人们下班回家，我们却从单位赶赴集训地；休息日、年假，我们统统放弃；矿泉水、面包、榨菜是我们的美食；坐在午夜的长安街我们谈人生、谈理想；我们倚靠在路边啃面包，一瓶矿泉水大家分着喝；有人睡了，就会有人脱下衣服悄悄地为他盖上；有人累了，就会有人默默走上去给一个支撑。

一起训练，一起欢笑，一起熬夜，那一起吃苦的日子难忘而幸福。

有一些身影让我们坚定，有一些目光让我们温暖，有一些故事我们一直在传扬。

她在方阵中年龄最长，已经三次参加国庆游行；她生病了依然坚持训练；她无法照顾年迈的父母和年幼的孩子；他在夜里演练结束后跑到单位加班；她脱下训练服就换上婚纱；他悄悄地记下了每个队员的生日；每次凌晨集结他都要早起一个小时接队员；每次天安门合练前总要接到他的电话“姐，多穿点”；凌晨回到家，我们都互致平安信息。

最辛苦忙碌的要数三位队长。最高检察院的丁旭涛同志在训练时不辞辛苦亲自点评、指导，训练之余带领队员学唱红歌，嗓子累到沙哑；她来自外交部，我们亲切地叫她安青姐，作为母亲的她克服了生活的许多困难，把关心给了我们；交通运输部的郭均忠同志每次训练都默默地守在队伍旁，帮我们拎包，陪我们熬夜，跟我们一起行进，每每看见他，心里就增添了力量。为了报效祖国，我们舍小家为大家，舍小爱为大爱。

外交部、文化部、交通部等部门和单位的领导到驻地看望我们，或通过其他方式对我们表示慰问。这些都成为每个队员确保“工作、训练两不误”的精神动力。

在这个家庭里，每一天我都被队友激励着、感动着。

很多媒体问我，为什么能创作出《当我从天安门前走过》这首歌曲?我说，因为幸福，因为感动。

能赶上并参与国庆60周年，对于我们来说是千载难逢的机遇。接到这个政治任务的时候，我有一丝紧张，那是因为激动；我也有一丝不安，因为不知如何处理好训练、家里和工作的关系。

女儿还不到两岁，正是特别依恋妈妈的时候。多少个凌晨，我不得不挣脱她紧紧抓着我衣服的小手，在“我要妈妈”的哭喊声中跑下楼，在院子门口依然能听见女儿的哭声。哭声划破了夜空，刺痛了我的心；母亲生病输液我不能陪着去，但父母一直为我和妹妹都参加国庆游行而骄傲；为了不耽误集训，我把公公去世的消息默默藏在心里更没有在临终前见老人最后一面；我常把工作带在身上，夜里演练结束后又回到单位加班。

还记得，那天我意外受伤了，一个人坐在宿舍里写中队简报。听着外面“一、二、三、四”整齐、响亮的口号声，看看自己肿得高高的手背，想想母亲和女儿，再看看身边可爱的队友，不知道为什么，我的眼泪又一次夺眶而出。

是啊，我们的背后有多少人在支持我们，一个队员的付出就是一个家庭的付出，是我们全体中国人在为祖国付出。

不到十分钟，我就写好了《当我从天安门前走过》，不需要修饰，不需要刻意，“当我从天安门前走过，我想告诉孩子，今天是新中国的生日，六十年来，她的故事那么多；当我从天安门前走过，我想告诉母亲，今天是新中国的生日，您和祖国是我心中的长江黄河；当我从天安门前走过，告诉兄弟姐妹，今天是新中国的生日，血脉相依，是千百年永恒承诺；当我从天安门前走过，我想告诉世界，和我们欢呼举杯庆贺，日出东方就是多彩的中国。”我内心深处最真实的声音就这样流淌出来。在队友黄钊和作曲老师的帮助下，在中队、大队及各部委的支持下，《当我从天安门前走过》

这首歌曲正在传唱。

天安门是我童年的歌谣，儿时的梦想。1999 年年初，我走出大山怀揣梦想来到北京，第一次见到了雄伟的天安门。十年后，我与 2 300 名队员走过天安门，那时我满含热泪。

三十年来，我与祖国一起成长，一起奋进；十年来，我们全家在北京圆梦，姐妹六人，五个硕士、一个博士，五个党员。我深深地感到，只有强大的国，才有富裕的家，只有进步的国，才有幸福的家。

当数十架飞机在天空中如雄鹰飞过，当礼炮声和受阅部队的口号声响彻云霄，当胡锦涛总书记铿锵有力的讲话声从天安门城楼传来的时候，我仿佛听到了抗战的怒吼、看到了中国共产党人前仆后继为救民族于危机关头挺身而出的雄姿，我听到了《东方红》、《春天的故事》和《走进新时代》；当农业、工业、科技、文化、法治等主题的花车整齐地矗立在长安街上时，我看到了以胡锦涛同志为总书记的党中央以人为本、科学发展的伟大实践。

天朗气清，惠风和畅，繁花似锦。长安街、天安门，我听到了所有中国人最澎湃的心跳。

那一刻，我是骄傲的中国人。

这就是骄傲的中国！

亲爱的朋友们，让我们怀揣着光荣与梦想，为中华民族更加辉煌的明天不断努力奋斗！

30

灵魂受到前所未有的震撼

无法承受国家民族之痛

那是一段国人不敢触摸的痛。

那是一段世人绕不过去的伤。

生在 20 世纪 70 年代的我，单是教科书上的记述就已使我的心，每每提起它都会不寒而栗。

几年前在北京大学召开的一个会议上，我认识了王选。她是 731 部队细菌战诉讼原告团团长。美国历史学家谢尔顿说："只要有两个王选这样的中国女人，就可以让日本沉没。"这个"能让日本沉没的中国女人"在那次会议上的演讲和后来她多次发给我的资料，都让我屡屡夜不能寐。后来，著名华裔女作家、《南京暴行：被遗忘的大屠杀》的作者、被称为"最好的历史学家和人权斗士"的张纯如女士突然辞世，这给华人世界和西方世界以深深的震撼。

然而这些都是我掩着一颗炽热的心不敢面对的，因为我无法承受国家、民族、同胞的那段刻骨之痛。

直到有一天，我收到了徐庆全先生转过来的一封信。洋洋万言的信中有这样一句话打动了我："这是一个岁近八旬之人苦酿四五十年未了的一大心愿，强烈希望能在有生之年为社会、为后人留下这笔稀见史料……”这让我想起王选、张纯如。

战争史上的奇观

怀着神圣、庄严的心情翻开《灵魂决战：中国改造日本战犯始末》书稿，从第一页开始，读到最后一页时，60余万字每一个字都浸满血泪，像是用刀子刻出来一般。我俨然不是在编辑而完全是在阅读。

书稿在2005年群众出版社出版的《中国改造日本战犯》的基础上增订了近20万字，增加了400余幅照片，使其史实更臻真实、内容更加充实、界定更加贴切、评析更见准确。

从1931年9月18日到1945年9月3日，中国抗日战争历时14年；从1950年7月19日到1964年6月3日，中国改造日本战犯又是一个14年。两个14年，是“战争史上的奇观，中华民族的壮举，惊天动地的伟业”（毛泽东语），是中国创造抗日战争胜利和成功关押、侦讯、审判、改造日本战犯的国际奇迹，纵横捭阖地彰显着中华民族100多年来第一次取得完全彻底反侵略战争胜利而赢得民族独立、自由和解放的历史画卷，构成了中国乃至世界战争史的辉煌。

为了纪念中国人民抗日战争暨世界反法西斯战争胜利65周年，增订出版这部记录中国人以其信念、胆识与魄力写就的昭示世界的中国人权报告，以及迄今见到的唯一一本完整意义上的图文并茂地描述成功改造日本战犯历程的纪实文学专著意义非凡。

因书稿中图片较多，很多史实需要查找资料进行核实，因此在编辑过程中，我多次与作者叔弓先生通话、通信。作者张巾女士不辞辛苦几次往返北京与沈阳，我们就书稿编辑过程的问题进行了深入的沟通和交流。这种深入的交流对我理解和编辑书稿起到了重要作用。我一直认为，尊重作者、与作者成为朋友，是编辑的素养之一。

真诚面对历史可越走越远

正是因为了解书稿背后的故事，我更加感到了肩上的重任。出生于伪满洲国开年“大同元年”（1932）的叔弓先生是一名“老公安”，是全程见证日本侵华14年的受害人、控诉人和讨伐人。他实地调研、采访，甚至独宿战犯监狱，体验生活，历经“文革”坎坷，背着资料插队落户，直至今日解密、成书问世。这些只有一心装着国家装着民族的人才能做到。

我没有去过日本，但记得日本启蒙思想家福泽谕吉说过：“国家的一大欠缺是没有日本国的历史，只有日本政府的历史。”“历史只有在自由的国家里才得到真实记录”，伏尔泰的这句名言让我觉得作为一个中国人的幸福。

在这本书中，我感受到了一个民族的血泪和屈辱、顽强和抗争，还有人性和温度。的确，战犯也是人，“人是可以改造的”（毛泽东语）。获释日本战犯这样评价战犯管理所监管者：“是正义之师、文明之师、友谊之师。为了永远切断仇恨的连环，希望把中国战犯管理所的思想和精神，传给全世界。”

个人的记忆会随着个体消亡而消失，一代人的记忆会随着时代更替而淡去，只有鲜活的文献记忆会是永远带着体温的永恒记忆。

不论是张纯如、王选，还是叔弓、张巾，他们都是怀抱着民族兴亡和人类梦想前行的人，他们提醒我们只有“鉴往”才能更好地“前行”。那么，每一个人，不论是中国人还是日本人，不论是东方人还是西方人，只有怀抱这种责任，真诚面对历史就一定可以越走越远，越走越好。

31

一本日记解密中央党校生活

“这里曾经十分神秘。海淀西山麓，皇家园林旁，高墙深院内，车出车进，人去人来。听说，真理标准大讨论从这里发端，‘三个代表’主旋律在这里唱响，科学发展观、和谐社会在这里阐发，这里是执政党的思想源，是不断掀开民族复兴新篇章的地方……”

这里就是中央党校。

“北京海淀区大有庄100号，又一个称呼是中共中央党校。我和这所学校有缘。1993年的初春我成为中央党校进修部的一名学员……乔石校长是在为我们这批学员颁发了毕业证书后离任的。所以我戏称自己是乔石校长‘关门弟子’。当时的建制准确的称呼是：中共中央党校进修二班第20期。2005年我重新踏入中央党校深造，这次由进修部变为培训部：中共中央党校一年制中青年干部培训班第21期。由20期变为21期，时间跨度12年，一次冥冥中的巧合。”

这里的“我”是著名儿童文学作家、中国作家协会副主席高洪波。

一日，中央党校出版社的王君老师发来信息说，高洪波出版了一本书，叫《中央党校日记》，里面提到了我。

闻此消息，我给高洪波打了电话，他证实了这一消息，并让我到人民文学出版社包兰英那儿拿书。

人民文学出版社与我单位在一栋楼里，不用出楼，就到了包兰英那里。

当包兰英把书递给我的时候，我被“电”到了。

那么肆意却庄重的红色，那么俏皮却规则的装帧。红彤彤的封面最上方闪耀着一枚金色的党徽，醒目的“中央党校日记”几个大字下面，贴着一个四四方方的白色“名片”——姓名：高洪波，班级：一年制中青班（21）期。

我被“电”到不仅因为这与众不同的装帧设计，更因为那枚熠熠生辉的党徽和“中央党校”四个大字。

平生有几种情况会让我怦然心动继而心潮澎湃。比如升国旗、唱国歌的时候，比如参加新中国成立60周年国庆游行从天安门前走过的时候，比如看到人民子弟兵、志愿者为国家和人民挺身而出的时候，比如看到全国人民团结如钢、共克时艰的时候……后来，在2005年夏天离开中央党校以后，每每见到“中央党校”也会产生这样的心情。

我想不管是学习还是工作，不管是读研究生还是培训进修，在中央党校待过的人，都会发自内心地赞美她。

坐在湖边的亭子里阅读“马克思主义”、漫步在林荫道上讨论“科学发展观”，感受炎热的夏季里这儿的习习清风、体味躁动的世界中这儿的一方静谧，以及弥漫在空气中的跃动思想和严谨气息。中央党校是历史，是现在；是庄严，是曼妙；是神圣，是平凡。

中央党校是轮训培训党的高中级领导干部和马克思主义理论干部的最高学府，前身是马克思共产主义学校，1933年在江西瑞金成立，任弼时、张闻天先后担任校长。1943年毛泽东兼任校长，并题词“实事求是”。1949年3月后“中央党校”迁入北平。1955年8月1日，中共中央决定，将中共中央马列学院改名为中共中央直属高级党校，简称中央党校。

我曾经有近七年的时间在学习时报社工作。青春在这里度过，人生在这里奠基，梦想从这里开启。

还记得时任中央党校常务副校长郑必坚同志对青年人“敬业精神第一，水平还在其次”的鞭策，时任《学习时报》总编辑周为民教授对工作人员

“有尊严的工作”的教诲；在“我是党校人”大讨论中沈宝祥教授关于党校历史的讲座，每周一次的“编前会”就是一堂高水平的“培训”……刚刚毕业走出大学校园的年轻记者编辑们像雨后的花草努力地汲取营养。

因为这样的平台，那些站在时代制高点上的理论专家和文化学者才成为《学习时报》的作者和读者。这包括中央党校学员这个特殊的群体。中央党校学员虽来自各行各业，但有一个共同特点也是新时期领导干部的一个普遍特点，不仅具有很鲜活的基层实践，也具有较系统的理论素养。

比如高洪波在中央党校学习期间，既是作家，又是学员，我们就是在那时认识的。高洪波在 2005 年 4 月 14 日的日记中提到：“昨天下午《学习时报》的徐庆群来约稿……”后来，我不仅编辑了高洪波的《火鹤》、《奥斯维辛的风》等文章，还写了一篇专访《把快乐还给儿童》，这些都刊登在《学习时报》上。

高洪波特别具有亲和力，永远响着那爽朗又醇厚的笑，也许这与他是儿童文学作家有关吧。正如我在《把快乐还给儿童》中这样写道：“高洪波，一位从内蒙古科尔沁大草原走出的汉子，浑身上下、里里外外却都荡漾着孩子般本真的快活。也许是宽广的科尔沁大草原迷人的自然风光，给了高洪波宽阔、纯然、乐观的品性。小学生活、孩子特别的玩具——旋转的冰嘎儿（即陀螺）、科尔沁草原上的榆钱儿、奶奶的柳桃花、故乡的‘清官儿’（即青蛙）、蝈蝈，还有我们平常视而不见的、或者深埋在记忆深处的与故乡、与自然、与亲情相联系的所有一切在高洪波笔下，都如冰嘎儿一般美妙地旋转起来。他的描述搅动起我们那深藏许久的关于童年、故乡的记忆，这些记忆如奶奶的柳桃花，童话般地突然绽放了。”

所以，还未翻开书，我就已经感到高洪波对母校那份神圣的、虔诚的心。

日记从 2005 年 2 月 28 日入住开始，到 2006 年 1 月 13 日撤出为止。300 多篇日记讲述了一个学员在中央党校的学习生活。高洪波称，在党校学习的日子，他以党校学员与作协会员的双重视角开始记“党校日记”。

中央党校是“执政党的思想源”，往近了说，如真理标准大讨论，“三个代表”、科学发展观、和谐社会，这些理论思想在这里汹涌澎湃。而且是高中级领导干部学习的地方，了得！所以在外人看来，这里神圣又神秘，庄严又肃穆。

可贵的是，高洪波用细腻的笔触、真诚的心灵在日记中记录了他和他的同学们那紧张快乐、严肃活泼的学习生活，听课、作业、讨论、调研、各种文体活动……从中可以窥见党的高中级领导干部在中央党校的学习生活情况，为老百姓了解中央党校打开了一扇小窗户。

对于写作这部书，高洪波说，用中央党校老师的话来说，来中央党校学习的同学们都是执政党的精英，人生道路上的成功者。可是话虽这么说，通过大家的从政经验交流，发现每个人都是一本厚重的大书，都有过坎坷和经历过风雨，在各自的人生道路上，一步一步走进中央党校，个中艰辛，冷暖自知。“我力图尽可能忠实地记录下一个党校学员的日常生活、学习状况，还有业余活动。有幸走过中央党校的四季，我真的很幸运。”

32

为了幸福和尊严

还是一个阳光妩媚的午后，女儿睡了，我却没有睡意，随手翻开搁在床头已经一年有余的一本书——《食殇》。

翻开书，就见到了一张阳光绽放的笑脸，还有我不用看几乎就可以背得出来的“作者简介”。

作者杨仿仿，我在2005年深秋因为写作《他们在行动——中国志愿者纪实》采访过他。当时他是北京大学阳光志愿者协会CEO。

那是我们迄今为止见过的唯一一面。

仿仿是一个特别的人：高大健硕的身板、阳光明媚的笑容、深邃质朴的双眸，一个中国青年洗染过欧风美雨的气质，以及传奇的人生经历和海阔天空的见识：他15岁走遍全国，15岁以后到世界各国工作生活，30岁前足迹就遍布五大洲50多个国家，20岁出版《美国的月亮》，后又出版《窗外是黑海》，30岁那年辞掉海外百万年薪，回到祖国，成为北京大学阳光志愿者协会（中国大陆地区规模最大的民间骨髓库）不拿一分钱薪水的CEO。

那次采访我们聊了很多。他谈了对中国非政府组织发展的认识，对中国志愿服务事业发展的看法，国外非政府组织发展的成功经验，等等。一个中国年轻人既爱国又充满见识，是一件多么宝贵的事情。

2006年夏天，我听说他生病了。

2009年我得到他的消息，他说他写了本书，托朋友带给我，请我看一看。

很快书收到了，我很隆重地把它放在枕边，却一直没有翻开仔细阅读过。

2010年一日在网上我收到他给我的一个链接，我打开一看，是媒体关于他生病的报道，那个报道已经足以让我震撼并停下来看看仿仿的书。但是下过决心后的我却依然没有空暇停下手里的工作。

直到几天前，燥热渐渐退去，我和女儿中暑刚刚好，准备休假了，脚步舒缓下来，我终于拿起仿仿的书。

书拿起、放下，我的心却再放不下了。我确实没有想到一直充满生机、不断创造奇迹的仿仿经历了这般苦痛和挣扎……

从2006年7月6日仿仿发病，到2008年3月14日仿仿胜诉，在近两年的时候里，发病、就医、误诊、起诉、被诉、胜诉，从北京到广东、从西医到中医、从现实到虚拟（网络），从一盘凉拌菜到食品安全，从一个医疗事件到公共卫生、从消协到公民权益保障，从律师职业操守到法律公正，从一些人生病到整个国民健康，仿仿经历了炼狱般的生活，也创造了只有杨仿仿可以创造的奇迹。我为仿仿经历的病痛而心痛，更为奇迹背后的赤子之心而感动。

2006年12月17日，仿仿还在患病期间，就发起成立了由他担任CEO的公益网站“大医网”。大医网提出了“大医医国，先觉觉民”的口号。作为著名民间志愿者、广州首例管圆线虫病感染者，杨仿仿号召，将全国学医的学生及专家组织起来，把专业、准确的医学知识以网络“维基百科全书”的方式免费呈现给全社会。

作为台胞，作为知名人士，作为广州首例管圆线虫病感染者，作为一场严重的公共卫生事件的当事人，杨仿仿自然受到了社会各界尤其是海内外媒体更加广泛的关注。但是仿仿的原则是不接受西方媒体采访，他说，中国人自己的事情要中国人自己解决，不能给西方媒体提供话题。

这样的公益精神，这样的爱心，这样的拳拳爱国心和赤子情，是多么可贵，这正是一代中国青年身上宝贵的精神品质。

仿仿说："当爱上一件事情，爱上一个人，便都是不能回头的。"我想当年他辞掉百万年薪回到祖国投身公益事业，那就是源于爱。而这样一个充满爱、充满爱心的人却遭遇了人生中艰难的两件事情。一是生病，而且是重病；二是官司，难缠的官司。

对老百姓而言是生不起病，打不起官司。

然而，人都会生病。对我来说，女儿生病是最痛苦的经历，她一岁九个月上幼儿园以后，每两三个月就要生一次病，每当这时不管是深夜还是清晨，都往医院跑。有时排了几个小时，医生两三分钟就看完了，然后拿着大包大包的药回家；如果高烧就留在医院打大量的抗生素药品。记得女儿一次感冒，我一天给她吃了六种药。每一次她输液我都揪心地疼。母亲对我说："你们小时候感冒了，吃半片扑热息痛就好了，为啥现在动不动就输液呢？"

别说女儿怕医院，我也怕。唯有一次经历是美好的。那年我常去医院针灸，针灸时要脱下鞋子躺在床上。一次针灸结束后发现鞋子不见了，床很高，我需要双脚站在地上找鞋。那天有几位从巴西来的医生在病房里观摩中医针灸，待我四下找鞋的时候，一位巴西医生向我走来，我还没有反应过来，他已经趴在地上把我的鞋从床底下拿出来了。

当他双手把鞋递给我的时候，我望见他那双湛蓝的眼睛，瞬间我知道了什么是天使的眼睛。

那次我觉得白色是那么温暖的颜色。

医生不只需要具有精湛的医术更应具有高尚的道德，医院不只需要精良设备更需要人文关怀。爱，是灵魂。

在杨仿仿的《食殇》的"附录"部分列举了"1996年—2008年部分食品安全事件回顾"，"近期中国食品安全大事件"等。

对我来说，痛彻心扉的是毒奶粉事件，那天我挤在儿童医院人山人海的人群中给女儿检查。那颗抽泣的心可以挤出血来。现在奶粉又陷“早熟门”。

“作为一个华人，如今身心都带着中国的痛。”仿仿在书中这样写道。

然而每一个中国人包括制造食品安全事故的人、为一己之私放弃职业操守的人同样会身陷这种痛之中。这时需要每一个中国人都去真诚地面对这种痛，并携手构建比太阳更有光辉的公平、公正。这也是杨仿仿的《食殇》所要表达和期望的。

当我们感受到肉体与灵魂、物质与精神的双重关爱，我们的生活才会像温家宝总理说的那样更加幸福，更有尊严！

33

最后一瞥亦温暖

范用先生走了，最难过的是我们。

他的离世是出版人的伤逝，是出版界的损失。

范用原名范鹤镛，1923 年 7 月生于江苏镇江。从 15 岁进入出版社工作直到生命最后，范用把毕生的精力和心血奉献给了出版事业。

范用先生是我国著名的出版家，他生前曾策划出版了巴金的《随想录》、陈白尘的《牛棚日记》、傅雷的《傅雷家书》；他也是我国著名的杂志人，曾创办了《新华文摘》、《读书》等知名刊物。当年范用提出办《读书》杂志，经历了不同寻常的波折："人民出版社党组让我立了军令状：万一出了问题，责任全部由我一人承担。"

范用先生一生嗜书，他说，"我们做出版工作的有一种责任，看到好的稿子，就应该想办法让更多人看到。""我最大的乐趣就是把人家的稿子编成一本很漂亮的书，封面也很漂亮。"他一生甘为人做嫁衣，直到 20 世纪 80 年代退休以后才出版了自己的第一本书《我爱穆源》，后来相继又出版了《泥土脚印》、《泥土脚印》续编、《叶雨书衣》等。

范用先生被外界称为"影响中国阅读 60 年"的著名出版人，但我看了他写给人民出版社的遗嘱后，不禁屏息凝气……他的影响何止在启蒙一代中国人的读书阅读上，他的人格风骨、炽热情怀，可以影响我们很远很远，而且不止对我们出版人、新闻人，还有很多人。

人民出版社：

偶见本社正在拟订离退休干部后事料理办法，想到老人每有猝然发病不辞而别，特将自己的后事安排预告如下：

一、本人与家属对组织无任何要求，子女早已自立，老妻有退休金可领，不虞衣食，只请协助接洽火化，并取回骨灰交付家属收存。

二、我自拟讣闻，请用稍微好一点的纸张铅印一二百份，并请按照我留下的名单寄发。务请不要印发任何行述。我是一名普通工作人员，一生所作所为不足道，何况还说过不少错话，办了不少蠢事。生于今世，很难有人能够逃脱这种历史的嘲弄，绝非一篇行述清算得了。诿过饰非，不是实事求是的态度。

三、日后若搬家，请借用汽车，免不了还有其它一些麻烦事，统请关照，为托。

致

诚挚的敬礼！

范用

1989.2.1

范用先生代儿女所拟《讣闻》：

讣　闻

家父范用（鹤镛）于　月　日　时　分辞世。遵从他的嘱咐，不追悼，不去八宝山，遗体捐供医用。他留下的话："匆匆过客，终成归人。在人生途中，若没有亲人和师友给予温暖，将会多寂寞，甚至丧失勇气。感谢你们，拥抱你们！"

范里　范又

一九　年　月　日

这是范用先生致人民出版社的遗嘱和讣闻，写于 1989 年，距今已是二十多年了。

写于二十多年前的遗嘱和讣闻，就像一封与家人、朋友的告别信，淡定和从容，还有温暖和不舍。丰子恺先生把人生比做乘车，“有的早上早下，有的迟上迟下，有的早上迟下，有的迟上早下，上了车纷争座位，下了车各自回家。在车厢中留心保管你的车票，下车时把车票原物还他。”范用先生就像下了车去远行一样。你望着他的背影，纵然眼里含着泪，却流不出来。因为他与你依依惜别的眼神，他深情款款的转身都流淌着爱和暖。

在佛教看来，死亡不仅不是忌讳话题，也不是要被征服的对象，而是需要切实解决的人生问题。范用先生对身后事的安顿和直面死亡的勇气，让我想到弘一大师，他说：人们面临老病死的人生情境时，当“才有病患，莫论轻重，便念无常，一心待死”。遵照遗嘱，范用先生遗体已捐献给了医疗机构。我可以深深地感受到那份心灵与肉体融化成的清净与安宁。如此这般，往世与来生便会如一池净水，清澈透明。

范用先生是一个浪漫的温软的人，他的第一本书《我爱穆源》是写他的母校——江苏镇江穆源小学。他辞世后，家乡人民在发来的悼词中这样写道，“他驾鹤仙逝的一刻，就是他魂归故里的时分”。他是出版家，是纯粹的爱书人，他对书的热爱是全方位的，从内容、开本、纸张、封面、扉页、书眉、页码，到字体字号、行距字距，甚至是封底、新书预告，书在他的眼里是有生命的。范用生前亲手制作了很多封面，为了总结自己多年来对图书封面装帧的经验，他写了七十多个具有代表性图书装帧作品的构思、创意体会，形成了《叶雨书衣》一书，这是他生前出版的也是主编的最后一本书。范用先生在《叶雨书衣》一书自序中写道：“我每拿到一本新书，先欣赏封面。看设计新颖的封面是一种享受，我称之为‘第一享受’。”他把对书丰富的满满的爱倾注到书的每个角落。

巴金先生专门为范用题词称：“愿化作泥土，留在先行者温暖的脚印里。”这是对范用先生一生真实的写照与评价。

“匆匆过客，终成归人。在人生途中，若没有亲人和师友给予温暖，将会多寂寞，甚至丧失勇气。感谢你们，拥抱你们!”范用先生留给我们的最后一瞥亦是温暖的。

34

用文字给灾难一抹温暖的力量

佛说：前生五百次的凝眸，换今生一次的擦肩。

我想，前生我一定是生在这“天府之国”，才换来今生的驻足与守望。

2005年春，我到沐川县乡村采访志愿者周毅，那是我第一次踏上巴蜀大地，与乡亲同吃同住的日子，让我此生永难忘。

2008年春，一场特大地震呼啸而来，我与四川痛在一起更连在一起。《我告诉女儿地震是什么》（载《学习时报》）为女儿、为自己、为四川乡亲记录下我眼中的心里的那时那刻的一切一切。之后，我担任责任编辑，由人民出版社出版了画册《撕裂的天堂——镜头中地震前后的北川》。

2009年春，主编的《我们在一起——北京志愿者赴四川抗震救灾纪实》出版，我说在后记中说：“一年了。告慰同胞的除了好好地活着，好好地建设，没有别的。”随后，作为北京支援灾区接力计划项目的一名志愿者，我来到什邡。那时的什邡一边是残破的房子一边是新打的地基，一边是没有拭干的泪痕一边是坚毅的笑颜。当李大钊的《艰难的国运与雄健的国民》在中央电视台主持人海霞的领诵下从灾区孩子们的胸中奔涌而出的时候，我听到了那片土地正长出新骨、冒出新芽的声响。

2010年春，我担任责任编辑，由人民出版社出版的画册《羌族》在成都举行首发式。时值青海玉树地震，当天所售书款全部捐给了玉树。

2011年春，我担任责任编辑，由人民出版社出版了画册《新北川》。

《新北川》全方位展示了人类历史上第一个整体异地重建的县城——北川的重建过程及其成果。

这些事儿都发生在春天，有绝望也有希望，有痛苦亦有快乐。

从《撕裂的天堂》、《羌族》到《新北川》的策划和出版，要感谢一个在北京做文化产业的四川人，叫倪天勇。之所以要特别地提到他，因为《羌山天难》的书稿亦是他推荐来的。

身入危城，乍见天难处，动魄惊心。血地呼儿唤母，惨不忍睛。千伤万死，废墟下、哀号声声。侥幸者、无人袖手，自救互救图存。

妇孺老翁奋起，十指掏红泥，血泪殷殷。救人不分远近，无视疏亲。条条性命，重千钧、岂让死神！天破晓、几千伤员，归来全赖乡邻。

——《汉宫春·危城自救》

带着余震，带着天难的悲怆和哀号的词句，咚咚咚撞击着我的心扉。

这是《羌山天难》（人民出版社 2011 年 9 月版）里的一首词。作者叫左代富。

“5·12”地震发生后，时任绵阳市常务副市长的左代富在火炬广场拦下一辆公安巡逻车，带着市人大副主任王瑜、市政府秘书长赵琪火速奔往北川救灾，随后市政府副秘书长梁海洲、市政府办公室信息处处长向赟也赶往灾区参与救援。至北川县城外任家坪时，公路已毁，左代富一行人就弃车步行，大道上碎石如瀑、裂缝纵横，他们就手足并用，艰难地向县城挺进。

山崩地裂、山河移位，余震不断、地抖风颤，山鸣声、哀吟声不绝于耳，天府被撕裂，家园成废墟。此情此景，那时那刻，对左代富来说不是自顾、不是悲伤、不是恐惧，是要救人命、安人心、做决策。

当晚，在频繁余震中，在倾斜欲坠的县公安局门前，绵阳市抗震救灾北川前线临时指挥部成立，左代富任指挥长。北川抗震救灾由“前指”总揽。正所谓：“天难当头，万般愁，‘前指’总揽”。

5月12日发生地震的前一秒钟，我们都在继续着生活，上班的、午睡的、回家的、结婚的……《羌山天难》真切地记录了那时的北川：陈家坝乡一座庭院正在举办婚礼，灾难让一百多人瞬间失去生命：“可怜婚事生祸，人宴尽毁，腥雨如人悲涕”；一对未婚男女青年在湔江柳岸约会，地震来袭，江岸塌陷，男青年被埋身亡：“痛苦女，悲泪呼哭，不信人离别”；一位禹里乡农民驾农用汽车行至山岔口，家门已入眼帘，突然山城垮塌，家在他眼前消失：“可怜君，乍遇惊天灾祸，顷刻断肠”；一位干部不知救了多少群众，不眠不休整三天，待城中大势已定，他才开始寻找亲人，闻全家已被埋在泥石流下：“墟前看，浑身抖颤，悲肠断”。这种真实、这种伤痛，只有身在灾区、心系百姓的人才能体悟。

“5·12”地震发生后，上到党和国家、下至百姓都以不同的方式支援灾区，以文字来记录、展现这场灾难以及灾难中闪烁的人性光辉，也同样是对灾难、死难者和生者的祭奠和抚慰。这些文字我看到过不少。但是《羌山天难》不一样，因为作者不一样。左代富是四川绵阳人，是“5·12”大地震的亲历者，又是北川抗震救灾的指挥者。因此，他的痛是切肤之痛，他的爱是刻骨之爱，他的文字是痛与爱经粉碎、搅拌、淬火、冷却、融合之后的情感表达。

但是他表现这场天难的文字和情绪，不是灰色的，而是橙色的、温暖的，是在传达一种力量、一份温暖和一次成长。

他写胡锦涛总书记、温家宝总理视察灾情，慰问受灾群众。他写奋战在救灾一线的官兵、医生、记者、志愿者，还写信用社的工作人员。中央第一批受灾群众临时生活救济金到账后，下拨发放时，信用社业务网络系统因强震瘫痪，资金下拨发放路径无法使用。信用社职工背钱下乡：“载现金千万，夜过山河。感叹前行无月色，手脚共用与地搏。”经几日几夜，上千万元资金被安全发放到受灾群众手中。

他写灾后的建设者、写老百姓的新生活。崔学选是最早到北川的山东省援建技术干部之一，忍癌症病痛坚持工作，为灾后重建献出宝贵的生命："初来相遇旧曲山，悲目看菊妍。愁怀被君豪情散，好男儿、危地当先。曾记多少，把灯夜战，迈步上前线。"成片的活动板房使无立锥之地的受灾群众得到了极大安慰："板房区、满屋羌绣。夜来灯又亮，千盏如昼。听羌笛，有人劝饮羌酒。"再婚、就业、水泥厂点火生产，传统手工艺品羌绣形成新产业。2009年初吉娜羌寨旅游开发有限公司在擂鼓镇成立，羌家庭院成为最具人气的旅游接待处："园内树，风碎绿尖清露。日照庭塘胭脂雨，丽妆羌绣户。清早客人凝伫，满眼荷衣飞絮。初坐小舟开橹处，惊闻莺对语。"

《羌山天难》分四卷，卷一为《五月危城》，卷二为《人间奇迹》，卷三为《大爱无疆》，卷四为《羌山永昌》。从灾难到新生，从地震到重建，《羌山天难》以100余首词，将一个城市从毁灭到重生的过程壮阔磅礴地展现出来。

2009年5月11日下午，胡锦涛视察北川新县城建设，为新县城所在地命名——永昌。

2011年春，我到北川，先到地震遗址祭奠。从遗址出来扑面而来的是一排排整齐的崭新的羌寨。

佛说：生死即涅槃。

合上书，遥望四川，和煦的羌风拂面，又见春天。

35

你是我的光荣，我是你的骄傲

——为人民出版社创建90周年而作

1921年，中共一大会议召开并成立了中央局，李达任宣传主任。同年9月，李达创办了党的第一个出版机构——人民出版社。

90年前，人民出版社为党而生；90年来，人民出版社与党同行。人民出版社90年的发展历程就是马列著作出版工作，马克思主义在中国传播、发展和逐步深化的历程。

当南湖泛起金光
你在激流中扬帆破浪
为团结精神坚固信仰
历经风雨沧桑

当新中国升起朝阳
你在霞光里重新启航
为宣传主义普及真理
坚守崇高理想

当新时代奏响乐章
你把春天的故事传扬

为高举旗帜夯实基业
凝聚改革力量

你是中国出版的殿堂
让精神家园百花芬芳
在走向世界的征途上
带着永远的书香

你是我的光荣，承载着我的梦想
我是你的骄傲，肩负着你的期望
黑发变银丝，俯首甘做嫁衣裳
人民出版社啊，我和你共同创造新的辉煌

36

发现中国

——为中央国家机关“百村调研”而作

到农村去、到基层去是国家干部最需要的一堂国情实践课。做小诗一首，与君共勉。

有一句诗
我的爷爷和女儿都会说
那就是
为什么我的眼里常含泪水，因为我对这土地爱得深沉

有一件事
我的同事和朋友都积极参与
这就是
中央国家机关青年干部到全国近百个乡村去调研

艾青那滚烫的诗句
使无数中国人热泪满怀
“百村调研”这凌云的壮志
激起多少青年热血奔腾

我来自农村
我想你一定也是
农村是我的童年，我的母乳
无论走多远都走不出妈妈煮饭的炊烟

我现在城市 在机关
我想你一定也是
城市是大家，机关是小家
无论走到哪里都走不出高楼 车辆 会议和文件

渐渐地 我发现
我来不及、想不起你了
我不关心、不了解你了
这样的发现让我痛苦不堪

这次，我
终于可以逃离文山会海
踏上生我养我的穷乡 僻壤 高原 山沟
给你一次最深情最温暖的拥抱

在乡村的路上，我遇见邻家的哥哥
他的背驼了，皱纹爬满眼窝
他拽着我的手啊告诉我，他和老伴带着孙子生活
儿子儿媳去城市里盖楼 铺路 建地铁

来到田间地头，我看到小学时的同桌
她的腰弯了，庄稼矮小错落

她低着头向我诉说，她一个人带着孩子过
天天盼着丈夫讨回薪水的凯歌

小时候，学过一篇课文叫《我们的祖国多辽阔》
同一个国家 同一个时刻
东端阳光明媚 西端繁星满天 北端白雪皑皑 南端绿树婆娑
走遍辽阔祖国的理想深深扎进我的心窝

啊，祖国山川秀美 地大物博
我还有很多地方没有去过
但我知道，不是所有的土地都火热，不是所有的人们都有幸福的生活
还有很多地方的孩子不能学习《我们的祖国多辽阔》

哦，有人愁，有人哭，有人为了一张回家的火车票奔波
你是谁？你是否可以自信地告诉我
你来自哪里？你是否有这样的自觉
你叫公务员，你来自中央国家机关

呵，我不知道
总之，我有时很激动有时很难过
这次以后，下定决心
无论做什么都首先观照你们的生活

“百村调研”让我们重拾自我、发现中国
朋友，你知道吗
我们深情地爱着的那片土地
才是最真实的中国

37

你一样可以完美

“我的‘锋’是雷锋的‘锋’”，他一开口就这样很隆重地介绍自己。带着北京人特有的一份优越和爽直。

赵培锋是60后，北京胡同里长大，从小喜欢无线电、喜欢户外运动，也爱学雷锋，是学校学雷锋小组组长，经常和小伙伴一起去孤寡老人和军烈属家帮助做家务，到学校附近的西四包子铺擦玻璃、为顾客服务。

从兴趣到完美

赵培锋，身材中等却十分健硕，皮肤是健康的国际流行色，每一道细纹里都嵌着野外的风霜雨雪。

赵培锋在对无线电的无限兴趣中，慢慢长大。2000年加入中国无线电运动协会。中国无线电运动协会（简称中国无协，英文名Chinese Radio Sports Association，缩写CRSA）成立于1964年，民政部注册，主管单位是国家体育总局，并于1984年代表中国加入国际业余无线电联盟。业余无线电是一项将人们带向世界和未来的科技性活动。据了解，世界现有注册的业余无线电爱好者290万，他们通过发射业余无线电波，切磋技术、传播友谊，并在突发灾害时为社会提供应急通信服务，因此得到国际电信组织和包括我国在内的各国政府的支持，通过国际公法，在1.8MHz至

250GHz 的无线电频谱区间为业余无线电爱好者开辟了 23 个多频段。电波没有界限，全球的航空、航天、航海、陆上交通、广播、电视、天文以及移动通信等行业共享着同样的无线电频谱，所以世界各国对无线电波的发射都加以严密管理，业余无线电活动也不例外，必须依法开展。

加入中国无线电协会以后，赵培锋认识了一群志同道合的朋友，并在其中得到发展和成长。2003 年，赵培锋作为发起人，成立了北京操作者俱乐部。这是依照完美操作者俱乐部的标准建立的。完美操作者俱乐部，是从美国业余无线电联盟发起的 A-1 OPERATOR CLUB 翻译而来的，美国业余无线电联盟 ARRL 一直强调，“完美操作者俱乐部”会员应该属于每一个完美的业余无线电操作者。

1928 年到 1961 年期间担任美国业余无线电联盟理事长的保罗君（Paul M. Segal）关于业余无线电家礼仪让人触动、心生敬意：互谅互解——凡是让人不舒服的事我不干；高贵情谊——以高贵的情操支持并鼓舞业余无线电同行、地方性及全国性的业余无线电社团；日新又新——集优良科学素养、有效率的电台设备与操作习惯及水准以上的业余家精神于一身；友善互助——如有需要，对新手应慢而有耐心，温文儒雅以对；热心助人、充分合作、体谅他人，这些都是业余无线电家的本行；均衡发展——对个人而言，业余无线电是消遣、嗜好，不要影响家庭、工作、课业或是参与社会活动；爱乡爱国——电台设备与操作技巧永远为乡为国准备。

拥有这样的礼仪和精神，难怪叫“完美”。

这些精神、理念和礼仪正是北京操作者俱乐部的追求和信仰。

俱乐部成立之初，只有二三十人，在这种精神的感召下，越来越多的志愿者涌来，集结在这面精神旗帜下，不仅因为兴趣更想真正地为乡为国服务。

守望家园　服务民生

北京是首善之区，“爱国、创新、包容、厚德”的北京精神是千年古城历史文化积淀的表征，是首都人民群众的精神文化追求，“地势坤，君子以厚德载物”，在这座德泽育人、容载万物的城市里，在友爱、奉献、互助的人文精神和道德氛围滋养下，赵培锋不断完善着自我，他经常说“奉献的人生最快乐”，“生活的本质不是索取，而是奉献；人活着不单为了生存，更是为了意义”。

2006年，在北京操作者俱乐部基础上，赵培锋发起并组建了北京红星志愿救援队，志愿者达到一千多人；在经过不断的洗礼中队伍不断成长壮大，建制不断健全。2010年5月12日，赵培锋从共青团北京市委书记王少峰手中接过队旗，北京志愿者联合会综合应急志愿服务总队成立，他任总队长。赵培锋带领他的队友们完成了由红星救援队单一发展模式向拥有14支专业志愿者队伍的二级枢纽型志愿组织的转变。作为北京市应急办和北京市志愿者联合会的直属队，这支队伍有应急骨干志愿者五百人左右。广泛团结、凝聚力量，开展常态化的救援、培训、演练，这支专业志愿者队伍正朝着专业化、常态化、规范化、国际化方向发展。

2011年5月12日，在北京第三个全国防灾减灾宣传日活动中，总队志愿者代表从郭金龙市长手中接过北京市应急志愿者服务总队队旗和北京应急志愿者工作包。随着队伍不断发展，队伍名称虽然有了变化，但是“彼此温暖、不离不弃”，“守望家园、服务民生”的队魂，以及传承和发扬志愿文化、公共安全文化的内涵永远不会改变。截至2012年3月，在“志愿北京”网站上注册的应急志愿者已达19万人，历史又赋予这个团队新的使命。厚积而薄发，赵培锋和他的同伴们在路上。

几年来，赵培锋带领着这支队伍参与了一系列应急通信、地震救援、山地救援、水灾救援、旱灾救援、卫生救护、城市保障、大型活动保障，以及关注弱势群体、环境保护等社会公益活动。说到参与的大大小小的救援，参与的各种类型的社会公益活动，赵培锋对在汶川地震中的救援经历是永生难忘的。

2008年，“5·12”汶川特大地震发生后，北京操作者俱乐部联合搜狐车友迅速组成了由18名志愿者、8辆车组成业余无线电应急通信保障救援队。救援队于5月14日赶往灾区实施救援，全体队员临危不惧、倾情奉献，5月16日，首战即成功地为与世隔绝几日的重灾区青川县姚渡镇送进和护送第一批救灾物资和医护人员，为一千多名学生和近万名受灾群众带去了光明和希望。

旷世灾难凝聚民族力量，救援队深入青川、汶川、北川、什邡、彭州、都江堰、茂县等重灾区，与当地群众、救援组织、人民子弟兵并肩作战；以业余无线电移动通信网络为保障进行道路搜索及人员搜救，配合成都红十字会、中国紧急救援组织、四川抗震救灾指挥部完成护送医务人员进入重灾区及各类救灾物资运输指挥和护卫工作；为北京医疗服务队进川做了前期准备和接应工作；护送中国地震局专家组对汶川、北川完成了首次震后勘察任务；为北京对口支援的什邡市捐赠了帐篷、妇女儿童用品；勇登唐家山，为驻扎在那里的人民子弟兵送去了慰问品；向山区深处的受灾群众捐赠了帐篷等急需生活用品。目前，北京操作者俱乐部组队已经八次赴川参与救援及灾后重建志愿服务。

从灾区回来后，赵培锋想着如何参与灾后重建，为此，他们制定了《爱在延续——北京操作者俱乐部业余无线电支援灾区（2008—2010）业余无线电计划》。同时实施《爱在延续——北京操作者俱乐部援助在京灾区学生关爱计划》，俱乐部与来自青川、汶川、都江堰在京借读的100多名灾区学生建立了长期联系，积极发动社会力量，为孩子们解决生活和学习中的实际困难。2009年3月16日至22日，按照计划，俱乐部组织会员随“北京志愿者支援灾区接力计划第17支服务队”到什邡为红白、蓥华、双盛、青川县姚渡镇中心小学校等四所学校，开展业余无线电基础知识、应急通信技能培训。在四川省业余无线电爱好者协会大力协助下，服务队为什邡市双盛初级中学、青川县姚渡镇中心小学校完成了集体业余电台设台申请、呼号核配、执照申办手续；选定设台位置，制定电台及天馈系统架设初步方案，为确保两校集体业余电台顺利开台打下了良好基础。2009 年 4 月 30 日，由北京操作者俱乐部会员为主组成的“北京志愿者支援灾区接力计划第 23 支服务队”前往四川。几天之后，北京操作者俱乐部又与壹基金、北京交通台 1039 救援队联合组队开赴四川参加“壹家人，壹起走”纪念“5·12”地震一周年活动。

同时，赵培锋又带领他的队伍积极参与北京奥运会、残奥会和新中国成立 60 周年庆典等志愿服务。在奥运会期间，他们制订了《2008 北京奥运会残奥会业余无线电应急通信保障预案》，组织百名志愿者随时待命为奥运提供应急通信服务，为奥运会公路自行车赛、铁人三项赛等赛事制定预案，并参与昌平区奥运城市志愿者服务。在 2009 年国庆节前后，他们为新中国成立 60 周年华诞盛典制订应急预案，48 小时备勤。玉树地震发生后，赵培锋等志愿者再次于第一时间，驾车从北京出发，奔赴灾区救援……

问他最难忘的经历是什么？我惊讶于他的答案。是的，救援中的艰辛和震撼固然让人刻骨铭心，但是灾难中人民所彰显的精神和气质最让人感动。

在汶川特大地震一周年之际，赵培锋与北京志愿者支援灾区接力计划第 23 支服务队队员们重走救援路，感受巴蜀的坚强与奋起。“我和同伴们又一次来到让无数国人牵肠挂肚的北川，在等待办理进入老县城手续时我与当地一位蹒跚而至的老人不期而遇，我问老人：‘您现在的生活有什么困难没有?’老人并没有直接回答我的问题，更像是在自言自语：‘我今年 83 岁，地震后我的子女、孙子、孙女都失踪了，至今依然是活不见人死不见尸，现在与 70 多岁的老伴相依为命’，说这话时，老人深邃的目光中掠过的一丝不易令人察觉的期待，我知道那是老人内心对亲人无限思念的真情流露。很多人掏出钱准备送给老人，因为我们知道在此时此刻这也许是我们能为老人做的唯一一点事情，可老人却忙不迭地推脱连声说道：‘不行，不行，我现在有房住有饭吃生活没得问题’，望着老人诚恳而坚毅的目光我和周围的志愿者已是泪流满面。”

志愿北京 “救”在身边

“中国孩子进了饭店，先倒在床上休息，日本孩子进了饭店，先找安全出口。”一次参加中日学生夏令营看到的这件事，让赵培锋意识到，救援固然重要，预防和提高民众的应急能力更加紧迫。北京市应急志愿者服务总队要按照志愿服务专业化、常态化、规范化、国际化要求，以预防为主，防范与处置并重，常态与非常态相结合的原则开展工作。于是他们依托“志愿北京、救在身边”、“志愿北京、守望家园”、“2011 红星救援行动”、“朝阳区阳光伙伴计划”、“爱在延续”等志愿服务项目，进社区、进农村、进学校、进企业、进机关、进部队开展宣教活动、科普活动、关爱活动，让数万人直接受益。

如何让民众从灾难中汲取经验、获得进步，是灾后重建中一个重要的课题。赵培锋认为，北川老县城是一个保存比较完整的地震遗址，它对我们研究灾难来临后人们的避险逃生、自救、互救，以及外力救援都很有考察价值；他们在学校建立电台，比如北川中学 BY8BC、什邡市双盛初级中学集体业余电台 BY8CSS、青川县姚渡镇中心小学校集体业余电台 BY8CYD，这些都是“5・12”汶川地震后建立的学校集体电台。志愿者们希望，通过这样的普及知识、启迪智慧、为社会服务的“第二课堂”可以培养同学们热爱科学、积极进取、勇于创新的精神；结合业余无线电活动，特别是业余无线电在抗震救灾等突发事件中的作用，激励学生们从小立志，报效祖国的信心和勇气；在遇突发事件时提供应急通信支持，及时实现与当地、国内、国外的通信联络，为防灾、减灾筑起一道坚强的空中防线；承载着四川青少年美好梦想的 BY8BC、BY8CSS 和 BY8CYD，成为一道永不消失的电波。

据北京急救中心高级急救导师陈志表示，中国人的应急避险能力远低于国际水平。应急避险能力包括：树立全面的生活风险意识、了解相关的应急避险知识、掌握正确的自救互救技能。陈志表示，应急避险能力是要经过系统培训的，从急救普及率上来说，美国国民有25％接受过急救培训其中西雅图达到33％，而东京是15％，中国香港是10％，北京在2008年奥运会前是0.6％，2008年通过政府推动达到1.6％，这一比率在中国各城市中是最高的。

因此，作为一支最初由爱好者因为兴趣走到一起，后因为志愿而集结，再后来因为使命而不断走向专业化、规范化的一支队伍，北京市应急志愿者服务总队承担着重要的使命。赵培锋介绍说，增强应急救援队伍的安全防护和专业救援能力，提高应急救援队伍的管理水平；增强社会公众的安全意识、社会责任意识、防灾避险意识和自救互救能力是总队应急、宣教两大重点工作。

如果把时光推向20世纪60年代，赵培锋只是一个喜欢无线电和爱学雷锋的胡同小男孩儿；时光的镜头再拉近一点，长大后的赵培锋是一家合伙公司的老板和依然喜欢无线电的大男孩儿；时光的镜头再近一点，现在的赵培锋是一个把兴趣实现完美蜕变之后专门做志愿者的爷们。

“发展这么快，真是没有想到。国家越来越重视，团市委和市应急办提供了这么好的平台。家人朋友支持我。”2008年，赵培锋把公司业务全权交给朋友打理，自己只做个股东，以便全部精力都投入到志愿服务中。

说起现在和以前的不同，他说，以前都是自己忙前忙后，现在队员很多，虽然都是兼职但是热情很高，做志愿服务的信心很坚定，感觉自己的力量越来越大。

重温一下“完美操作者俱乐部”的精神理念“互谅互解、高贵情谊、日新又新、友善互助、均衡发展、爱乡爱国”，如果按照这样的完美精神，你又像赵培锋一样也是一名志愿者，那么，你一样可以完美！

38

你的梦想一定能开花

“走过了春秋冬夏，明天又开始新的出发，请不要担心害怕，告别了青春的美丽童话，我们都已经长大……”如果你曾经毕业过，这首歌你一定唱过。那一年，我们一起毕业，一起对青春岁月告别，一起种下愿望等待开花。

“那一年，我们毕业了，在小纸条上写下心愿，装进瓶子里埋在同学家的院子里……我的心愿是：在新疆找个人嫁了，在城市和乡里各买一套房子，周末去乡下种种菜……”孙丽倩说这话的时候，眼睛里依然可现希冀的光芒。

“真没想到自己可以叛变得如此之快”

这是我第二次见到孙丽倩。

这次见面来得很仓促。

周末一大早打开手机雪花般的信息纷至沓来，内容都是一个，孙丽倩来北京了，明天就回，希望我今天跟她见面。

看到信息，我立即给团中央青年志愿者工作部曾松亭副处长打去电话。然后火速赶到北航。

松亭向我引见丽倩。想起，2010 年年底我在第八届中国青年志愿者优秀个人奖表彰会上见到的在台上发言的孙丽倩，还是有一些变化。

那时听她的发言，觉得如此遥远，不仅因为她来自新疆。

这么近地看她，明净的肌肤，温婉的脸庞，爽朗的笑声，就像邻家的妹妹一样亲切。

1984 年出生的孙丽倩现在是新疆阿勒泰地区富蕴县二中的语文教师，6 年前她是一名刚走出校门的“西部计划”志愿者。

孙丽倩是河北省石家庄市远郊县一个农村孩子，在去新疆支教之前，阿勒泰对丽倩来说只是一个美丽而神秘的地理名词。

2006 年孙丽倩毕业于石家庄学院汉语言文学教育专业，当年报名参加“西部计划”，按一般情况来说，她应该去云贵地区，直到要出发的一个星期前才知道自己被分到了新疆，支教一年。

与孙丽倩一起到阿勒泰的志愿者来自山东、河北一共 11 名。刚到阿勒泰时，所有志愿者基本都被安排在政府机关从事文秘工作。孙丽倩选择了学校，选择了到一个相对缺少老师的乡中学——切木尔切克乡寄宿制中学教书，成为一个有 22 名学生的初三语文老师。

切木尔切克乡交通不便捷，物资也不丰富，然而，却有着新疆特有的开阔、自然、美丽、舒适。

一向认为适应能力很差的丽倩“真没想到自己也可以叛变得如此之快”。不到两个月，新疆的酸奶子、奶疙瘩、羊肉等对她来说都已是不在话下了。我想一定是丽倩眼中的“绵绵的大山、整块整块的大大的石头、棉花糖一样的白云、傍晚西边天空里的彩霞、切木尔切克晚上满天的繁星以及在其他地方难得一见的银河，纯朴善良、调皮却又可爱的学生们”让丽倩“适应得如此之快，甚至无所谓过程……”

初到新疆，孙丽倩跟其他志愿者一样，经历过迷茫和困惑。但是，孙丽倩碰到的“王姐”让她从一个普通的志愿者完成了人生一次重要的成长。

“遇见了王姐，以前感觉离自己很遥远的‘捐资助学’原来也可以如此切近，通过自己的手给暂时处于困境中的孩子以力所能及的帮助原来是可以如此的简单朴素。”丽倩口中的“王姐”叫王晶冰，是麦田计划的发起人之一，现在在清华大学做博士后。因为王晶冰，丽倩与“麦田计划”结缘。通过丽倩，更多孩子得到了麦田的帮助，通过麦田，丽倩得到了滋养一生的财富。

通过王晶冰，孙丽倩结识了麦田，走进麦田，一起做起了麦田一线的走访工作，感受到莫凡、种子、叶子、小笨笨、麦农大哥、诺言、小彭老师等很多麦田志愿者的赤诚。丽倩是一个可爱的真诚的女孩儿，确如她说她有一颗傻傻的不够妒忌和功利的心。在“高人”面前愿意将自己的一切化整为零，她毫不掩饰地表露对王晶冰的尊重和感谢。“谢谢姐姐无比宽阔的平等，谢谢姐姐发自内心的真诚而有效的鼓励，因为‘西部计划’、因为新疆、因为姐姐我找到了最适合重塑自己的土壤和机会！我深信这样的机会是可遇不可求，一生难得再有第二次的！也因此我现在常觉得我是个幸运的孩子……”志愿者不仅可以帮助需要帮助的人，还可以影响和带动更多的人，而志愿者与志愿者之间的友谊确是真正的志同道合和精神上的互相依赖与支撑。

志愿者往往被我们看做不一样的人，的确他们是一群不一样的人，而这群不一样的人，其实在做着平凡的事情，只是这平凡的事情我们往往视而不见或者不屑理会吧。

孙丽倩与王晶冰一起做麦田一线的走访工作，家访，走访教学点，资助学生，建图书室。如今，她们在全疆已经建了20间图书室。2011年开始与新疆师范大学合作，在和田县建立了四间麦田图书室，师范类学生支教半年到一年，争取早日覆盖全疆。但是在走访的过程中，孙丽倩发现，图书室的情况并不是很好，捐来的图书有的甚至没有开封，缺少管理，目前20间教学点的图书室的利用率不到50%。县上的图书馆利用率也比较低，一是因为学校不重视，没有人管理；二是因为学生读书的意识不强；三是客观情况，学生们早上十点半上课，一般都有三分之一的学生到不了学校，要在家干农活儿如捡棉花，校长每天主要是维持教学秩序，让更多的孩子来到学校就是成功了。但是维汉双语版的图书特别受学生们欢迎。即使这样依然不能减少她们继续助学的热情和决心，孙丽倩说，只要有学生能看上几眼，能有学生受益就是好的。

孙丽倩的这份热情和坚持，也来自于社会上那么多爱心在涌动。麦田网站经常会发布需要资助孩子的信息，开展“一对一”资助，想要资助的人需要“抢”孩子，往往是孩子不够抢。小学、初中、高中，不同阶段，都可以资助，小学一年300元，初中一年400元，高中一年2000元，主要是学习用品和生活用品的费用。孙丽倩说，以前以为做好事和慈善是有钱人的事，不敢想自己也可以，现在是只要想做就能做。

“如果你有一天走出去了，这种生活将会是你的财富；没有愿望或没有能力走出去，这将是你一辈子的生活”

2007年7月，孙丽倩参加了自治区“特岗”教师招考。所谓“特岗”就是自治区根据新疆边远的各农村、城镇教师严重不足及分布不均匀等情况招收全国各地30岁以下的各大专、本科院校毕业的人员到边远的农村地区进行3年的农村支教活动。从网上报名到笔试、面试、资格审查、体检、公示到最后的岗前培训，在“热闹非凡、有惊无险”中，孙丽倩考入阿勒泰地区富蕴县喀拉通克乡一中。

这样的选择，完全是一种自然的选择，这份自然清澈得就像阿勒泰的蓝天，就像哈萨克族女孩儿的双眸。

她是一个美丽的女孩儿，上完九年义务教育就不能上了，那时候其他课程不学了，她只学语文，也许是因为语文老师是志愿者、叫孙丽倩。尽管如此，每次作业她都写得非常工整认真，工整认真得“让人流泪、震撼”。

她很内向，孙丽倩第一次跟她说话时她由于羞涩和激动竟哭得一句话也说不出来。还有很多这样的学生见了人总是很羞怯，不会主动表达自己，孙丽倩就鼓励学生写周记，把他们羞于说出来的话写在周记里。

他是个哈萨克族男孩儿，父母很早离异，一直跟奶奶一起生活。他是一个爱提问题的孩子："老师，你们城里人都喝什么？都喜欢喝可乐是吗？"看孙丽倩在笑，便又说那是都喝"营养快线"？丽倩告诉他，"老师跟你一样不是城里人，但我知道城里人都喝水。"他露出一丝失望的表情说：哎，那你说我跟城里人换换该多好……那天孙丽倩和班上的同学为他过了一个简单的生日，他在周记中这样写道：

> "今天，晚上，是星期四。晚上，我们上完第一节晚自习下课了，我和 ML 还有 MYQ，我们方便去了，我们回来后老师她们把门关上了。我们拉门没人开。
>
> "突然老师把门开开我们进去一看，黑板上写了'乌拉孜别克生日快乐'我高兴坏了。我真的忘了9月21日是我的生日，但是我今天太高兴了，因为我在这14年中第一次过生日。
>
> "ML说乌拉斯你怎么不问老师怎么不给你生日礼物呢？善良的老师说有礼物，给我一个好东西，我太喜欢了。老师说这是生日糖，你自己给大家一人一个，我就高兴地发给了他们。我想过生日真好。
>
> "因为我从来没过过生日。一过九岁我的爸爸妈妈离婚了，我也不知道为什么离婚，直到现在我问爸爸数十次，他还是说不要问。我感到过生日真好。"

能让孩子开心，在一个集体里感到温暖，这也让孙丽倩非常开心。还有 ML 的周记也让孙丽倩欣慰：写的是星期天他们家跟邻居家一起干农活装苞米，给邻居家干活时他一直装得很慢，可人家给他们家装车时却十分卖力，这让他觉得很愧疚……孙丽倩为孩子能有这样的认识而开心！教育学生的过程让孙丽倩觉得自己也在不断地跟着他们成长，"很多我以前看得很局限和狭隘的问题随着对学生不断地指导和纠正于我自己也在不断地了然于胸”。这便是助人自助，这便是成长。

当地比较缺少双语老师，孙丽倩把学生当作自己的老师。语言交流上的困难一点点克服，饮食上也慢慢适应。现在孙丽倩讲，自己很习惯那里，习惯奶疙瘩、习惯夜不闭户、习惯哈萨克族妈妈的笑容、习惯去各家过民族节日。

除了教学，丽倩就是家访。在对孩子们的家访中，孙丽倩了解到他们的家庭也许都在过着一种并不轻松的生活，但是她开始觉得她没有权利也不再有曾经的“热情”去可怜甚至是去悲悯孩子及他们家庭的生活。她想对孩子们说：“如果你有一天走出去了，这种生活将会是你的财富；没有愿望或没有能力（知识）走出去，这就将是你一辈子的生活!”

选择在自己的手里，不是吗?

孙丽倩的选择对志愿者、对孩子们同样具有意义。

“这里天很宽，宽得我找不到自己”

“前天母亲很兴奋地给我打电话说让我不用担心了！原来是哥哥往家打电话了，哥哥说要发工资了，要给她买一件羽绒服！母亲说不用他买，有这句话就足够了！但从电话里可以听出来母亲很高兴！从母亲的喜悦里我感受着家的温暖……”

阿勒泰的雪让丽倩想起了小时候下雪的情景：“父亲穿着军绿色的棉大衣，我被揣在那大衣下的父亲的怀里。细细的雪花偶尔会透过大衣的缝隙漏在我的脸上、脖子里，我会被它突袭的凉意挠得忍不住在父亲的怀里咯咯地笑……”

孙丽倩，想家。

王晶冰志愿服务结束离开了，那天晚上，她“带着一身的疲惫终于回到了心目中的家，却突然发现已没有了‘家’：一张毯子，一张褥子，睡了一晚沙发”。

中秋节那天朋友J来看她，并掏心窝子说了这番话“上次来你们这儿可能因为时间短还不觉得怎么差，今天才觉得，哎……过的什么日子”。这话惹得丽倩的眼泪出来了。她知道“要是妈妈看见了会哭死的”。那一刻她在问自己：我选择的初衷是什么？我选择时的心态是什么？我这样做又到底为了什么？我的方向在哪里？

最近几年想回家的思想斗争一直在困扰着丽倩，毕竟父母年龄大了，哥哥嫂子不在身边；毕竟自己的年纪也大了，要租房，要恋爱，要成家；毕竟每年春节回家太难了，为了一张回家的火车票而痛苦；毕竟河北离新疆太远了，从前火车要三天三夜，现在也有31个小时。那年春节回家，没有座位，第一天坚决不睡，第二天坚持不住了，就像其他人一样在座位底下铺上塑料布睡。每次坐火车，不敢吃不敢喝，怕上厕所，腿肿了；毕竟工资还不到2 000元，新疆消费比较高；毕竟从阿勒泰到乌鲁木齐汽车都要12个小时，火车也才通不久。毕竟还有很多很多……然而如此坚硬的现实问题，却在孩子们的火热中化成水……

“中秋节的晚上是跟学生一起过的。还好只有8个孩子，J拿来了5个月饼，晚上全部拿到了班里，还有前几天L送来的苹果和橘子，正好还够一人一个。今天孩子们都很高兴，应该是在他们下午放学时便布置起了班里的黑板。当我晚自习拎着月饼、苹果和橘子走进教室的时候差点眼泪没掉下来！后面的黑板上大大地写着：老师回不成家，没事，我们都是您的亲人！”

孙丽倩说自己也许注定是离不开了，一回到老家，就突然间很想念阿勒泰。仔细辨认一下应该是真正的想念那个地方，不是因为某个人，不是因为某件事！单纯地喜欢而已！

这种单纯的喜欢是圣洁的，是纯粹的，也会是牢固和持久的。

丽倩说，五六年的积累，五六年的感情，最美好最丰富的记忆特别是支教一年的经历“足以丰富和填充二十几年来的空白”。

孙丽倩在阿勒泰地区富蕴县喀拉通克乡一中的特岗教师岗位上工作了

三年以后，2010 年三月末到新疆教育学院进修，今年三月丽倩回到特岗定编学校——富蕴县第二初级中学，任五年级班主任，教语文和品德。

那里的情况与我了解的大多数西部地区教育情况相似，一是很多课程开不了，二是教学基本靠志愿者，三是不断变换老师。但是新疆的情况让我欣慰的是，当地的政策很宽松，越来越多的志愿者有留在当地的机会，比如考公务员，比如考教师岗。

孙丽倩是一个既波澜不惊又楚楚动人的女孩儿。她说自己的大学生活并不丰富，没有机会完成一场轰轰烈烈的恋爱，没有完成一个女生由丑小鸭到白天鹅的蜕变，没有一个 80 后应有的时尚和个性，在学业的一个相对制高点上甚至没有交到一个可以达到灵魂沟通的朋友……甚至没有拿到过一等奖学金。但是，练习过毛笔字的艺术楼、厚重的图书馆、亲切的教学楼里留下了她很多很多当时的心情，很多很多细小却温馨的回忆。最有收获的也许就是大学里遇到的几个老师以及从老师那里聆听到的知识和受到的观念上的震撼。

那种震撼让她的心不再“安分”，她觉得人应该还有更好的、更美的、不一样的生活。但那种生活是什么她也不明白，她只知道她不能就此停下脚步，不能甘于一种现状。她的脚步跟着不安分的心一直在走，这一路上收获如诚挚的导师一般助她进步成长的朋友；在物质条件并不丰富优越的时候收获丰富、纯粹的快乐；在遥远开阔的地方体会真正的心的放松。

但是每每妈妈打来电话，念叨着一起长大、上大学、毕业的女同学要结婚了的时候，丽倩心里知道，妈妈最担心她的是什么？“这里天很宽，宽得我找不到自己”，但是丽倩依然执著地在新疆广袤的天空中实现着“自我的挖掘和完善”，并乐此不疲。

听到这，我的心被拉扯了一下。

但是丽倩一个温暖的故事，让我的心又明亮起来。

那次在回家的火车上，丽倩碰到了一个河北老乡，同样是在新疆的“西部计划”志愿者，并且通过公务员考试留在了当地。引起丽倩注意的是，他身边偎着一个漂亮的哈萨克族女孩儿。那是他的妻子，他们因为爱情最终感动双方父母走到一起。

与丽倩分开时，我想起她离开家乡到新疆支教之前的那个小小心愿，我在心里祝福她：丽倩，你的梦想一定能开花！

39

心手相牵托起七彩的希望

我从小生长在农村，数年煎熬在城里孩子踢我一脚的屈辱里；14 岁随父母到城镇，长时间抵抗着“农转非”的阵痛；23 岁闯北京，浸泡在“暂住证”的尴尬中。

走出那一脚的屈辱，我用了近 30 年；忘记“农转非”，我用了近 20 年；甩掉“外地人”的尴尬，我用了近 10 年。

我的那个时候，“农民工”这个词还没有生长出来。我既不是随父母进入城市的农民工子女，也不是留在农村的农民工子女。

那么，如果我是一个农民工子女，要经过多少艰辛和磨难，才能盛开在城市鳞次栉比的高楼间，绽放在乡村广袤无垠的田野里？

为了屋顶上的一朵朵花儿

一楼是嘈杂的菜市场，二楼是几间简陋的房间，楼顶是全校学生的“空中运动场”，孩子们每天在上面升旗、做操、游戏。这所被称为“屋顶小学”的学校就坐落在李白诗云“黄鹤楼中吹玉笛，江城五月落梅花”的美丽江城里、躲在长江中下游地区重要的产业城市和经济中心——武汉。

“反差非常大，因为一想到武汉，就想到繁华，没想到在这么繁华的城市里还有一个屋顶小学。”关于“屋顶小学”的一个新闻报道触动了还在武汉理工大学读大一的郎坤。

这所“屋顶小学”叫凌智小学，是一所专门为农民工子女开设的学校。

其实，在中国的很多城市、很多角落，在繁华和霓虹的背后和缝隙中，总是闪烁着一双双农民工子女执著的眼睛，总是挺拔着一群群农村孩子们坚强的喘息。

上简陋的学校，吃简单的饭菜，过简朴的生活，跟着父母一起做生意。一个清晨我去买菜，一个六七岁大的女孩儿坐在装满白菜土豆的三轮车的车座上，仰面倚靠着满车的菜，睡得香甜得让人流泪。

这群苦难的孩子们呀，是我们城市的眼泪。

“我要帮帮这些孩子。”郎坤坐不住了，她很快与凌智小学校长取得联系，说明了她的想法，校长对郎坤的爱心和热情表示赞赏，同时又顾虑重重担心这个年轻人“图新鲜”，估计是为了年底开个证明加个学分得个奖学金。可是，郎坤是一个想做的事情就一定要做到的“爱钻牛角尖”的丫头，“我就用最笨的方法，一个月去了17次，校长也被我感动了。”

随即，郎坤向全校同学发出招募支教老师的倡议，200多位同学提出申请，几轮面试之后，第一个支教队伍成立了。志愿者每周五为学生们教授音乐、舞蹈、美术、书法和英语等课程。为了教好课，郎坤经常对着镜子一遍又一遍的演练，嗓子常常疼得讲不出话。在郎坤的组织下，每年都有新的老师接过支教接力棒站在“屋顶小学”的讲台上，人虽然经常变，但不变的是这群志愿者对农民工子女的那种热切的关注与无微不至的关爱。

“爱青春，爱时尚，更爱责任；爱公益，爱孩子，也爱成长；我就是我，我是‘关爱行动’志愿者，我在这儿，你在哪?”这是郎坤为“关爱行动”志愿者招募设计的“凡客体”宣传词。

2011年3月4日，以郎坤命名的“郎坤志愿服务队”成立。目前郎坤志愿服务队共有志愿者60名，下设自护教育、素质拓展、科普宣传、感恩教育四个特色项目组。自建队以来共开展各种形式关心关爱农民工子女活动70余次，累计参与志愿者500余人次。郎坤志愿服务队逐渐成为湖北省一支特色鲜明的服务农民工子女的专业团队。

郎坤喜欢翻看雷锋的老照片，她说：“每一张照片都充满了阳光，雷锋是快乐的，学雷锋也是快乐的，雷锋精神的实质就是爱，爱党和祖国、爱人民、爱工作、爱生活。”

雷锋是一个苦命的庚伢子，一个勤奋的小公务员，一个热爱文学的拖拉机手，一个爱花爱照相的潮流达人，更是一个思想进步的阳光青年，是一个充满小资大爱的英雄。今天，我们学雷锋，就是要学他的精神，对党对祖国对生活对人生对他人充满爱的精神。志愿服务是对中华民族传统美德的传承，也是雷锋精神的当代体现。因此，志愿服务已经成为当代青年的精神时尚。

郎坤认为，志愿服务活动是“学雷锋”活动的延续与发展，它们具有相同的精神内核。新时代的志愿者要学习雷锋的向上之心、向美之心和向善之心，同时打造志愿者青春、时尚、靓丽的形象，让“学雷锋”成为一件很酷、很潮的事儿，并在这一过程中帮助别人，温暖他人，快乐自己，用她自己的话说就是“因为助人而快乐，因为快乐而成长”。

志愿服务“就像一块吮不尽的甜糖”

才 4 岁的小茹走了，是被父亲打死的。小茹出生后的 7 个月里曾经与父母相处，此后便一直都在老家生活——直到 4 岁，才有机会到东莞与父母团聚，属于典型的留守儿童。“我就是不希望女儿继续做留守儿童，也希望她能接受更好的教育，才决定把她接到东莞。”近日的这个报道又一次将我们的心揪得很疼。还是留守儿童！

“留守儿童”是近年来出现的一个新名词。随着社会经济的快速发展，越来越多的青壮年农民走入城市，在广大农村也随之产生了一个特殊的未成年人群体，即留守儿童。据相关数据显示，中国农村留守儿童数量超过 5 800 万人，总量超过全部儿童总数的 20%，约等于两个北京市的人口总量。大部分留守儿童由爷爷奶奶或外公外婆抚养，还有少数儿童为不确定或无人监护。留守儿童面临的三大问题是：生活、学习和心理，特别是心理，由于与父母聚少离多，导致留守儿童“亲情饥渴”，心理健康、性格等方面出现偏差，学习受到影响。

“随迁的农民工子女和父母在一起的时间相对多一些，而且进入城市后眼界更加开阔，相对留守农民工子女更幸福一些，当然这两个群体都是弱势群体，只是相对而言。”郎坤2008年本科毕业以后，参加了中国青年志愿者扶贫接力计划第十届研究生支教团，赴贵州黔南布依族苗族自治州的龙里县城关三小支教，一年的经历让她觉得，尽管“屋顶上”的孩子们很不容易，但是比留在乡下的孩子还是要幸福一些。郎坤所在的学校有学生1 000多人，90%以上都属于留守孩子。

郎坤说，孩子的天性本来就是快乐的，但是接触长了会发现他们对于亲情的渴望是非常强烈的，他们会把对父母的思念用书信的方式和她交流。

在支教的过程中，郎坤走访了很多乡镇，有一次看到一个黝黑瘦弱的小女孩，只穿着两件薄薄的打了很多补丁的衣服，光着脚跑在满是石头的山路上。郎坤说，龙里县的贫困是她无法想象的，而龙里县哪嗙乡谷冰小学，这个大山深处的学校，郎坤第一次见到时震惊得说不出话来，“学校用的是1978年建校时配的桌椅，已经30年了，起初是200套，现在凑合能用的只剩下不到60套了。”

要为谷冰小学换桌椅！要给这些缺乏亲情关爱的孩子们提供更多力所能及的帮助。郎坤当即下定决心。

经过多方联系，郎坤找到了资助人，当郎坤带着资助人见到谷冰小学的情况时，对方立即拿出1万元现金递到校长手里。之后，对方又出资为学校捐赠了一批图书，而资助人感动于郎坤的行为，相约会再赴龙里，资助更多的人。

结束一年的支教，郎坤临走时，收到了一套苗族服饰，“大概要一千多元吧”。原来，谷冰小学校长怕郎坤推辞，自己驾着车颠簸了四个多小时，将这套服饰放到了郎坤支教小学的传达室。

郎坤喜欢心形糖果，水果糖、果冻布丁常常塞满了她的抽屉。她说，遇到困难而束手无策的时候，她就会从随身提包中拿出一块糖，含在嘴里，然后告诉自己，原来生活是甜的。她给孩子们发得最多的也是糖：大白兔、棒棒糖……她希望那些需要帮助的孩子们像所有幸福的孩子们一样，能够品尝到甜。

郎坤是想用甜甜的糖果引导农民工子女克服自卑心理，学会坚强地笑对生活。“知心姐姐”卢勤就曾经对孩子们说：“要知道，城市的每一座高楼都有你父母的心血，每一条马路都有你父母的汗水，他们为改革开放作出了贡献，你们不要怨恨他们；他们为了建设国家，为了家庭生活得更好而出去挣钱，需要得到你们的理解。父母不在，你们反而有更多机会照顾自己和老人，变得更加坚强，更能适应社会。你们要把不满和怨恨变成一种自豪感。”

在“农民工”这个词还没有从中国大地生长出来的时候，“志愿者”这个词也没有诞生。农民工，农民工子女，志愿者，这些与中国改革开放相伴相生的词语，带给中国社会多少痛楚多少欣喜？但是，在中国社会高速发展中，我们“见物不见人”，物质产出丰富，人的发展长期被忽视——每年约有2.4亿农民工长年流动，未能及时享受到城市化发展成果，更为严重的是在这些农民工身后有着数千万未成年的子女，他们一样游走于城乡之间。他们的幸福问题是这些流动农民的心头之痛，也是当今社会之痛。我们如何把这份痛、这份磨难变成孩子们成长中锤炼坚强人格的财富？如何在孩子们成长的道路上，多给他们灌输一些积极向上的“心理因子”，让他们告别弱势心态，迈向阳光和成功？

志愿者在行动。

郎坤说“志愿服务就像一块吮不尽的甜糖”，它吸引着越来越多的青年人与孩子们共同分享、体会生活的甜蜜。

希望是什么颜色的

爱是什么颜色的？希望是什么颜色的？

我在《希望》这首歌中听出了爱和希望的颜色。

“他们是我的希望/让我有继续的力量/他们是未来的希望/所有的孩子都一样/他们是未来的希望/但愿我能给他一个最像天堂的地方……”这是郎坤最喜欢的歌，每次听到这首歌，“他们”就浮现在她的脑海——那是“屋顶小学”的农民工子女，那是贵州山区的留守儿童。“如果这纷乱的世界让我沮丧，我就去看看他们眼中的光芒”。

不管是屋顶上的孩子还是留守在家乡的孩子，他们都是我们的希望和我们前进的力量。在他们的眼中我们看到的是生命的光芒。

你心里有爱，你才能给别人爱。

你心里有多少爱，你才能给别人多少爱。

郎坤从小就生活在充满爱和温暖的家庭。父母都是朴实善良的人，在国企上班，“记忆中工厂会定期发面，吃不完的面父母就和老乡换些猪肉、鸡等，每次父母都会留老乡在家里吃饭，把我穿小的衣服、父母攒下的工作服送一些给老乡。一次一位老乡说家里孩子看到别人吃馒头馋得哭，所以把家里的鸡拿来换面蒸馒头，那次父母把家里的面都给了老乡，又拿粮票多取了些面给老乡。”在这样的家庭中长大的郎坤，虽是独女，却“从小就是操心的命”，爱担当，习惯了照顾别人，同学们一起出去玩，她一定先去卫生所买些创可贴之类的备着。

郎坤的心里从小就被父母倾注了许多许多爱，所以她才知道去爱别人。

在贵州支教的那一年，郎坤因为全身心去爱孩子们，也得到了乡亲和孩子们更多的爱。她经常“幸福得想冬眠”。她的窗台上永远摆放着鲜艳的金银花，还有一个温暖的小纸条：亲爱的郎老师收，尊敬的郎老师收，我最喜欢的郎老师收……

在支教过程中，有一件小事就像屋顶小学的孩子们一样，触动了郎坤。一个女生由于家庭贫困基本没有买过什么衣服，裤子穿坏了，他向家里要了20块钱，买了一条穿起来很合身的牛仔裤……爸爸看到了，埋怨她为什么这么不懂事，不买一条大些的，这样可以穿几年，一年四季也可以穿。后来女孩把这件事情写在了日记里，从开始对父母的不理解，到深深的体谅父母、感激父母……因为那20块钱是父亲早晨卖血得来的……

2008年郎坤在百度加入"旧衣吧"，注册号是104。那里是郎坤的乐园，是一座心桥，郎坤通过这座心桥交到了太多终生难忘的朋友。目前"104号"已经接受各种衣服、鞋子、袜子、裤子等物品，旧的4万件左右，新的8 000多件。"每次看到全国各地大包小包的衣服，写着我的名字，邮寄到我支教的学校的时候就特别的满足。有时到了下班的时间都没有一个包裹，还会有怅然若失的感觉……收衣服、整理衣服、发衣服……总之，这些衣服成为了我生活的一部分。"她形容自己像一个老农一样满怀收获的喜悦，但同时又觉得这个比喻有点不安，因为她说"自己似乎并没有像耕耘的农民一样付出那么多的汗水以及心血，可换来的收获竟是这样丰富……"

爱是母亲，她可以创造爱。

郎坤是善良的，是纯粹的，也是透明的，所以她得到更多人的信任，她的志愿服务才可以这样长久。比如，她有一项特权，无论快递还是平邮，邮局都会把包裹送到学校，不用她再跑到邮局去搬；比如，她收到衣物以后，会把接受衣物的孩子们的笑脸照片发给捐赠人。旧衣吧的吧主说郎坤对自己的"吧"就好像养自己的孩子一样呵护备至。

说到支教经历带给她的，她说，"我最近距离地接触贵州的家庭，虽然贫困但热情、好客，这些生活态度也影响着我，我有时反思，我们是带着帮助孩子们的目的来的，而这些最真、最纯、最温暖的情感又何尝不是帮助了我们，这些出于本真的东西是花多少钱也买不到的。所以从这个意义上来说，我又是多么的幸运。从贵州回来，自己也改变了不少，去掉些浮躁，更多地关注人们内心的需求……感谢我的支教经历，让我通过一年的时间明白了许多、许多……”因为快乐而参与志愿服务，因为志愿服务而成长，而且希望更多的人能够享受这份纯粹的快乐与成长体验。

2012年3月，研究生毕业的郎坤留在武汉理工大学做学生辅导员。多年的志愿服务经历，让郎坤成长了，她认为，目前对于农民工子女的关爱活动，整体效果不错，开展面很广，但在具体工作中需要反思“专业化”的问题，关爱农民工子女光凭善良、爱心、热情是不够的，还需要专业的培训和工作交流。同时要避免“过度关爱”问题，不要因为“好心”而办了坏事，过多的关注会让孩子们过于敏感。在具体工作中，建议能够在同一所农民工子女聚集学校里开展普遍的教育活动、资助活动。对于农民工子女内心需求的探索和心灵的关爱，比物质的帮助在时间的维度上，作用更深远。她正在参与“农民工随迁子女心理与行为的比较研究”，希望自己能够进行更专业、更深入的志愿服务工作。

2010年五四青年节，共青团中央启动了“关爱农民工子女志愿服务行动”，目前已在全国2 786个县市区旗实施，已结对农民工子女较集中学校3.2万所，结对农民工子女730万人。为深化服务内容，确保各项志愿服务内容能够持续、均衡、深入推进，在全国推行了“七彩课堂”，并对已结对的志愿服务团队每年开展志愿服务的时间、次数和内容提出了基本要求。

“七彩课堂”是针对农民工子女健康成长的实际需求，基层志愿服务团队和志愿者围绕学业辅导、亲情陪伴、感受城市、自护教育、爱心捐赠等五项服务内容所开展的志愿服务活动的统称。取名“七彩”，寓意通过“关爱行动”帮助广大农民工子女拥有丰富多彩的学习生活和健康快乐的成长历程。

2012年5月4日，“纪念中国共产主义青年团成立90周年大会”在北京人民大会堂隆重举行，郎坤作为全国亿万青年的唯一代表在大会上作典型发言。在发言中，她回顾了自己作为一名青年志愿者如何用实际行动践行青春使命，与全国团员青年分享了自己在学校的学习和实践以及在基层的磨炼和体验。

世界是多彩的，孩子们的世界更应该是多彩的。

“心手相牵、快乐成长”，越来越多的郎坤用爱筑造孩子们七彩的世界，托起民族的希望。

爱是什么颜色的?

希望是什么颜色的?

肆

爸爸，妈妈

写到爸爸妈妈，我的笔要跪着行走。

那次妈妈住院了，护士给妈妈扎针的时候说，老太太的血管还挺清楚，好扎。

“老太太!”我被刺中了，我的心猛地抽搐了一下，似乎要渗出了血。

妈妈已经是老太太了吗？曾经以为这是属于别人妈妈的事情，如今却发生在我的妈妈身上。

妈妈老了，头发白了大半，脸上爬满皱纹，双手粗糙干燥。我那个年轻漂亮的妈妈再也回不来了……

扎完针，妈妈闭目躺在病床上，一次小手术后妈妈消瘦了许多。病房里很安静，我静静地坐在妈妈的身边，凝望着她那数不清的皱纹和密密麻麻的白发。风儿把夕阳吹进来，在妈妈的条条皱纹和丝丝白发上舞蹈。我的眼前又一次出现那样的情景：清晨，妈妈扛着锄头下地干活，我拽着妈妈的衣襟像个小跟屁虫。风儿撩起妈妈粉红色的头巾，一缕乌黑的秀发露出小脑袋冲我笑，小小的我恨不得跳起来去跟它握手。我坐在地头，看着妈妈一趟又一趟地锄地，那身影弯得像月牙，却是我心里最挺拔的一株大树。可这是 20 多年前的事儿了。

我长大了，妈妈老了。

我了解妈妈吗？在三十多年的生命中，我却与妈妈“若即若离”。为什么这么说呢？

如果把以前我的生命为成三个阶段，即在农村 13 年的童年少年时代，中学和大学的10年青少年岁月，来北京10余年的光阴，我和妈妈最亲近的日子就是第三个阶段了。童年少年时，虽与妈妈朝夕相处，但是我还小，不能懂妈妈。只有我长大后离开妈妈、自己当了妈妈，我才慢慢地开始了解、理解妈妈。

如果有机会，女人一定要做母亲。

女人是男人的学校，孩子是女人的学校，母亲是孩子的学校。

女人做母亲以前，觉得世界应该拥抱她；做了母亲以后，觉得她应该拥抱世界。

2004年爸爸妈妈来到北京生活了，我才有机会重新注意爸爸、妈妈，并重新发现爸爸、妈妈。

虽然这种发现从他们60岁才开始，但是只要开始，就不晚，就是珍贵的。

1

从城里嫁到农村

1948 年 10 月，妈妈出生在山东省梁山县一个普通家庭。她在姐弟 9 人中排行老大，自然从小就担负起照看弟弟妹妹、做家务的重任。由于姥姥患病，上小学二年级的妈妈辍学回家。

在我的记忆中，妈妈几次讲起过姥姥患病的原因。姥姥的人生来得太仓促，十几岁结婚，生子，侍候婆婆、公公、丈夫全家老小。姥姥的性格较内向，凡事都忍气吞声、任劳任怨，是典型的旧社会的“受气媳妇”。

有一次姥姥给她的婆婆炒香椿鸡蛋，香椿和鸡蛋搅在一起，有些看不出鸡蛋了。姥姥把炒好的香椿鸡蛋端给婆婆后就走了。刚走到窗外，姥姥就听到她的婆婆对家人说，这香椿炒鸡蛋怎么只见香椿不见鸡蛋呢，鸡蛋一定被她偷吃了。姥姥听了这句话，觉得很冤枉，又不敢解释，便独自跑到麦地里哭了一场。哭过以后，姥姥就患病了。

姥爷是乡里的领导，工作很忙，在这种情况下，懂事的妈妈只能辍学了。还不到十岁的她就用稚嫩的肩膀撑起家庭的重担，洗衣、做饭、照顾姥姥和弟弟妹妹们。

后来，经过长时间的治疗，姥姥才慢慢康复。

妈妈讲姥姥的故事是告诉我们有了委屈，别憋着不说出来，否则会生病的。

这个故事已经记不清妈妈到底讲过多少遍了。现在这故事，似乎有些遥远了。因为，的确很久没有坐在妈妈身边听她讲故事了。

小时候，我们总是乖乖地赖在妈妈怀里仰着小脸，瞪着天真的眼睛缠着妈妈讲故事。可是现在，哪里可以耐下心来听妈妈说完一个故事呢？还记得小时候妈妈总是说等你们长大了就像小鸟一样飞了。我们当时是多么期待飞出去的那一天，可是现在，我多想永远都是妈妈身边一只不会飞的小鸟啊！

1959年妈妈全家融入“开发大东北”的革命队伍，举家离开山东来到北大荒。因家里经济条件拮据，妈妈从14岁开始就挣工分，补贴家用。

妈妈上班挣钱了，却没有一件像样的衣服。有一次她看同龄的伙伴穿了一件的确良花上衣，就狠狠心也买了一件。这事被姥爷知道后，姥爷大骂妈妈是小资产阶级。妈妈哭着把它收了起来，一次也没有穿过。十四五岁是山花一样绚烂的年纪啊，妈妈却在上山砍柴、洗衣做饭、照顾弟妹，蓝裤子、黑上衣中度过的。家里穷，没有干粮，土豆是主食。妈妈说，早晨煮上一锅土豆，就是全家一天的饭。土豆一煮好，舅舅们就争抢开花的土豆，妈妈等他们都挑完之后，再去吃。

妈妈人生得俊俏，又勤劳能干，善良宽厚。到了谈婚论嫁的年龄，自然来家里提亲的人不断。不管人家条件多好，妈妈就是没有看上的。直到遇见爸爸。

爸爸和妈妈两家是山东老乡，在山东时就认识，但并不是很熟络。

当年姥爷是干部，是几万山东人移民到黑龙江的领头人。所以妈妈的家境还算可以，至少有土豆吃。爷爷奶奶就不同了，在山东时，靠为地主家扛活度日，遇到灾荒便从山东一路讨饭到东北的。到了东北后，他们先找到了姥爷，到了姥爷家后便喜欢上与爸爸年龄相当的妈妈。

后来，爷爷奶奶辗转跑到齐齐哈尔的一个农村投奔了奶奶的娘家人。

一安顿好，奶奶便托人写信向姥爷家正式提亲。姥爷自然也喜欢读过书又仁厚的爸爸。

1969 年，妈妈与爸爸结婚了。那一年，妈妈 21 岁，爸爸 22 岁。

妈妈说，当时爷爷有留在哈尔滨、齐齐哈尔、碾子山等城市的机会，但是他们最后选择了农村。因为对于乞讨过日子的爷爷奶奶来说，土地是命根。

妈妈是城镇户口，嫁到农村后就变成了农村户口。户口不迁过来，就不能挣工分，就不分粮食。况且妈妈也觉得农村挺好。

当时国家的政策是孩子的户口必须随妈妈，尽管爸爸是公办老师、是城镇户口，所以我们姐妹一出生就是农村户口。

农民太苦、农村太难。为了我们姐妹六人上学读书，1988 年爸爸调到伊春市五营区工作，随后我们姐妹六人户口全部农转非。

五营，正是妈妈 20 年前离开的家乡。

2

18年如一日孝感天地

“百善孝为先，孝为德之本”。“孝”是儒家伦理思想的核心，是千百年来中国社会维系家庭关系的道德准则，是中华民族的传统美德。

小时候，妈妈给我们讲过，一个叫黄香的小孩给父亲温席，一个叫王祥的人为继母卧冰求鲤。孝，是中华民族精神血脉中最核心最坚韧的神经。试想，如果没有孝，世界将会怎样？

今天给我的女儿讲这些故事的时候，她问，那时候有我吗？我说没有，连姥姥姥爷也没出生呢。她说，哦，那我也不存在。

这些故事是比较遥远了，如果它们总是那么遥远的话，就失去了我们传颂这些故事的初衷和意义了。

是妈妈将这些故事活生生地再现了，让我见证了一个当代感天动地的孝行。

故事的主角，就是妈妈。

妈妈是经历过磨难的人，这只有在我当了妈妈以后，才最能深刻体会。

1970年妈妈怀上第一个孩子，可是生下来没过几天孩子就夭折了。直到1973年，第四个孩子才活下来，就是我的大姐，后来妈妈又生了五个女孩儿。

12年间，妈妈怀了九个孩子，一个在劳动中流产，两个在出生之后夭折。光是怀孕、生产的痛苦已经可想而知，如果生产几天再失去孩子这份痛苦是只有当了妈妈的人才会体会一二，那么再如果产后几天就下地干活而无法坐月子呢？这份痛苦只有妈妈了解。

本是一个城里姑娘，却嫁到了农村，而且一呆就是 20 年。这 20 年中妈妈尝尽了怎样的辛酸？

爸爸是一名优秀的人民教师、称职的好校长，但对家庭他是亏欠一些的。他很少因为农忙而请假，所以全家的重担全部压在妈妈一个人身上。妈妈不仅要种地、养育 6 个女儿，还要照顾生病卧床的奶奶。

1973 年大姐出生的那一年，奶奶生病了，一病就是 18 年。

在农村，由于传统思想的影响和现实原因，人们普遍重男轻女，一方面男孩传宗接代、顶立门户，一方面男孩是家里的劳动力。爸爸是独生子，所以爷爷奶奶非常渴望抱孙子。我们却偏偏不争气，一个丫头接着一个丫头。我们每个出生后，奶奶都会大病一场。这样，才生产几天的妈妈就要下地干活，伺候奶奶、照顾孩子，还着急上火，营养更跟不上。四妹是正月出生的，四妹一出生，奶奶就病倒了。在寒冷的冬天，妈妈产后七天就跪在灶前给奶奶熬汤药。

农忙时，妈妈经常在公鸡还没打鸣的时候就起床，做好早饭就下地了，她说，太阳没出来前凉快，干活快。她在洒过农药的稻田里拔草，像个强壮的男人一样背着喷雾气洒农药，顶着烈日或淋着雨锄地。中午她再回来给我们做饭，下午再下地，天黑了还在地里收割，很晚才回到家，做饭、吃饭、洗涮，再喂猪、鸡、鸭、鹅。把家里都收拾停当后，已很晚了，妈妈再给我们缝衣服，常常到深夜才睡觉。她总说，一天到晚，屁股挨不到炕沿。

为了补贴家用，也为了给奶奶增加营养，妈妈养了几头猪和一群鸡、鸭、鹅。每天晚饭后，妈妈要给它们做饭。在寒冬里，妈妈赤手剁冰冻的大白菜，因此落下了手麻的毛病。多少年来，我经常在半夜里被炕沿上发出的闷闷的吭吭的声音惊醒。那是妈妈手麻得睡不着，就用手敲打炕沿以缓解疼痛。妈妈说，这些毛病也跟怀孕、月子期间干活有关系。

我们长大一点后，学会了心疼妈妈，做些力所能及的事情。虽然妈妈从来不让我们耽误功课帮她干活。她总说自己行，我们的学习是最重要的。

假期，我和姐姐们尽可能地多帮妈妈做点事。有一次，二姐在拔草的时候累倒在垄沟里。我们锄草比赛。妈妈提醒我们千万别锄了苗，有时为了快点儿到地头喝口水，歇上一会儿，也想得到妈妈的表扬，手忙脚乱中经常不小心锄了小苗。不敢声张就偷偷地把小苗埋在土里，不让妈妈发现。常常是妈妈把所有的地都锄完了，我们还没有锄完一垄。

十几年没有看到农村的土地了，那曾是让我绝望过的望不到头的田垄啊，也是我几回回梦见的地方。辽阔的田野、和煦的春风、纯净的阳光，还有谷香和稻浪，它们永远在我的记忆深处轻歌曼舞！农村的生活尽管让我的童年充满艰辛和磨难，却给我的生命以最质朴、最纯净的底色。

妈妈是一个要强、体面的人，衣服有补丁不怕，要干净，她把全家十口人的生活打理得井井有条。

九月，东北就开始冷了，腊月和正月是最冷的时候。最冷可达到零下三十几摄氏度。为了应对不同的气候，妈妈给全家十口人每人做两条棉裤、两件棉袄，薄的一件、厚的一件。乍冷的时候穿薄棉衣，寒冬腊月里就换上厚棉衣。妈妈不让我们穿连茬的棉衣（就是今年穿过的明年接着穿）。妈妈说，连茬的棉衣一是不暖和，二是不干净。妈妈每年都把去年的旧棉衣拆了，洗干净，翻新重做。而且全是手缝。这个工作量是很浩大的。

在当时的农村，一般家里有两三个、三四个孩子，我们家孩子算是不少的。我的小伙伴经常穿的是露脚趾头的鞋，袖口和胸前因为擦过、流过鼻涕而发黑、发亮。可是我们姐妹永远是扎着昂扬的冲天辫、穿着妈妈缝制的整洁的衣服，骄傲地跑出去玩的。

农村很苦，农民很穷。

尽管一些农村富了、农民有钱了，依然没有从根本上改变这个基本国情。

特别是在20世纪80年代的东北农村。

但在村里，我们家还被别人羡慕，因为爸爸是公家人，每月挣几十元的工资。可是因为家里人口多，每年的口粮除去交到公社，就没有余粮可换钱了。奶奶患病，常年用药，似乎每年都要住一两次医院。孩子上学、老人生病等庞大的开支让爸爸妈妈喘不过气来。

挣钱维持生活，攒钱供我们上大学，是妈妈的生活目标。

聪明能干的妈妈在繁重的农活、家务活之外又经营了一家小食杂店。个体经营食杂店，在村里是头一遭儿。

开始时，妈妈从村里的供销社进货，其实就是替供销社代销，利润很少。后来，妈妈找到了途径，从县城进货，利润就大一点儿。这样当然会更辛苦，县城离家大概有九里路。

贫穷其实很脆弱，总给聪明勤劳的人让路。

妈妈又想了一个一举两得，一箭双雕的好办法。

妈妈去城里进商品的时候，就带些自家种的蔬菜去卖；去城里卖菜的时候，就进些商品回来。

天刚蒙蒙亮，妈妈就起来摘黄瓜、西红柿、茄子、豆角，用清水洗好后装上两大筐，搭在自行车两边，风一样骑走了。她说，城里人吃菜讲究，越新鲜的越好卖，黄瓜要顶花带刺的，去的早、菜新鲜才能卖个好价钱。

天擦黑的时候，妈妈卖完菜驮着一自行车商品回来了，什么油盐酱醋、烟酒糖茶。

家里有食杂店，妈妈受累，我们高兴。馋的时候向妈妈要块小淘气糖，偶尔还能吃到面包——虽然是过期、长了毛、发了霉的面包。聪明的妈妈有办法，把面包上的绿毛去掉后放在锅里热一下，毛就不见了。我们姐妹抢着吃。

妈妈卖菜加进货，一去就是一整天，回来时不是累得满头大汗、满脸通红就是被雨淋了个透。在城里一天，妈妈也舍不得吃一口饭。因为，利润太薄了。一百斤挂面，只有两块钱利润。可是妈妈说，遇到风天、雨天，骑不动的时候，一想到自己驮的挂面能挣两块钱时，她就在心里给自己打气。

可是，妈妈每次从城里回来，都给奶奶买好吃的。

家乡不种小麦，主要的粮食作物就是水稻、玉米、谷子、高粱。大米、小米要卖钱，老百姓不舍得吃，主要以玉米、高粱米为主。奶奶因为患有严重的胃病不能吃粗粮。所以，妈妈就给奶奶买白面擀面条、包饺子，买白馒头、油条。

我们姐妹眼巴巴地看着妈妈买回来的馒头和苹果，口水在嘴里咂来咂去。

奶奶吃苹果，一定得去皮，我们就争着“削”苹果皮；奶奶只能吃不带皮的馒头，我们就争着揭馒头皮。

馒头皮好揭，苹果皮不好弄。我们不用刀，就抱着苹果，你啃下一块皮，我啃下一块皮，要是谁啃得厚了，是要挨指责的，这是多吃多占。

能吃上苹果皮和馒头皮，我们就很高兴。

可是妈妈连苹果皮和馒头皮都舍不得吃一口。

妈妈的孝顺十里八村的人都知道。有不知道情况的就以为妈妈是奶奶的亲闺女呢。

全家只有奶奶吃小灶，妈妈从来是为奶奶单独做饭。和面用开水，这样面软，好消化；手擀的面条像头发丝一样细；包的水饺像小指肚一样大，馅里的菜是先煮熟了的；油条只吃外面焦脆的皮，不吃里面的面；家里的鸡蛋、鸭蛋、鹅蛋都省给奶奶；就算妈妈坐月子时馋了买瓶水果罐头也只吃一口尝尝，剩下的都留给奶奶；奶奶病得严重时就在炕上大小便，妈妈端屎端尿。

妈妈爱奶奶，就像爱我们一样。

奶奶的过于善良有时会变成懦弱。这和她的出身、生活经历有关系。

一次奶奶与邻家女人发生口角。女人本无理，还对奶奶破口大骂。妈妈忍无可忍，为了奶奶，当时身怀六甲的她打了那女人，并揪着她找村长评理。

妈妈总告诉我们，要与人为善，不要看不起人、不要欺负人，但是一旦受到侵犯就要坚决反击、维护尊严。

这里，想起美国国务卿希拉里讲过的一个小故事，她说小时候一次被同学欺负，不敢反抗跑回家。她的妈妈得知后，厉声告诉她，你回去和她较量，因为我们家不需要懦夫！希拉里不得不回去和欺负她的同学较量一番，后来她们成了好朋友。

一个人有什么样的母亲，就会有什么样的人生。

1987年春节刚过，奶奶病情严重，住院了。没过几天，医院就来了病危通知。当时爸爸在医院里陪护，妈妈就和亲戚、邻居在家为奶奶做寿衣。

爷爷在村委会（当时叫大队）打更，所以他不住在家里，只是在农忙的时候回来干活。我们也经常到大队找爷爷玩。

那天傍晚，爷爷从村委会回到家里，听说奶奶病危，便独自一人喝闷酒。半小杯白酒喝下后就躺在炕上不省人事了。妈妈赶紧放下手里的活，叫来亲戚用牛车把爷爷送到县城的另外一家医院。

凌晨传来噩耗，爷爷去世了。正在给奶奶做寿衣的人们停下来改为爷爷做寿衣。最后，衣服都齐了，妈妈还想给爷爷做一件大褂。都说，算了吧，现在衣服也齐了，况且也没有布了。

妈妈说，爷爷一辈子没有享过什么福。爷爷年轻时给地主家扛活、打过日本鬼子，逃荒讨饭；爷爷就是爱喝点小酒，东拉西扯些陈谷子烂芝麻的事；爷爷能干活，干得又好又快；爷爷也喜欢孙子，可是从来不嫌弃这群孙女。奶奶多年生病，全把精力和财力用在奶奶身上，却忽视了爷爷。爷爷要走了，得走得像样。

村里的供销社还没开门，妈妈硬是“砸”开了供销社的门，说服人家，买到了布。

此时，在照顾奶奶的爸爸还不知道爷爷去世的消息。一切准备好以后，妈妈带着衣服到医院给爷爷洗身子、穿衣服。

妈妈坚强地、勇敢地、认真地、周到地为爷爷做好最后的送别。

爷爷突发脑出血，走得很快，几乎没有痛苦；爷爷走得很安详，很体面，心里带着高贵离开的。

我几次梦见过爷爷，他都穿着妈妈执意要给他做的那件蓝色大褂。

啊，爷爷一辈子都没这么帅过。

一日，女儿问我："妈妈，我的爷爷呢?"

我说："爷爷死了。"

"死了，是干什么去了?"

"死了，就变成了一朵朵白云。"

"那你的爷爷呢?"

"我的爷爷也变成白云了。"

"是哪一朵呢? 我们去一朵一朵地找吧!"女儿坚定地说。

我忍不住将女儿拥进怀里，泪水奔涌。

有云："树欲静而风不止，子欲养而亲不待。"

孔子对弟子们说："你们要引以为戒，这件事足以使你们明白其中的道理!"于是，辞别孔子、回家赡养双亲的门人，就有 13 人。

又有云："孝，德之本，教之所由生。"可见，孝既是一切教育的开始，又是一切教育的归宿。

再有云："其为人也孝弟，而好犯上者鲜矣。不好犯上而好作乱者，未之有者。君子务本，本立而道生。孝弟也者，其为人之本欤!"

妈妈对我们姐妹的教育就是从孝、从德开始的。

感谢妈妈，让我们从小就沐浴在仁爱忠信的光辉里。

3

这样，你还会不努力吗?

“赶紧写作业去。”一边搓着麻将一边催促孩子。

“这么笨，考成这样，还敢回家?”一边打着游戏一边训斥孩子。

这样的场景，小的时候我就在同学们家里见过。

从生命存在开始，首先接受的就是来自母亲的讯息。

胎教，源于我国古代。据刘向《烈女传》记载，周文王之母太任在妊娠期间，“目不视恶色，耳不听淫声，口不出敖言，能以胎教。”同时，要求孕妇必须遵守道德、行为规范，用礼教的规范来约束自己的一举一动，从而保持对胎儿的良好影响。

古人认为，胎儿在母体中能够感受孕妇情绪、言行的感化。孕妇生气的话，会产生一种毒素，这种毒素会危害到胎儿。所以，当一个生命还是胚胎的时候，就需要好的环境、好的教育了。

孩子出生后，首先接触的就是父母，父母是孩子的第一任老师。

父母的言行和德行深深影响着孩子的言行和德行。在小孩子还没有能力明辨是非的时候，他的大脑毫不保留地接受一切信息，好的和坏的。有的家长埋怨孩子不努力学习，这不行那不好，做父母的是不是要反观自己，是不是自己的言行影响了他?

一边打牌一边督促孩子去写作业，一边津津有味地看电视一边要求孩子安心学习，一边粗话脏话连篇一边训斥孩子没礼貌，一边奢侈摆阔一边埋怨孩子攀比、要名牌。这是所有父母在教育孩子过程中极容易出现的误区。

鲁迅说，父母对子女要做到三条：一是理解，二是指导，三是开放。

作为爸爸妈妈，对孩子首先是理解，理解他们的心情、需要；在理解的基础上，才能指导他们的言行，否则指导会出现偏差；指导之后是开放，给他们充分的自由和空间。

我以为，这三点最核心的在于父母对孩子的真爱——以身作则，树立榜样。

19世纪瑞士教育家斐斯塔洛齐指出，道德教育最主要的场所是家庭。要想培养孩子的道德品质，“与其依从规则，不如依从榜样”，可以说“没有什么事情能像榜样这么能够温和地而又深刻地打进人们的心里”。

有幸，我的爸爸妈妈做到了。

日子是苦的，心里是甜的。

培养好6个女儿，是妈妈在艰难岁月中的精神支柱和人生理想。

如今，我们姐妹六人，五个是硕士，一个是博士在读。

对于一个从农村走出来的最底层的家庭来说，这非常不容易。

“你们是怎么培养的?”总有人这样问爸爸妈妈。他们总说，是孩子们自己努力和勤奋。

其实最重要的是爸爸妈妈为我们提供了一个良好的家庭环境。看到他们做的，我们不能不努力。

妈妈总说：“人穷志不能短，我没有上多少学，就想让你们多读书，能有出息，父母砸锅卖铁也要供你们上学。”妈妈是城里人，漂亮又能干，因为姥姥生病而辍学。她喜欢爸爸最重要的一点就是：读过书。

我们是妈妈生命和理想的传承。她不希望她的孩子们有什么遗憾，所以无论多苦多难，她和爸爸一直坚持供我们读书。

农村孩子上学不容易。爸爸曾以自己的学生为原型写过一篇小说《农村孩子》，讲他的一个优秀学生、一个农村孩子因为家庭贫困不得不辍学的故事。当时我正上小学，心里很奇怪，我也是农村孩子，我的家庭也很贫困，我为什么没有辍学呢？

现在我知道，那是因为我有不一样的爸爸妈妈。

为了供我们上学，妈妈勤俭持家。

“勤俭持家”这四个字，像绿皮火车一样遥远了。我的印象却极其深刻。春节时，爸爸写春联，横批都是这几个字。家里买春联以后，便没有买到过这几个字。

一分钱掰两半花。这是妈妈常说的。

全家人的衣服、书包，妈妈用手缝；多少年妈妈从不添置一件新衣服；种地、卖菜、开食杂店、卖冰棍，凡是能挣钱的，妈妈都做；整个的干粮留给我们，妈妈吃粘在篦子上的渣儿；家里的被子、褥子上的补丁打得像世界地图……妈妈这样，我们可以不努力吗？

我们不仅努力，也非常节省。

二姐在外地上中专，不在食堂吃饭，在外面批发馒头，就着从家里带的咸菜吃；工作后白天上班，下了班卖报纸，补贴家用。我上大专的时候做家教，经常吃的是咸菜、白菜和土豆。与三个妹妹同龄的孩子家里大多一两个孩子，家庭条件比较好，但她们从不攀比。四妹上大学时，我挣钱了，给她买了两套衣服，大学五年毕业了，衣服还穿着呢。五妹六妹是双胞胎，2000 年同时考上大学，大学四年中每人每月的生活费平均 100 元。上高中时，一天中午，她们用一块钱买了五个包子。五妹吃两个，六妹吃三个。高中学习任务很重，不到饭点，六妹找到五妹说：“姐，我饿了。”五妹哭了：“我更饿。”

大姐和二姐之所以初中毕业就考学就业，也是因为家里条件不好，想早点工作挣钱。大姐基本靠自学完成了大专、本科，北京某大学硕士研究生毕业；二姐中专毕业后，边工作边读书，大专、本科，北京某大学硕士研究生毕业；我大专毕业后，边工作边读书，本科，北京某大学硕士研究生毕业；四妹本科毕业后，考上了甘肃某大学硕士研究生，五妹和六妹大学本科毕业后分别考上了北京两所高校的硕士研究生，六妹现在博士在读。

我们姐妹六个考的都是国家统分的研究生，所以才有幸留在北京。

求学的路是艰辛的、曲折的，有我们的努力和付出，更有爸爸妈妈的一路坚持和鼓励。

妈妈累计只读过两年小学，她希望自己的女儿可以实现她的上学梦。可是她从来没有强迫过我们，从来不要求我们写作业，说得最多的话是“歇一会儿吧，别累坏了”。这就是妈妈的魅力，这魅力来源于她自己首先做到了。她的付出、她的坚持，就是无声的要求，让我们觉得不努力是罪过。

我们姐妹六个学的不同的专业，这是妈妈的决策。大姐学的是教育学、二姐学的是生态学、我学的是思想政治教育、四妹学的是医学、五妹学的是外语、六妹学的是外交学。

小时候，我总爱问妈妈：灯泡为什么会发光
妈妈说：因为有电啊
那时，我最怕停电了
停电的时候，我们只能围着一根蜡烛写作业
蜡烛的光是浅的，淡的
我们只能使劲地睁大眼睛
我的头发被烛火烧焦过
还有长长的睫毛

这首诗是应约写的，上面几行是诗的开头。

我们家人口多、房间小，我们姐妹六个从小就挤在一张小桌上看书、写字。农村经常停电，停电的时候我们姐妹就围着一根蜡烛写作业。烛光很浅很淡，不仅要睁大眼睛，一个个小脑袋还要使劲往前凑，以靠烛光近一点。我们的头发、眉毛都被烧焦过。

2005年去贵州大方县山区采访志愿者的时候，我发现那里刚通上电不久，不过人们很少用电，因为用不起，也没有蜡烛，用的是煤油灯。孩子们在更微弱的灯下读书，却读得那般坚毅，那般充满信心。

多少年来，我和所有在煤油灯、烛光下读书的孩子一样，坚信世界充满阳光，正是因为这份信念我才一直记挂着那些还没有电的地方……

妈妈没读过什么书，却总是给我们讲关于读书的事情。她说，以前家里穷的时候，没有纸和笔，就把土地、灰、洋火（火柴）盒当纸，把木棍当笔；用铅笔写过的本，擦掉铅笔字以后接着再用；告诉我们睡觉前在脑海里把白天学的知识过一遍“电影”，这样不仅省电还记得牢，还告诉我们边过“电影”边在肚皮上写出来，印象会更深刻。我们按照妈妈说的，只要教材不变，我们六个就尽量用一套教材，老大用完老二接着用，省了教材费；我们把字写得很小，本子正面和背面都写字，省纸。我把过电影的学习方法讲给女儿听。女儿立即顿悟：“我找到弹钢琴的地方了，可以在腿上弹。”……

妈妈是一位农村妇女，却能读书看报，自然道理懂得多。她说，说书唱戏，都是有道理在里面的，要学习。妈妈教给我们很多道理：好话也是说，“坏话”也是说，把“坏话”换个说法，对方就爱听，这多好啊；人要有志气、努力、诚信才会受人尊重；人不能怕吃苦，没有吃不了的苦，只能享不了的福；人要学会感恩，别人给自己的好要记着报答；害人之心不可有，防人之心不可无；宁可自己少吃一口，也尽量帮助别人。

世界上第一台电视机由英国的电子工程师约翰·贝尔德发明，面世于1924年。从此，电视机改变了人类的生活、信息传播和思维方式。

我国的第一台黑白电视机，诞生于1958年。

村里第一家买电视的是我的同学小芬家。

晚上常常有很多人挤在她家里看电视。我自然也去过。在她家里看过《射雕英雄传》、《武则天》、《活佛济公》等。

为了讨好小芬，我悄悄地从家里小食杂店拿块糖给她。演《射雕英雄传》那阵子，她家里人特别多，从里屋一直站到外屋。农村家里房子的结构是，一进屋，便是厨房，一个大锅台，然后有一间卧室，所谓一室一厨。还有两室一厨的，进屋是厨房，左右两边各有一间卧室。一次听说，小芬家里做的鱼放在锅里，被来看电视的偷吃了。从那件事以后，去她们家看电视的人少了许多，我们也不敢再去了。

后来，村里又添了一两台电视机，其中之一就是村长（当时叫队长）家里。我们家与他们家有拐几个弯的亲戚关系，奶奶的妹妹是村长弟弟的媳妇。于是奶奶身体好的时候，我们几个就缠着奶奶，去他们家看电视。我在村长家里看过《武则天》。

看电视的时候，也只能是家里没有什么农活、我们的作业都写完了的情况下。爸爸妈妈自然没有时间去看电视。电视剧对于我们来说太新鲜了，太有吸引力了，而且要连着看。

总去一家看，也不太好意思。记得秋天的一个晚上，我和两个姐姐，偷着从家里跑出来，来到大街上，想找一家去看电视，掂量去这家，还是去那家。“不行，老去人家不合适。”“不去她家，她妈妈的脸拉得老长。”“那怎么办？不知道。”“要是咱家也买台电视机多好啊。”最后，因为没有地方看电视，我们姐仨儿抱头痛哭了一场。

我从小爱打扮，喜欢模仿，看完《射雕英雄传》，回到家就坐在桌子上，照着镜子，梳黄蓉的发型，美得不得了。

我们知道，家里是买不起电视机的。

妈妈看出来我们姐妹几个对电视着迷之后，便有意地限制我们。

我们几次试着问妈妈家里啥时能买台电视机。她说：“咱家没有闲钱买电视机，花钱的地方多着呐，我得攒钱供你们上学。而且看电视影响学习。”

后来，全家搬到城里了，电视机也不是稀有之物了。可是妈妈还是不买。她的理由跟以前的是一样的：怕影响我们学习。

再后来，我们都考上学离开家了，他们还是没有买电视机，她的理由是省钱供我们上大学。再后来我和姐姐都上班了，要给家里添台电视机，爸爸妈妈仍然不同意，理由是我们的妹妹还在上学，省钱供她们。

后来，爸爸单位把一台淘汰的电视机借给我们家。我们去外地上学后，平时家里只有爸爸妈妈两个人了，更何况，爸爸上班，妈妈整日在家里待着，没有农活了，一个人总是闲得慌，看看电视自然可以解闷。

一年春节回家，我发现家里的电视机只有一个频道，中央一套，而且只有晚上新闻联播以后才能收到节目，白天没有。

“妈，怎么是这样呢？是不是电视机出了问题？”我不解。

“不是，是因为咱家没交闭路电视费，局里就不给咱转播了。晚上有时候电视效果很不好，雪花多，看不清楚，我和你爸干脆就不看了。”妈妈说。

“闭路电视费多少钱啊？”我问。

“一年一百来块钱。”

“不多。我去交吧。我们一年就回来这么几天，平时你们多寂寞呀，看看电视还能解解闷。”

“不交了，我们俩习惯了，一百块钱够你妹妹一个月的伙食费了。”妈妈指的是当时正在上大学的三个妹妹。

什么是教育？什么是好的教育？如何教育？是我们在不断追问的命题。

每一种教育都不是完美的。

我以为，父母对孩子的教育最核心的是真爱，即言传更要身教，身教胜于言传。

那年春节前，因为东北的冬天太冷了，我不打算回家过年了。妹妹打来电话说，妈妈已经给我们包了好几种馅的饺子等我们回家过年呢。二姐爱吃粉条肉馅的、我爱吃酸菜肉馅的、五妹爱吃辣椒肉馅的，妈妈就分别包了许多，冻起来，等着我们回去吃。

听到这些，我毅然迈开回家的脚步。

东北外面冷，屋里热。有热腾腾的饺子，有热乎乎的炕头，再冷的天也不怕了。可是，舅妈却忍不住告诉我了一个秘密："平时，他们舍不得烧炉子，屋里很冷，老两口也没有电视看就穿着大棉袄坐在冰凉的炕上玩牌，自娱自乐。"

这一席话，让我的心酸酸的，凉凉的。

终于，在爸爸退休那年我们把他们接到了北京。

天下没有父母不爱自己的孩子。关键的问题是否是"真爱"?

如果是，这样，你还会不努力吗?

4

如果爱，就现在吧

我的童年没有玩具，没有零食。

我不爱吃零食，是因为小时候没有养成这个习惯。没有养成这个习惯的原因是那个年代缺少零食，小淘气糖块、儿童乐饼干，一分钱一个的糖团，五分钱一个的冰棍，这是我记忆中全部的零食。很羡慕那些可以吃零食的同学，馋得不得了了，就偷偷从自家食杂店里拿块包着黄色糖纸的“小淘气”。妈妈是睁一只眼闭一只眼，知道我们偷吃糖，从不说出来。

但是想吃根冰棍儿却是需要向妈妈要钱买了。“冰棍儿！冰棍儿!”这叫卖声是那么动听和诱惑。很想长大了就去卖冰棍儿。

1989年，我们全家从农村搬到城里。

到了城里后，没有地了，粮食要买着吃，没有地方住，全家人就住在租来的草房里。我们姐妹六个的学杂费，奶奶的医药费，全家人的生活费用，靠爸爸一个人的工资维持得很艰难。

妈妈就想着法儿地挣钱。

妈妈在自家园子里种点菜卖，养些家禽卖蛋。这年夏天，妈妈也背起冰棍箱走街串巷，一分一分地挣钱养家。

妈妈晒黑了，累瘦了。我们看在眼里，疼在心里。妈妈喜欢天热，因为冰棍儿好卖，可是天热很苦，与“心忧炭贱愿天寒”的卖炭翁是一样的心情啊。后来我们家有了自己的房子后，妈妈就在园子里盖了间简易的房子开了个小食杂店。

妈妈总是形容过去是“油锅里的日子”。

那年我去贵州山区采访。徐本禹带我到一户人家，姓马，家里有六个孩子，老大 17 岁已经出嫁，父亲在煤矿上打工，14 岁的老二照顾四个弟弟妹妹。他们的母亲呢？年初上吊死了。母亲在的时候，家里还烧酒、养猪，现在什么也没得做了，还欠了很多高利贷……我不敢多问，我也了解到，在很多贫困的地区，单亲家庭比较多。因为疾病，因为交通事故，因为贫穷。

挣脱贫穷，于人性完善，于和谐构建是多么重要啊。

我是多么幸福。妈妈带着我们从“油锅里的日子”挺过来了，而且是昂首阔步挺过来的。

可是就是这样，我曾经深深地伤害过妈妈。

这年夏天，我上小学六年级。迎六一，全校开运动会。

妈妈问我几次开运动会的时间，我都含糊其辞。

我明白妈妈的意思，到时她要去学校卖冰棍儿。

我的内心很矛盾，想让妈妈去，能多挣点钱，但是又不想让同学知道我的妈妈是卖冰棍儿的。

小镇很小。

广播喇叭搅得整个小镇都在过六一。

妈妈背着冰棍儿箱来了。我远远地就看见了她。

我的心里咯噔一下。

妈妈在烈日的暴晒下，已经是满脸汗水了。齐耳的短发拥挤在一起，脸被太阳烤得黑红，一件不合时宜的深色布褂子包裹着她那瘦小的身体。一个外面罩着厚厚塑料布的冰棍儿箱沉重地吊在妈妈一侧肩膀上，被压的肩膀有意识地抵抗着这分量，略高，所以妈妈的身体有点摇晃。

她才 40 岁呀，却像一个饱经风霜的老人。

“冰棍儿！冰棍儿！”一声声叫卖热辣辣地朝我压过来，我快要窒息了。

这是妈妈吗？我的妈妈怎么会是一个背着冰棍儿箱沿街叫卖的小贩？

这是妈妈吗？我的妈妈应该很体面的，烫着卷发，穿着干净漂亮的衣服，像其他同学的妈妈的一样，也略施脂粉……

她一边叫卖，一边在座位区四处寻找。我听到了，妈妈在问六年级一班在哪？

妈妈走近了。

我看见她，竟然低下了头。

20 多年过去了，这件事情像一坛封存的酒，在岁月风雨中慢慢发酵。产生的诸多物质搅得我久久不能平复。

尤其是我做了妈妈以后。我无法估量这件事情对妈妈的伤害有多深！

这么多年，我们一直都知道爸爸妈妈不容易，不惹妈妈生气，好好学习。

难道，这就是孝顺吗？我是真的懂妈妈、爱妈妈吗？

我不敢直面贫穷，直面妈妈，这才是最大的耻辱和不孝。

其实，人的强大和骄傲不是在成功之后，而应该在苦难之中——在苦难之中你对待苦难的态度——在苦难之中的强大和骄傲才是真正的强大和骄傲。

明天，就去跟妈妈说对不起。

不，就现在吧。

如果爱就现在吧
以拥抱看着未来
有太多事留给明天等待
太多话想要说明白

如果爱就现在吧
生命中还有什么
比拥有你更肯定的精彩
填满了每个未来

这首情歌在我看来，是写给母亲的……

亲爱的妈妈，生命中还有什么，比拥有你更肯定的精彩。

如果，你爱，就现在吧。

5

我们凭什么

妈妈抠，小气。以前奶奶也这么说她。

她说，如果一分钱不掰两半花，全家人就得喝西北风，我们姐妹更别提上学了。

我同意。可是，我觉得这是我们小时候的事，是过去。

每每因为出去游玩妈妈就带着面包、热水，妈妈到地里挖野菜、去收割过的地里捡黄豆，捡路上的易拉罐、矿泉水瓶子，我就特别生气。

这年，我利用婚假带爸爸妈妈去杭州。

这是第一次全家人出行，第一次去杭州，我们非常兴奋。

这座被意大利著名旅行家马可·波罗赞美为“世界上最美丽华贵之城”的杭州，我早就心向往之。火车快进杭州车站的时候，广播里说：“欢迎来到美丽的天堂。”我们一听，吓了一跳。“我们好像是从地狱来的。”妹妹的话让我们大笑。

那几天，天公作美，我们玩得很开心，游西湖，坐船，看雷峰塔。

在船上，我们喝着用自家的瓶子和矿泉水瓶从宾馆里倒的水，吃着桃，很美。这时我看见爸爸把桃皮儿顺手扔到西湖里了。

“爸，你怎么能把桃皮扔到西湖里呢？”（听到这儿，女儿说，姥爷喂湖里的鱼呢。）

"哦，很小的一点点。"爸爸像个犯错的小孩子一样，努力辩解。

"那也不行，如果每个人都扔的话，西湖还有吗?"我像家长一样严厉地批评爸爸。

"爸，你想让你的外孙子看西湖吗?"六妹不依不饶。

"想啊。"虽然爸妈的小外孙才过百天，那可是他们的掌上明珠了。

"那您就环保吧。"

爸爸笑了。

我的心里却升腾一丝异样的感觉。为刚才对爸爸的态度。

爸爸做过10多年小学和中学的老师，当过10多年的中学校长，又做过10多年的国家干部，他能不懂环保吗?

爸爸曾一度因为退休在家郁郁寡欢。曾想过给爸爸找个活儿干，毕竟他才60岁，可是北京太大了，在家门口找个合适的活儿很难。于是，他就是每天帮助妈妈买菜做饭、打扫卫生，带外孙。

爸爸妈妈多需要拥有自己的生活啊，但是为了女儿，他们依然在操劳和忙碌着。这是我们第一次带他们旅游。

生活已让他们和这个缤纷的世界隔离了。在杭州，在西湖，他们就像出走的孩子一样，惶恐不安。

爸爸妈妈刚来北京的时候，我们带着他们到天安门、故宫、颐和园、长城等名胜古迹游玩。每次妈妈都带着水和面包，说在饭店吃饭太贵。妈妈看见易拉罐、矿泉水瓶子就捡回来，卖钱。

妹妹告诉我这些事情的时候，她哭了。

现在，我们大都已经工作，日子比以前好了，妈妈为啥还这样呢?

我们也试着努力去理解妈妈。

那天，我们退了房间，坐在西湖边上等着去火车站，晚上回北京。

旁边有两个人喝红茶，喝完后，把空瓶子扔在地上就走了。

这时，妈妈伸手就要捡那两个瓶子。

我和妹妹同时瞪向妈妈，同时大叫了一声："妈!"

妈妈那只已经伸向瓶子的手，突然像触电一样，猛地缩了回来。

我们继续责怪妈妈："这是干吗呀？一个瓶子值多少钱啊?"

妈妈没有说话，只是用她那可怜的害羞的眼神瞟了我们一眼，看向别处。

我们胜利了。这次批评妈妈又胜利了。

可是，妈妈那只被我们吓到的手却永远定格在我的心里。

那只手，擦屎擦尿、抱我们、扶我们学走路，缝缝补补，做饭、干农活……

我们伤害了这只手，更伤害了妈妈的心。

妈妈错了吗?

就算她捡瓶子并不是因为环保只是为了赚几分钱，她有错吗?

我们凭什么、有什么资格去批评和制止妈妈呢?

现在，我们没有因为批评妈妈的胜利而拥有一丝自豪，却是深深的负疚。妈妈那曾经操持了十口之家、布满老茧的被我们震慑后缩回去的手，那被我们训斥后可怜不安的眼神，戳穿了我骨髓里仍存的虚伪，我痛了。

妈妈，又一次教育了我。

6

“点点滴滴”的革命

“不要让世界上最后一滴水变为世界的眼泪!”

“假如我们3天刷一次牙，假如我们7天洗一次脸，假如我们30天洗一次澡……”

水告急!

如果这一天到来，世界将会怎样?

人们只有在品尝到自酿的悲剧之后，才感到切肤之痛。

妈妈曾给我讲过一个遥远的故事:

1959年，在国家支援东北的号召下，妈妈全家融入了那场浩浩荡荡的“支援大东北”的革命队伍中，他们来到天寒地冻的小兴安岭。

那时，小兴安岭人口稀少，空气清新，四季分明，每个季节都有各自的风情与特色。冬天人要从头到脚裹得严严实实，像个棉花包。踩着过膝的白雪，到山上打柴，一趟回来睫毛全白了，男人的胡须也挂上了霜，像垂在房檐上的冰挂。那漫山遍野的白啊，白得耀眼，白得彻底!真是:“北国风光，千里冰封，万里雪飘”。夏季短，天气凉爽，姑娘们也就能穿一个星期的花裙子。茂密的大森林里还蕴藏着丰富的矿藏，“棒打狍子瓢舀鱼，野鸡飞到饭锅里”再生动不过地刻画了当时“北大荒”的富饶。妈妈说，当时山里野生动植物非常丰富，一进山里很容易便能看见珍贵的动植物，山蘑菇、木耳、猴腿，应有尽有。野果子熟了，没来得及摘，就落了，烂了，一茬又一茬。妈妈还说，王家的二叔被山里的黑熊舔掉过下巴。

渐渐地，人多了，从天南海北来的人们在这里扎了根。林区就是靠山吃山、靠树吃树，一次次砍伐、一次次捕猎，树少了，山秃了，黑熊也不出没了。

林区人痛定思痛。树不能再砍了。一个个“封山育林”的石碑竖立起来了，国家级自然保护区也加大了保护的力度，国家级森林公园建成了。伐木工人的号角已经变成植树造林的口号。曾经的“伐木能手”马永顺老人，为使青山常在，植树造林，马永顺所在的林场已累计造林 1 000 多亩。

我们不怕犯错误，知错就改是好样的。

可是，有些错误是无法挽回甚或需要更长的时间、付出更大的代价才能弥补的，所以，有些错犯不得。

妈妈的故事让我想到了当下的缺水状况。

一个关不紧的水龙头，一个月流掉的水数吨计；一个漏水的马桶，一个月要漏掉十几吨水。我们注意过这一点一滴吗？

想到节约用水我又想到妈妈，我节约用水的习惯得益于妈妈的教导。

记得妈妈经常用洗过米的水洗碗、洗菜，然后用洗过米又洗过碗、洗过菜的水洗锅，然后把用过三遍的水拌猪食或者倒在菜园子里浇地（以前洗碗不用洗洁精）。这一盆水才完成了它的使命。妈妈说，用这样的水拌的食，猪吃了也有营养，浇地土地也肥沃。妈妈还经常让我们把洗过脸或洗过衣服的水倒在洗衣盆里，用它洗拖布。

我当时并没有对妈妈的这种做法有什么想法，不觉得妈妈啰嗦也不觉得有什么可贵之处。只记得妈妈说，水不能浪费，尽管全家用的是井水，不需要花钱。

如今，我才意识到妈妈这种做法的伟大。

长大了，我才学会体悟这位养育了六个女儿的妈妈。

时间和过程是最好的试金石，它能说明一些一时看似说不通、说不明白的道理。我们曾经是不经心、不留意在做着一些事情，也不知道它是好事还是坏事？但是时间和过程会证明一切。就像妈妈，她一直在进行着伟大的节水革命。

为了子孙后代的福祉，我们学学妈妈，并把它教给我们的孩子们。

幸好，妈妈影响了我，我影响了我的女儿。

但是浪费水的情况比比皆是。比如洗车摊儿，比如校园。

那次，我去妹妹中学看望她，她的宿舍在四层。当我走到四层时，我突然听到哗哗水流声。我就下意识地走进洗手间，一看这种情形我愣住了：十几个水龙头同时开着，水在哗哗地流着，流到池子里，又从池子的水孔流到下水道里。不用思考，我要把它们关上！于是，我走过去挨个关水龙头，还没等我关完，一位中年妇女走过来（像楼管员的模样），冲我大声说，谁让你关的，不让它这么流，四楼上不来水。我惊诧了，原来是这样！没法关，我只好作罢。后来那幢宿舍楼又接了两层，这样的话是不是四层、五层和六层的水龙头都要开着才能用到水呢？希望问题已经解决，因为这种做法实在比较残忍。

还记得，大学校园的宿舍里有一道风景，就是在周末，洗手间的水池里摆着一排泡着衣服的洗衣盆，上面开着水龙头。让水冲着脏衣服，冲它几个小时，然后再去洗。

那年我采访季羡林先生，得知他十分节省。助手说，季老要是看见一个房间里没有人还开着灯，他便一定站起来去关掉。为节水，他在自己家厕所马桶的水箱里放了块砖，为的是让水流小些。

“成由节俭，败由奢”。“俭”是中华民族的传统美德和优秀品质，是应该一代代人继承和发扬的。

当我们一拧水龙头，水就源源不断地流出来，丝毫感觉不到水的危机。事实上，我们赖以生存的水正日益短缺。目前，全世界还有超过 10 亿的人口用不上清洁的水，人类每年有 310 万人因饮用不洁水患病而死亡。

节水就是常识，就是美德，跟一个人读过多少书没有关系。妈妈正是这样的人。

水是生命之源。

与妈妈一起，来一场“点点滴滴”的革命。

7

只要妈妈露笑脸

母亲节到了，想送点什么给妈妈。

小学时学过一首儿歌——《只要妈妈露笑脸》，像童年的风车，流走的是岁月，留下的是感喟：只要妈妈露笑脸，全家喜洋洋……于是写下这首诗：

只要妈妈露笑脸

小时候最爱听一首歌
只要妈妈露笑脸，全家喜洋洋
妈妈的笑脸像红苹果
绽放枝头 缀满收获
让我心辽阔

长大后心里住着这首歌
只要妈妈露笑脸，全家喜洋洋
妈妈的笑脸像太阳
光芒万丈 照耀着我
去远方翱翔

这首歌在乡村的晚风里飘过
洒在等我回家的妈妈的泪窝
这首歌在深夜的烛光中闪烁
穿梭在妈妈送别的针线活儿

如今妈妈白发如雪
这首歌我教给女儿来学

女儿在学习钢琴，我常常激励她，让她以后为这首诗谱曲，唱给更多的妈妈听。她说，行！

8

再贫瘠的土地也有火热的生活

妈妈是大地，爸爸是蓝天。大地给我们生命的根基和心灵的归宿，蓝天给我们宽广的灵感和浩瀚的理想。

妈妈是怀抱，爸爸是臂膀。怀抱给我们心的温暖和身的庇护，臂膀给我们信念的支撑和前行的力量。

在我们六个姐妹心目中，爸爸就是蓝天就是海洋。

爸爸就是蓝天，拥抱着我们，给我们无限的、广阔的理想和憧憬；爸爸就是海洋，海纳百川，包容万象，消融家庭的所有苦难和不幸。

他不会被困难吓倒，总有办法解决困难；他不会伤心哭泣，总是带着笑；他不会发牢骚，不会为小事斤斤计较；他知识渊博，没有解不开的算术题；他的胡子里有好多好多故事，总能给我们新奇。

从我记事起，爸爸就在离家较远的一所中学当老师。

早晨我还没有睡醒，爸爸就蹬着自行车去上班了，晚上下班才能回家，我才能见到爸爸。我总是缠着奶奶一起到村口接下班回来的爸爸，然后坐在爸爸自行车的后座上，奶奶扶着我，回家。坐在爸爸自行车后座上，是一天中最期盼的事情。

爸爸的自行车，是二八型自行车。脚闸，只能前蹬，不能倒轮，一倒轮就刹闸，弄不好，就会朝前翻过去。自行车比较大，对七八岁的孩子来说，驾驭起来是很吃力的。我和姐姐们都摔过几次，但还是用这辆自行车学会了骑车。

这辆自行车在我们姐妹的记忆中十分深刻，不仅因为被摔过，也因为它曾经载着我们去过很多地方。去县城、去学校、去看电影。

过日子要勤劳，肯吃苦才行。宋丹丹和雷恪生演的小品《懒汉相亲》，最真实表现了像潘富那样的懒汉，在农村是不稀奇的。妈妈时常举某家某家的例子：他们哥好几个，个个懒惰，不起早不贪晚，地里的草长得比苗还高。所以日子过得苦。

爸爸是教师，妈妈勤俭持家、精打细算。她总是说，钱要花在刀刃上，该花的钱要花不能心疼，不该花的钱能省就省。为了方便爸爸上班，妈妈狠狠心为他买了一辆自行车。

“社员同志们，注意了，今天晚上 7 点放映电影《杨三姐告状》。带好板凳到大队广场上集合。”“再播送一遍：社员同志们，注意了……”

在田里种地的来了劲头，赶快干活，回家做饭，去看电影。小孩子们乐了，拍着手叫喊：看电影喽。

晚饭后，全村的男女老少，拎着小板凳，携妻挈子，三三两两，或领着或抱着，或用自行车带着孩子，从四面八方涌向大队广场。

“她婶子，快吃啊，一会儿开演了。”

“好嘞。”

大家互相招呼着，像年终分红、过年穿上新衣服一样高兴。

我们家离大队（村委会）稍远一些，爸爸就骑着自行车带着我们去看电影。车梁上坐两个，后车座上坐两个，后座两边再绑上两个小板凳。前后两个小孩儿像粘豆包一样粘在一起。妹妹搂住爸爸的腰，姐姐搂住妹妹的腰，这画面，啊，温暖又壮观。叮叮当当，一路欢歌。

村里一两个月放一次电影，爸爸就是这样带着我们骑上十几分钟，去看露天电影。呵，爸爸真是英雄！

《大燕和小燕》、《喜盈门》(我当时还没有上小学，不识字，把“喜迎门”一直听成是“洗衣盆”，我一直纳闷，那个喜气的电影咋叫“洗衣盆”呢?)、《卷席筒》、《杨三姐告状》等一些今天很难再看到的老片子。

看电影的时候，人们带着自家的小板凳，带着瓜子，欢天喜地，热腾腾。

多年以后，姐姐常常提起我看电影的一件趣事。一次看着看着，我突然叫着肚子疼，闹着回家。妈妈在家里干活，没在身边。爸爸也搞不清楚状况，就赶紧带我们一群丫头，浩浩荡荡地打道回府。到家，我去趟厕所，就好了。这事一直被姐姐们传为笑谈。

电影是什么？是神奇。一束白光从高处远处投到一块很大的白布上，人物就来了，说着，笑着；是快乐。给辛勤劳作的人们的贫瘠生活中增添快乐。

电影是我童年里最生动的记忆。《大燕和小燕》、《喜盈门》、《杨三姐告状》多少年后仍记忆犹新。《杨三姐告状》里的杨三姐是一个智勇双全的姑娘，为了冤死的二姐与其姐夫对簿公堂。她成为我多年学习的榜样。

这就是电影的作用，文化的力量。

爸爸是教师，教过语文课和政治课，是学生心中的好老师，他时常利用假期免费给因为请假帮家里干农活儿的学生补课。妈妈经常埋怨爸爸对我们的功课关心少。

我们姐妹六个，从小成绩都很好，外人都觉得这是爸爸的功劳。其实，妈妈埋怨的没有错，爸爸对我们的关注远远没有对他的学生关注得多。用爸爸自己的解释是，姐妹几个都知道学习，所以不用他费心。

其实爸爸这份信任给了我们莫大的信心，“我们要做让爸爸妈妈放心的好孩子”。因此，除了有问题要请教爸爸以外，我们做功课都是自觉的。从来没有让爸爸妈妈催促过“该写作业了”，他们经常说的是“别学了，歇一会儿吧”。

我崇拜爸爸，因为人民教师的神圣职业，因为他那渊博的知识。爸爸在空闲时间里创作，我看过他写的小说《农村孩子》。

小说的主人公是爸爸的学生，学习成绩很好，因为家里困难，家长觉得女孩子读完小学识个字就算了，还不如在家干农活。于是这个勉强上了初中一年的女生辍学了。

小说字里行间充满了对农村孩子的同情、怜惜，还有对他们命运不公的愤愤。这个女学生姓严，我在上学的路上，看见过她开着拖拉机耕地。如果聪明、好学、性格开朗的她，不生在农村，有支持她读书的父母，她能继续学业的话，她的未来肯定是另一个样子。成为教师，技术工人，总之有若干可能。

然而，她的辍学埋葬了那若干可能成为现实的可能。

爸爸为农民的命运、为农村孩子所不能享有与城里孩子一样受教育的权利，发出深深的叹息和强烈的呐喊。

但是爸爸只是一位普通的教师，一位身负六个孩子教育成长重担的父亲。他的叹息和呐喊，是沉重的孱弱的。他为自己不能阻止他的学生辍学而深感愧疚，所以，当他有机会可以把他的六个女儿从农村带到城里的时候，他欣喜前往，不管前面会遇到多大困难。只要离开农村就好，离开农村才有我们的未来。

所以，爸爸放弃自己钟爱的教师职业、带着我们姐妹从农村走向城镇的抉择，不仅是因为他让我们享受更好的教育，更是他面对乡村孩子失学无能为力之后的无奈妥协。

户口农转非，在我们姐妹六人的人生中，在我们整个家庭命运中具有划时代意义。这个事件，改变了我们的一生和整个家庭的走向。

我们曾经遭遇过从农村走向城市的尴尬，从小城市走向北京的窘境。

中国为什么要设置如此多的壁垒呢？农村、城市，外地人、北京人，凡此种种，只会伤害更多人的心，只会限制人更好的发展。不是吗？

爸爸1947年出生在山东省东平县一亩坟村，自幼家境贫寒。有一个妹妹因饥饿吃不饱两岁时被饿死。小时候随爷爷奶奶讨过饭，十几岁随爷爷奶奶一路逃荒讨饭到齐齐哈尔市碾子山区九里大队安家落户，才算稳定下来。

虽然过着饥一顿饱一顿的日子，大字不识的爷爷奶奶也要供爸爸读书。

爸爸是中师毕业，教过小学、中学的语文、政治，当过中学校长。

艰难坎坷的经历，使他懂得读书上学对一个人来说是多么重要。爸爸没有给我们姐妹六个色彩斑斓的童年，却在我们心里种下了“自强、自立”的种子。

童年，更多是用来回忆的。

小时候，没有什么课外读物，我认识最早的杂志是爸爸从单位拿回家的《半月谈》和《党的生活》。我们识字不多，看不懂。

家里有一台破旧的收音机，我们可以听到外面的世界。早晨，“鹤城之乡现在开始广播”像房檐上的小鸟把我们从睡梦中叫醒。晚上我们写完作业，就挤在一起听单田芳的评书，什么杨家将、薛丁山。那遥远的声音和更遥远的故事，给我们带来最亲近的享受。

我的童年里，没有幼儿园，没有特长班，也没有玩具。是田野、庄稼地，是水泡子、在水里捉鱼，是大煎饼、锅里沸腾的杀猪菜，是寂静的黑夜、繁星闪烁，是妈妈劳动的身影、爸爸批改作业，是爷爷呷着小酒、奶奶坐在炕上做针线活儿，是我们几个挤在一个小书桌上写作业、烛光跳跃微弱，是停电了、我们坐在热炕上围绕着爸爸妈妈听故事……

故事多是励志的。这是我们接受的道德启蒙教育。

多少个夜晚，没有灯光，却不黑暗；没有霓虹，却也温暖。因为，这是有故事的夜晚。

“小皮球香蕉梨，马莲开花二十一，二五六二五七，二八二九三十一，三五六三五七，三八三九四十一……”这是小时候玩的一个游戏。东北天冷，下了课在操场上，两个小朋友面对面，彼此用右脚踢右脚，左脚踢左脚，要蹦起来，边踢边说，小脚丫就热乎了。

再贫瘠的土地上也有火热的生活。

中国农民就是有这样的精气神！

9

爸爸的缺点，比如

我现在才发现，我小时候崇拜的爸爸有好多缺点。

比如，他每天早上一定给我做早餐，而且煎炒烹炸，早餐当正餐做。

他知道我爱吃菜，连紧张的早上他也会炒两个像样的菜。为了让我们吃上鱼，他早早起床，炖鱼，还会做一大锅粥。我爱睡懒觉，起来的时候手忙脚乱，顾不上吃东西。爸爸就早早给我盛上菜，盛上粥，如果粥太热，就用两个碗来回倒腾。我看了，觉得爸爸真是麻烦，至于这样吗，出门就是小吃店，哪不能对付点吃的呀，可是爸不，一定要给我们做热乎乎的饭菜。

比如，他一定要蒸馒头吃。他说外面卖的馒头不实惠，也不好吃。所以，隔两天他就扎上小围裙，在厨房里发面、蒸馒头，剩下的还要烙上几个油油的饼。为了省点钱，费这么大劲值吗？

比如，他每隔几天都要回趟昌平的家，主要是买东西，那边东西便宜啊。每次都带回来好多菜呀，鱼呀，肉的。带鱼、带肉就算了，还要带土豆，那么沉的东西，要坐两个多小时的公交车，又累又不方便。看着弓着背的爸爸拎着那么沉的东西，心里真不是滋味。

比如，爸爸口重，每次都把菜炒得那么咸，还离不开咸菜。妈妈说这是在农村时养成的习惯。农村没啥菜，咸菜就是主菜。

比如，剩的菜，爸爸从来不舍得倒掉，而且把几样剩菜倒在一个盘子里。这样的烩菜一热，什么味都有，什么味都没有，我们吃起来是味同嚼蜡。

比如，爸爸每天都得抽两根烟，还不舍得抽好烟。

比如，爸爸喜欢喝酒，又不舍得喝好酒，赶上超市促销，买一大桶二锅头回来。

比如，爸爸胆子特别小，身体有点不舒服就吓得不得了，眉头紧锁，唉声叹气。

比如，爸爸热情得过火，家乡来人了，他一定要去车站接。六十多岁的人了，从家到火车站得两个多小时，又是公交车又是地铁，可他一定要接。而且不管是亲戚朋友一律留家里住，就是打地铺也留。提前几天就准备好酒好菜招待家乡人。

比如，带着爸爸出门吃饭，服务员说"欢迎光临"，爸爸总要对人家很礼貌地说声"谢谢"。

比如，爸爸住院时，自己带着尿袋，行动不方便，还给邻床的病友打饭，帮助人家做这做那。

比如，比如……

爸爸个子不高，驼背，大眼睛，蒜头鼻，厚嘴唇，称不上英俊。女儿很喜欢爸爸，总是叫"帅姥爷"。每听到这三个字，爸爸的腰挺了，嘴角扬起来了："这半辈子多了，没人说过我帅啊。"

女儿的这句"帅姥爷"让我发现，身上有很多缺点的爸爸因为这些缺点而更加帅气十足。因为每一个缺点都那样耐人寻味、可圈可点。

附录

在志愿服务中铸造壮丽人生

辛智

2010年年底，国家新闻出版总署人民出版社团委书记徐庆群荣获共青团中央授予的“第八届中国青年志愿者优秀个人奖”。徐庆群是一名志愿者，与其他志愿者不同的是，她不仅从事志愿服务，而且倾情记录志愿者。

“那只是源于我一个非常朴素的想法：助人为乐”

1999年的一天，刚到北京“闯世界”的徐庆群，从报纸上看到共青团中央招募“雏鹰热线”心理咨询员，通过电话为少年儿童解疑释惑，那是一件多么了不起的事情啊。她决定报名。

于是周末她要在早上5点多起床，换几次公交车，从颐和园赶到团中央。不管什么原因，她绝不能迟到，因为一到8点，电话就会此起彼伏地响起来，每一个铃响都是一声焦急的呼唤，那里装满了孩子们热切的期盼：

“姐姐你好，我是云南的一名小学生，我爸爸妈妈要离婚，我特别难过，不知道该怎么办。”

每次她都会听到这样或那样的电话，这样或那样的烦恼，这样或那样的求助。在被孩子们需要的过程中，她体会到了从来没有过的成就感和尊严感。

从那以后，她参加各种各样的志愿活动。说起为什么要这么做时，她说：“那只是源于我一个非常朴素的想法：助人为乐。”

“只要志愿者到达的地方，我也一定能到达”

2004 年，一个叫徐本禹的志愿者感动了中国。后来，徐庆群了解到了更多志愿者的故事，她被震撼了。

她小的时候，父亲就写过一篇并非为了发表的小说《农村孩子》，以他的学生为主人公，讲述农村孩子上学的艰难。她知道一个大学生到山村支教、送医扶贫，对山村意味着什么！那真的是一轮太阳，是光明，是温暖！她还了解到，在欧洲志愿服务事业已有近百年历史，志愿精神为全世界所崇敬。

她想，人生的意义究竟是什么？自己“拼搏”多年，到底想要什么？

于是，徐庆群向共青团中央郑重地提出申请，去采访志愿者。可是志愿者多在遥远山乡，坐了火车坐汽车，下了汽车找马车，要去跋涉多少穷乡僻壤？但是她怀着“只要志愿者到达的地方，我也一定能到达”的信念，带着团组织的爱和温暖，在 2005 年的春天出发了。

河北西柏坡、四川汶川县、内蒙古巴林右旗、宁夏西海固、贵州毕节，还有贵阳、武汉、赤峰、银川、济南、聊城……她追随着志愿者，与他们同吃同住，一起上课、家访，资助贫困孩子，了解西部经济社会发展状况。同时通过各种方式采访广西、广东、福建等地以及北大、清华等高校开展志愿服务的情况。

徐庆群经历近一年身体与心灵的跋涉，以中国百万志愿者服务于城乡公益事业、献身于遥远山乡的浩浩群体为壮阔背景的《他们在行动——中国志愿者纪实》，在共青团中央志愿者工作部的支持下出版了。

在这部作品中，徐庆群用心灵描述了一批志愿者，那样的山区小道、草原边疆，那样的青春抉择、心灵搏斗，那样的困惑与追求，感动与震撼……其实，在这部作品中，也跃动着她访问自己青春和心灵的故事。她知道，自己的知识和文凭，不会因为储存在头脑和放在书架而成为财富，投身去做一件艰苦而有价值的事，则可能使自己渺小的生命绽放光芒。

“别人说我是志愿者的宣传家，这辈子就这么做”

《他们在行动》出版之后，得到了社会各界的广泛关注。徐庆群开始宣传志愿精神。在她怀孕两三个月最敏感的时候，到中央电视台、山东教育电视台参加“实话实说”、“教育时话”等节目的录制；在她还有一个月就要当妈妈的时候，参加“西部计划”招募活动，签字赠书。

徐庆群接到广东省志愿服务指导中心的邀请，为广东援缅甸志愿者编一本书。在初为人母的辛苦日子中，她又当起了志愿者。北京的夏天很热，她和女儿都怕空调，她只能忍着炎热，审读援外志愿者发来形式多样的文章。怕女儿看电脑屏幕，她就把女儿放在腿上面对面抱着，从改标点改错别字起小标题起大标题到整段整篇地修改，从与志愿者通电话到发邮件，付出了诸多辛苦后，《爱心无国界——广东志愿者缅甸行》得以出版。

“5·12”地震后，应北京志愿者联合会的邀请，徐庆群为《我们在一起——北京志愿者赴四川抗震救灾纪实》担任主编。为了不影响工作，她不得不把只有一岁多的女儿送到幼儿园。在这本书的后记中，有这样一段：“夜已经很深了。女儿均匀的喘息声，和窗外小草长个的声音，为这个寂静的夜带来了生机和希望。”一次，她与当时主管志愿者工作的北京团市委副书记邓亚萍一起开会，听邓亚萍说她的儿子叫她阿姨。徐庆群眼泪出来了，作为母亲，她也有同感。

几年来，徐庆群通过各种方式向社会各界宣传志愿精神，她撰写的采访“西部计划”志愿者的文章《向崇高靠近——我的采访手记》和采访“北京十大志愿者”张大诺的文章《“阳光使者”张大诺》分别发表在《学习时报》和《人民日报》上。

2009年在“5·12”大地震一周年前夕，新闻出版总署机关团委成立了“新闻出版总署青年志愿服务队”到什邡开展文化志愿服务活动。徐庆群作为服务队副队长不仅参与活动的组织、协调等工作，在服务期间还采访了“大学生志愿服务西部计划抗震救灾专项行动”北京志愿服务团的志愿者们，她和两位朋友在什邡南泉小学捐建了一所“我们在一起”爱心图书室。

2010 年 6 月，徐庆群应邀担任“中国敬老志愿者培训班”讲师。她的讲课因内容贴近志愿服务实际、生动感人，有感情也有思考而受到志愿者们的欢迎。有志愿者对她说：“和其他老师的讲课不同，您教导我们‘不要总记着送人的玫瑰’，而要‘时刻不忘自己手中的余香’；还有，‘志愿服务的过程其实是建设自己的过程’、‘你以为你帮助了别人，其实你更多的是帮助了自己。’等等，这些话我回来后反复思考，而且告诉了我的父母和老师，他们都觉得您说的很好。”

当前人口老龄化已经成为我们面临的严重的社会问题，敬老志愿者必将大有可为。徐庆群在做好助学和敬老志愿服务、记录志愿者的同时，将致力于志愿精神和价值的研究，以此推动中国志愿服务事业的更大发展。

徐庆群是一名普通的志愿者，更是一名记录志愿者和志愿服务发展的志愿者，还进行志愿服务理论研究。她不仅做，不仅写，而且宣传，她说：“别人说我是志愿者的宣传家，这辈子就这么做。”

（原载《紫光阁》2011 年第 2 期）

跋

我们的梦，中国梦

徐庆颖　徐庆超

徐庆群是我们的三姐，我们在姐妹中行五、行六，是一对双胞胎。

上小学和初中时，在三姐的督导下，我们每天背诵唐诗宋词，阅读古今中外的名人传记和名著，比如《卡耐基成功之道》、《基督山伯爵》等；上高中和大学时，我们与异地读书、工作的三姐一直保持通信联系，她在信中鼓励、开导我们，那时她是我们认识外面世界的一个重要窗口。后来以至现在，她依旧为我们的进步而欢欣鼓舞，为我们的烦恼而忧心忡忡。在我们心中，三姐是一个重要的存在，是亲人，也是老师，更是朋友。

前不久，三姐出版了她的新书《当我从天安门前走过》，初版时，她就想让我们写点文字，我们一直想不好写什么。现在这本书再版加印，三姐再次提出这个问题，我们认为，这次是一定要写的，因为，这是我们的使命：源于我们对书中大部分内容的亲历和见证，以及对本书主题思想和核心价值的共鸣，所以我们愿意代表父母和其他姐姐们与广大读者分享一点感受。

《当我从天安门前走过》一书是三姐的诚意之作、心血之作。在这本书里，有她和诸位名家大师的倾情对话，有她和诸多青年志愿者的坦诚交流，有她和父母姐妹们的心灵守望。与名家大师的交往，让她坚定了对所选择人生道路的信心，更坚定了她追逐梦想的信念；与青年志愿者同行，让她找到心灵成长的密钥，坚固了她为社会服务的决心；与父母姐妹们的相守，展现了一个中国底层家庭在艰难困苦中的不屈，彰显着中国人在追求梦想的道路上的昂扬。父母、姐妹、师长、朋友，家庭、工作、事业、生活，这些人和这些事共同参与或见证了三姐的过去和现在，与此同时，这些人和事也必定成为三姐未来梦想绽放的绚烂底色。

《当我从天安门前走过》这本书全景勾勒了三姐真实的个人奋斗，展现了中国普通一家人对于善的强韧的执著坚守，勾画了中国青年志愿者在奉献中铸造的壮美青春。一个人的奋斗，检验的是她对梦想的“真”，一家人的坚守，体现的是她们本性中的“善”，一群人的奉献，凸显的是他们心灵和行为的“美”，简言之，真、善、美就是这本书的核心价值取向。

从一个人到一家人，从一家人到一群人，与其说这是个人或家族的奋斗，不如说是改革开放以来以个人或家族为缩影的整个中国的、中华民族的昂首前行。因为，无论个人、家族还是群体，在中华大地上的我们有着共同的宏伟目标，就是习近平同志所说的“实现中华民族伟大复兴，（这）是中华民族近代以来最伟大的梦想。这个梦想（即‘中国梦’），凝聚了几代中国人的夙愿，体现了中华民族和中国人民的整体利益，是每一个中华儿女的共同期盼”。

六年前三姐到贵州山区采访“西部计划”志愿者时，也做志愿者，给孩子们上课。那天她给四年级的学生上作文课，让同学们就关于“我家的梦想”写篇作文。可是，孩子们却问：老师，什么是“梦想”？她告诉孩子：梦想就是愿望，比如，长大后想做什么？你的家想变成什么样？于是，孩子们写下了这样的梦想：“住上不漏雨的房子”，“修一幢美丽明亮的房子”，“吃上苞谷面”，“让爷爷奶奶和弟弟吃上米饭”，“2008 年到北京看奥运会，看北京的平房”，“读书，考大学”……

不久前，三姐到北京大兴行知学校参加共青团关爱农民工子女志愿服务活动，给孩子们上课。谈到梦想，有的孩子的梦想是去欢乐谷、登长城、参观科技馆、坐飞机；有的孩子的梦想是得到一本《淘气包马小跳》、《狼王梦》；有的孩子的梦想是得到一只小熊、一支钢笔、一个文具盒、一个书包。

这些孩子们的梦想，小得可能让人觉得微不足道。可是，就是这样的梦想也许需要孩子们用一生去追求、去奋斗。

小时候，我们姐妹六个的梦想，和西部孩子们的梦想一样；长大后，我们的梦想，和行知学校的孩子们的梦想一样。

每个人的梦想不一样，不同时期不同代际人的梦想也不一样。但是它都记录一个人的精神成长。所有人的精神成长史就是一个国家和民族的精神成长史。

因此，一个国家的梦想既基于个人的梦想，又超越个人的梦想。如果每个人都没有梦想，就不可能有真正的国家梦想，而只有让每个人的梦想丰富多样并能得到充分绽放，国家梦想才可能孕育并实现。同时，国家梦想是人们普遍向往、信奉和追求的一种价值取向和精神信仰。

在当代中国，对我们而言，“实现中华民族伟大复兴”的“中国梦”，是一种信念，激励我们每个人努力奋斗、自我实现，获得更好的生活，而在全体人民的共同努力下，整个国家就能迈向繁荣；“中国梦”是一个期待，凝结了近代以来全体中国人的美好夙愿，显示了一种民族自信，昭示了中华民族的明天；“中国梦”是一个过程，从实现民族解放到寻求民族自立，从革命到改革，在实现中华民族伟大复兴的征程上始终传递着一种向上的正能量；“中国梦”是一个集合，集聚了每一个中华儿女的个人理想和追求，十几亿中国人前进的一小步，就是中华民族前行的一大步。换言之，“中国梦”是全体中华儿女梦想的凝聚，中华民族伟大复兴的实现要依靠所有中国人前仆后继、奋勇争先。

《当我从天安门前走过》一书正是透过一个人、一家人和一群人的追梦故事，诠释个人和群体在前行路上绽放的“中国梦”，以小见大，见微知著，进而描绘出在我们伟大的时代，在实现中华民族伟大复兴的宏伟目标感召下，普通中国人斗志昂扬、力争上游的蓬勃朝气、锐气和勇气。如果梦想是花，那么，为梦想所挥洒的汗水和泪水就是对花儿最好的灌溉，而每一个阶段的努力成果就是依次绽放的花蕾，相信当所有中国人都梦想花开，以实现中华民族伟大复兴为目标的“中国梦”也会开花结果。

俄国作家克雷洛夫说，现实是此岸，理想是彼岸。中间隔着湍急的河流，行动则是架在山川上的桥梁。

马克思说，燧石受到的敲打越厉害，发出的光就越灿烂。

不积跬步，无以至千里。祈愿在“中国梦”旗帜的感召和引领下，更多的“三姐”涌现出来，更多的“一家人”团结奋进，更多的青年人用志愿精神点燃青春，最终以个人和群体的成功聚集成国家和社会的繁荣进步。我们期盼，我们行动，我们相信。

2012年12月5日

后记

于是幸福

一日，先生买回来一兜白洋淀的大鹅蛋。

鹅蛋黑得像石头。洗出来吧，然后煮熟。

端来一盆水，把鹅蛋泡进去。清水立刻浑浊了，像一瓶墨汁倒进去一样。

泥厚而硬，用手洗有点费劲。拿来铁抹布，一点点地把泥从蛋皮上蹭下来。

手得轻。蛋是生的。

一会儿，一个黑不溜秋的大鹅蛋就出落成光溜溜、雪白的了。

很有成就感。也觉得好亲切，好幸福。

很多年前，也是这个季节，妈妈就会腌鸭蛋、鹅蛋，以备冬天没有菜的时候吃。流着油的蛋黄给奶奶，我们吃蛋清。

妈妈洗鹅蛋，我就蹲在旁边看，心里充满那个期待呀……刺骨的冬天都是温暖的、幸福的了。

生命的巢就是用这些细如发丝的小幸福编织起来的。

每天晚上，故事都是女儿的摇篮曲。

她慢慢学会了“命题作文”：“讲妈妈小时候可苦的故事了。”

于是我就开始了：妈妈小时候可苦了，没有馒头吃，没有苹果吃，没有漂亮衣服，没有玩具，没有上过幼儿园，上学要走很远的路，冬天要带柴火上学，放假了要到田地里帮姥姥干活，家里还经常停电有时蜡烛也点不起……

故事一开始，女儿就用两只小拳头揉眼睛，（假装）呜呜呜。

“宝贝，不哭了，不哭了，妈妈有了你之后就不苦了。”我非常配合她。

她便破“涕”为笑。

女儿，只有四岁，就算她十四岁，她也不会理解，那个年代的苦与幸福的。

每个年代都有每个年代的苦与幸福。苦有时就是福。

停电的时候，我们姐妹六人围着爸爸妈妈坐在炕上听故事。农村的夜是寂静的，那遥远的故事也静静地抚摸着我们每个小孩子那温软的心，我们在故事中进入梦乡，那故事也使我们的梦乡变得斑斓。于是幸福。

妈妈从遥远的县城给奶奶买回苹果。奶奶有严重的胃溃疡，不能吃苹果皮，我们姐妹六人就争着抢着啃苹果皮，啃完苹果皮的苹果给奶奶吃。从像树皮一样的苹果皮里咂出一丝甜水。于是幸福。

妈妈把长了绿毛的面包（家里开了小食杂店，面包长毛、发霉不能卖又不舍得扔），在锅里热热给我们吃，让我们解馋。咀嚼着还有霉味的面包。于是幸福。

实在馋得不行了，在妈妈不注意的时候，偷吃一块“小淘气”糖（当时好像是一分钱一块），因为没有被妈妈发现的胜利心情。于是幸福。

过年时，家里包饺子，再杀一头猪，在院子里支一口大锅，酸菜、粉条、猪肉，再灌点血肠，乱炖。再摊上一些大煎饼，蒸上一锅白馒头或一锅白米饭，叫上全村的男女老幼来家里一起吃。一年到头，吃这么一次。于是幸福。

夏天，妈妈买一盆比虾米大不了多少的小鱼，一小盆差不多十斤才一块钱。用酱炖了，我们姐妹六人就着苞米面干粮吃得满脸红光。于是幸福。

第一天上学，一位美丽的张老师考我数数，我一口气数到98。张老师一个劲儿表扬我，我顺利入学。那年我七岁。于是幸福。

小学五年级到城里参加数学竞赛，妈妈特意给我做了一条绿裤子、红上衣，又戴了一条红纱巾，我美呀。于是幸福。

我在小学六年级就入团了，800米长跑还得了第一名，奖品是一块小毛巾。于是幸福。

晚饭后我们姐妹和小伙伴在自家的粮食垛上疯着追打，坐在粮食垛上数星星；春天我和姐姐挎着小篮子到田地挖野菜，夏天我们挽起裤管在小河里追鸭子，嘎嘎嘎，哈哈哈。于是幸福。

在离开家乡的那个晚上，我梦见了城里的高楼大厦、车水马龙，家是砖瓦结构，学校窗明几净。于是幸福。

我们全家搬到城里了，过春节，爸爸的单位发一两箱水果，一箱鱼，一块肉。于是幸福。

吃完年夜饭，舅舅牵着我们姐妹六人去冰雕前照相，相片上的我们笑得像璀璨的冰花。于是幸福。

当了班干部，考了第一名，演讲得了第一。于是幸福。

我来到北京，成了一名记者，采访"两会"，在庄严的人民大会堂聆听总理的政府工作报告，倾听委员代表共商国是；和同事受到胡锦涛等中央领导的接见。于是幸福。

周末拖着疲惫的身体去上课，坐在北京大学的教室里，看着未名湖的波光荡漾和博雅塔的沧美。于是幸福。

一个月工资不到两千元，下了班骑着自行车在城乡结合部吃点麻辣烫，或者吃一个鱼香肉丝加一个醋熘土豆丝，那叫一个香。于是幸福。

只身到西部乡村采访志愿者，走山路、挨蚊咬、吃农家饭，见证中国西部的贫穷与落后，有只身一人的恐惧，有走山路走到双腿浮肿的痛，有被志愿者、乡亲感动得不可抑制地流泪。于是幸福。

一位国庆游行队友说，从《当我从天安门前走过》这首歌中听出了我“幸福的心情”。

一日，我问当时只有三岁的女儿：“宝贝，你幸福吗?”

“幸。”

“你说什么是幸福呢?”我和先生接她下幼儿园，我们骑着自行车一前一后。看着坐在车后座上的这个小人儿。我接着问。

“幸福就是爸爸妈妈和我在一起。”她头也不回，毫不迟疑。

我盯着前面这个小小的挺拔的脊背，就像看见恋爱时自行车后座上的那捧玫瑰花，夺目、耀眼。

幸福是什么?

幸福是与相爱的人执子之手、与子偕老，不管生活是顺意还是坎坷。

幸福是能按月拿到工资，有书读，有房住，有钱看病，有一张回家的车票，不管日子是富有还是贫穷。

幸福在于灵魂可以跟上脚步。

幸福在于我们用真诚与世界交流，用真爱与他人沟通，用真心与生活握手。

右手是女儿香甜的鼾声，左手是先生沉静的呼噜声。

我在中间，聆听着幸福!

如果读到这里，你感觉比我幸福一点，我就是幸福的。

徐庆群

2011年11月